LA PESTE

鼠疫

卡繆｜著　邱瑞鑾｜譯

ALBERT CAMUS

目錄

以一種監禁來表現另一種監禁，
用虛構來表現真實，兩者都入情入理。

——丹尼爾・狄福

第一章

這篇報導要講的是一九四〇年代的某一年在奧朗城發生的離奇事件。一般都認為，這有點不尋常的事不應該在這地方發生。的確，奧朗乍看之下是一個平凡的城市，只不過是法屬阿爾及利亞海岸邊的一個省會。

老實說，奧朗城本身很醜。它表面上看來安寧平靜，得花一點時間才能看出它和其他商業城市在各方面有所不同。譬如說，該怎麼想像一座沒有鴿子、沒有樹木、沒有公園的城市，在這裡既見不到小鳥展翅，也聽不見樹葉沙沙響，總之一句話，就是個平淡無奇的地方？在這裡，只能從天空的變化來感受季節更迭。只能從清爽的空氣、從小販自城郊送來的一籃籃花朵知道春天來了；這裡的春天是在市集裡販賣的。夏天，太陽燒灼了那太過乾燥的房子，在牆面上覆滿一層泥灰。這時候大家就只能關起窗板，在陰暗中過日子。到了秋天，反而大雨連連，路上一片泥濘。只有冬天才是和煦的好天氣。

認識一座城市最便利的方式就是看大家在這裡怎麼工作、怎麼相愛、怎麼死去。在我們這個小城，也許是因為氣候的關係，這一切全都以一種激烈而又心不在焉的態度進行。也就是說大家在這裡覺得厭煩，卻又盡力把一切養成習慣。我們的市民工作勤奮，但目的向來是為了賺大錢。他們對經商特別感興趣，用他們自己的話來說就是「做買賣」才是最重要的。當然，他們也喜歡簡單的快樂，他們愛女人、愛看電影、愛海水浴。但是他們很節制，只在星期六晚上、星期天安排這些娛樂，其他時候，他們一心努力賺更多的錢。傍晚，離開辦公室以後，他們會在固定時間齊聚咖啡館、在同一條林蔭道上散步，或者是待在自家陽台上。欲望強烈而短促的年輕人會去找些刺激，那些年紀較大的人則只是到滾球協會、到可以玩牌賭錢的俱樂部，或是參加聯誼會舉辦的晚宴去找消遣。

想必有人會說，這些並不是我們這個城市獨有的，所有的現代人都是這樣過日子。現今這個社會，看這些從早工作到晚的人選擇以玩牌、閒聊、泡咖啡館來虛耗他們閒暇時光，是再自然不過的事。但是有些城市、有些地方的人時而會想像其他生活的可能。通常，這樣的想像並不足以讓他們的生活起變化。不過，有了這樣的想像，總是勝了一籌。相反地，奧朗顯然是個沒有這種想像的城市，也就是說它是一座非常現代化的城市。因此，沒有必要確切說明在我們這座城市是怎麼相愛的。男人和女人或者是迅即在尋歡作樂中彼此耗盡，或者是長期投入兩人相處的習慣模式中。在這兩個極端之間，往往沒有中間地帶。這一點倒也沒什麼特別。在奧朗，就像在其他地方一樣，因為沒時間，也因為不加思考，人和人只能茫然不自覺地相愛。

在我們這個城市比較特別的是，要在這裡死去反而困難。不過，「困難」這個字眼並不準確，比較恰當的說法應該是「不舒適」。生病向來不是什麼讓人愉快的事，但是有些城市、有些國家會在你生病的時候援助你，可以說你能任由自己撒手不管。病人需要旁人的溫柔，喜歡有人扶持，這也是很自然的。但是在奧朗，極端的氣候變化、繁重的工作、單調無味的環境、短暫的黃昏、娛樂的性質……在在都需要有健康的身體來承受。病人在這城裡往往感覺孤單。當全城的人都忙著在電話裡、在咖啡館中談著匯票、貼現、提貨單，想想看在同一時候那些困在被烈日蒸烤得劈啪作響、熾熱不堪的千百層牆圍之內的垂死病人他們的景況會是怎樣。這樣我們就能瞭解，即使處於現代化社會中，一旦你身在燥熱的地方，在死亡突然降臨時的確是會感到不舒適。

這番說明也許就足以讓人對我們這個城市有點概念。畢竟，對這一切我們不該加以誇大、渲染。要特別強調的是，這個城市和這裡的生活實在平凡無奇。但是只要養成了習慣，在這裡過日子也沒什麼難的。既然我們這個城市有助於習慣的養成，因此可以說一切都往好的方向走。從這個角度來看，生活當然不會是饒富興味。但至少，我們這裡從沒發生混亂無章的事。而且外來遊客對這裡坦率、和善、勤懇的居民向來頗有好評。這座沒有景觀、沒有綠意、沒有靈魂的城市到最後卻能讓人放輕鬆，甚至恬睡其間。不過，我們得要說，這座城市周邊的景色無與倫比，它處在光禿禿的高原之間，有陽光普照的山丘圍繞，前面是一個弧度很美的海灣。唯一讓人遺憾的是，城市是背著海灣建造的，因此，如果不刻意往海邊去，是看不到海的。

說到這裡，我們不難理解這個城市的居民根本不會預見這年春天發生的意外事件，我們隨後就會明白這意外事件是一連串重大事故的前兆——這篇報導就是針對這一連串重大事故而來。這件事對有些人而言來得合乎情理，對另一些人卻是無法相信會有這種事。不過，一個報導者畢竟不能把這種互為矛盾的看法考慮在內。當他知道這事的確是發生了，並且這涉及了所有居民的生死，他的職責就在於陳述：「這事發生了」，繼而成千上萬經歷此事的見證人可以在內心深處判斷他是否如實報導。

此外，這件事的敘述者要不是在因緣際會下收集了一些證詞、要不是情勢讓他也牽扯進了事件中，他是沒什麼條件做這個報導的——我們會在恰當時機認識這位敘述者。也就這樣，他才能權充歷史學家。當然，即使是業餘的，身為歷史學家總是擁有一些資料。

所以敘述者也有他的資料：首先是他自己的見證，其次是別人的見證（因為他的角色讓他傾聽了這篇報導中所有人的內心話），最後是終於落入他手中的資料。他可以在他認為必要的時候援引這些資料，並以最好的方式利用這些資料。他也可以……不過也許這時候最好別再多說明、別再做交代，而是直接切入正題。這件事剛開始幾天的狀況值得詳細講一講。

四月十六日早上，貝爾納．里厄醫生走出他的診所，在樓梯間撞見了一隻死老鼠。他隨即把老鼠踢到一邊，走下樓梯，什麼也沒多想。但他來到街上以後，忽然想起老鼠不該出現在那裡，於是他往回走，要提醒門房注意這件事。門房米歇爾先生的反應更讓他覺得自己的發現不尋常。出現這隻死老鼠在他看來只是有點奇怪，但這卻激怒了門房。門房的態度很堅決，他堅持說這棟樓房裡根本沒老鼠。即使里厄醫生再三說在二樓樓梯間就有一隻，很可能已經死了，但他怎麼說也沒用，米歇爾先生還是不為所動，一口咬定樓房裡沒老鼠，那老鼠一定是有人從外面帶進來的。總之，是有人在搞鬼。

同一天晚上，貝爾納．里厄站在樓房的走廊前，找著鑰匙，打算上樓回他住處，這時他忽然看見從走廊漆黑的角落冒出一隻毛都濕了的老鼠。步伐蹣蹣跚跚的老鼠停下了腳步，似乎控制了一下自己，讓自己別再晃動，然後往醫生這邊跑過來，不一會兒又停下來，繞著自己打轉，輕輕叫了一聲，最後倒在地上，從牠半開的口中流出血來。醫生注視了牠片刻，就上樓去了。

他心裡想的不是老鼠。但牠口中流的血觸動了他，讓他想起自己憂心的事。他病了一年的妻子明天要到山上的療養院去。他到房裡去看她，看見她遵照他的囑咐躺在床上休息，好為明日勞頓的旅程做準備。她微微一笑。

她說：「我覺得自己狀況很好。」

在床頭燈的照耀下，醫生注視著她轉向他的臉。對里厄來說，她雖然已經三十歲，又一臉病懨懨的樣子，但她仍有一張青春少女的面容，這大概是因為她的微笑蓋過了其他一切。

他說：「睡得著就睡吧。看護十一點鐘到，我帶你們去搭十二點的火車。」

他吻了吻她微微沁汗的額頭。她微笑目送他走出房門。

第二天，四月十七日，早上八點鐘，門房在醫生出門時攔下了他，指責那些搞鬼的人把三隻死老鼠放在走廊上。那些人應該是用大型捕鼠器抓住這些老鼠的，因為老鼠身上滿是血。門房抓著老鼠的腳，在門口已經站了好一會兒，他等著有人來嘲諷幾句，這樣那些搞鬼的人就會露出馬腳。但是什麼事也沒發生。

米歇爾先生說：「啊，這些混帳！我會逮到他們的。」

受到這件事攪擾的里厄決定從城市外圍的街區開始看診，他最窮的病人都住在這些街區。在這些地方，清道夫很晚才來收垃圾，汽車行駛在灰塵滾滾的筆直馬路上，緊緊挨著棄置在人行道邊的垃圾箱。在醫生走過的一條路上，他算算共有十二隻老鼠死在蔬果殘渣、骯髒破布之間。

他到了第一個病人的家。病人躺在床上。他的床在一間面朝馬路的房間裡，這房間既是臥室，也是飯廳。病人是個西班牙老人，板著一張臉，臉上滿是皺紋。在他面前的被單上放著兩只裝滿鷹嘴豆的盆子。醫生走進門時，本來半靠在床上的病人突然挺起身子，想喘一口氣，再發出患哮喘老人的那種噓噓聲。他妻子拿來了一個臉盆。

這老人在醫生幫他打針時，說：「哎，醫生，牠們都跑出來了，您看見了嗎？」

他妻子也說：「就是啊，我們鄰居抓到了三隻。」

老人搓著手。

「牠們都跑出來了，所有的垃圾堆都看得到牠們。牠們餓壞了！」

里厄很快就發現整個街區都在談論老鼠。看診結束，他回到住處。

米歇爾先生對他說：「您有一份電報在樓上。」

醫生問他有沒有再看見老鼠。

門房說：「啊，沒有！您知道，有我監視著，那些混帳不敢再來。」

里厄看了電報，知道他母親明天會到。在他妻子出門養病期間，母親要來照料家務。醫生一到家，看護早已經在那兒。里厄發現他妻子身穿洋裝站著，臉上化了妝。他對她微笑。

他說：「很好，這樣很好。」

不久，到了火車站，他把她安置在臥鋪車廂裡。她看了看車廂，說：「對我們來說這太貴了，不是嗎？」

里厄說：「這個錢該花的。」

「關於老鼠，到底是怎麼回事？」

「我也不知道。這件事很奇怪，但是過去就沒事了。」

然後他急促地跟她說對不起，說他應該要注意她的狀況的，他之前太疏忽她了。她搖搖頭，要他別說了。但是他接著說：

「等你回來以後，一切就會改善。我們重新開始。」

她雙眼亮晶晶地說：「好，我們重新開始。」

過了一會兒，她背過身子，看著車窗玻璃外的景象。月台上人群熙來攘往，彼此擠擠撞撞。火車頭蒸氣的嘶嘶嘶響聲直傳到他們耳中。他叫妻子的名字，她回過頭來。他見她臉上滿是淚痕。

他柔和地說：「別哭。」

笑容又回到她垂著淚的臉上，雖然笑得有點僵硬。她深深吸一口氣，說：

「你走吧，一切都會很好的。」

他抱了抱她。他退到月台上，隔著車窗玻璃，他只見得到她的微笑。

他說：「你一定要好好照顧自己。」

但她已聽不見。

里厄在月台上靠近出口的地方碰到了預審法官歐東先生，他牽著他年紀還小的兒子。醫生問他是不是要去旅行。黝黑、瘦高，歐東先生半像是從前人家所謂的上流社會人士、半像是個陰鬱的殯儀館人員，以和善的聲音簡單地回答：

「我在等我太太，她去探望我家人回來了。」

火車鳴笛了。

法官說：「老鼠……」

里厄往火車的方向看了一下，隨即又轉向月台出口。

他說：「嗯，老鼠，這沒什麼。」

關於這一刻，事後讓他記憶深刻的是，有一個鐵路局員工在手臂底下挾著一只裝滿老鼠的籠子走過。

同一天下午，里厄開始門診，他先是接待了一位據說是記者的年輕男子。這男子早上已經來過一趟。他名叫雷蒙・藍貝爾。這個人個子不高，肩膀厚實，神情堅毅，雙眼明亮、機靈。他穿著一身運動衣款式的服裝，看來日子過得頗為怡然。他單刀直入地說明來意。他為巴黎一家大報社做調查，想查訪阿拉伯人的生活水平，以及想瞭解他們公共衛生狀況。里厄告訴他，公共衛生狀況並不佳。但在深入談論以前，他想知道記者會不會據實做報導。

藍貝爾說：「當然會。」

「我的意思是，您能全面批判這件事嗎？」

「全面？不行。這我得照實說。但我想這樣的批判是沒根據的。」里厄輕聲說，的確，這樣的批判也許沒根據，但是他問這個問題，目的只是想知道藍貝爾會不會毫無保留地做報導。

他說：「我只能接受毫不保留的報導。因此我無法為您提供訊息。」

記者笑著說：「您這不妥協的口氣一如聖茹斯特。」

里厄聲調仍保持平靜，說，他完全不瞭解聖茹斯特，他這是一個對世界感到倦怠的人說的話，不過他仍然熱愛世人，因此他自己是不接受不公義的事，也不會遷就這種事。藍貝爾縮了縮脖子，看著醫生。

最後他一邊起身一邊說：「我想我明白您的意思。」

醫生送他到門口，說：

「謝謝您能這麼想。」

藍貝爾顯得沒了耐心。

他說：「嗯，我瞭解，不好意思打擾您了。」

醫生和他握手，對他說，這時候城裡離奇出現了許多死老鼠，說不定可以就這題材做報導。

藍貝爾驚呼：「啊！這我有興趣。」

下午五點，里厄醫生又要出門看診，他在樓梯上和一個人擦身而過。這個人還很年輕，身子壯碩，雙頰凹陷，兩槓濃眉橫在一張大臉上。里厄已經在樓房頂樓的那幾位西班牙舞者家裡見過這個人幾次。尚．塔魯站在階梯上，一邊專注地抽菸，一邊凝視他腳下一隻垂死的老鼠抽搐個不停。他抬起頭，灰色的雙眼平靜地看著醫生，向他問好，並說會有這些老鼠真是怪事。

里厄說：「是啊。但最後這會讓大家受不了的。」

「就某一方面來說是這樣，醫生，但只是就某一方面來說。我們只不過是從來沒見過這種情形。但是我覺得這很有意思，沒錯，實在有意思。」

塔魯用手把頭髮往後梳，然後又看看那隻現在已經不動了的老鼠。他笑著對里厄說：「總之，醫生，這主要是門房的事。」

正巧，醫生就樓房前遇到了門房。他靠著大門旁邊的牆壁，平常總是通紅的臉上流露出懶洋洋的神情。

聽里厄說又發現了死老鼠，米歇爾回答：「嗯，我知道。現在是三隻、兩隻的出現。但是在其他樓房也是這樣。」

米歐爾看來垂頭喪氣，憂心忡忡。他下意識地用手擦著脖子。里厄問他身體還好嗎。當然，門房不能說自己身體不好，只是他也不覺得自己狀況很好。他認為，這是受到心理影響。這些老鼠讓他很消沉，等牠們都不見了，情況就會好轉。

但是第二天，也就是四月十八日，這天一早，醫生到車站接母親回家後，見到了臉色更頹唐的米歐爾先生。從地窖到閣樓的樓梯上遍布十幾隻死老鼠。鄰居家的垃圾桶裡也是滿滿的死老鼠。醫生的母親聽說了以後，卻一點也不吃驚。

「難免會有這種事。」

她人矮矮的，滿頭銀絲，雙眼烏黑、柔和。

她說：「貝爾納，我很高興又見到你。老鼠一點也不影響我的心情。」

他同意她說的，的確，有她在這兒，凡事總是容易得多。

不過，里厄還是打電話給奧朗市的滅鼠隊，他認識隊長。隊長可曾聽說有大量的老鼠死在光天化日下？梅希耶隊長聽說了，而且在離碼頭不遠的滅鼠隊裡也發現了五十幾隻死老鼠。不過，他心想情況是否真的這麼嚴重。里厄也不知道，但是他認為滅鼠隊應該出面做點什麼。

梅希耶說：「嗯，要有命令。要是您覺得有必要這麼做的話，我可以請示上級，讓他們下個命令。」

里厄說：「總是有必要一試。」

他的清潔婦剛才對他說，在她丈夫工作的大型工廠裡撿到了好幾百隻死老鼠。

大約在這個時候，我們的市民才開始覺得不安。因為從十八日起，許多工廠、倉庫都清出數百隻老鼠的屍體。在某些情況下，大家不得不一棒子收拾了久久垂死掙扎的老鼠。但是，從外圍的街區到市中心，只要是里厄醫生經過的地方、只要是有人聚居的地方，都有成堆的死老鼠積在垃圾桶裡，或者是長長一排堵在排水溝中，等人來清理。這天開始，晚報抓住時機，報導了這件事，還詢問市政府是不是有所行動，並要採取什麼緊急措施，以免令人作嘔的老鼠進犯，好保護居民。市政府什麼事也沒做，根本任何對策也沒提，不過倒是開了會，商議了一下。最後終於下了一道命令給滅鼠隊，請他們每天在黎明時收集死老鼠，然後派兩輛車子將牠們載到垃圾焚化廠焚燒。

不過接下來幾天，情況變本加厲。撿到的死老鼠數量不斷增加，每天早上收集到的老鼠多得驚人。第四天，老鼠開始跑出來，成群死在街上。牠們歪歪倒倒地從隱蔽處、從地下室、從地窖、從下水道一列列的冒出來，來到光亮的地方就停下，不住晃著身子，繞著自己轉，最後死在居民腳前。半夜裡，牠們垂死掙扎的小小叫聲會清晰地從通道、從小巷裡傳出來。早上，在市郊，大家會發現牠們躺在排水溝旁，尖尖的嘴上有一抹血跡，有的已經浮腫、腐爛，有的身子僵硬，鬍子還翹著。即使在市區，也會在樓梯間、院子裡見到一小堆、一小堆的死老鼠。在市政大廳、在學校操場，甚至有時在咖啡館露天座，也可見到少數幾隻死老鼠。居民最訝異的是，在城裡人來人往的地方也見得到牠們的蹤跡。閱兵廣場、林蔭大道、海濱步道時不時可看到老鼠現身。即使早上清掃過了，還是有越來越多的老鼠在白天出現。在晚上散步的人有不只一個走在人行道時感覺到腳底踩到了才死不久、還保有彈性的老鼠屍體。簡直可以說，承載了我們樓房的大地正要把它的體液排泄一空，它要把到目前為止都在內部作用的惡瘡和膿包排到表面上來。看一看我們這個小城對這件事有多驚愕吧，這個原本平靜的小城沒幾天的時間就動盪了起來，就好像一個健康的人他濃稠的鮮血突然起身革命！

事情嚴重得讓漢斯多克新聞社（他們收集各種資訊、情報）在免付費的廣播新聞節目裡公布：光是在二十五日那天就收集並焚燒了六千兩百三十一隻老鼠。這個數字讓大家對在城裡每天眼前發生的事有了清楚的概念，但也更加讓人心中惶惶。對這個讓人作嘔的意外事件，大家本來只是抱怨。但現在大家發現了這個還不知道影響會有多大、也不知道根源到底何在的現象的確很可怕。只有那個患哮喘的西班牙老人仍搓著手，一再地說：「牠們跑出來了，牠們跑出來了。」老人的聲調中不無歡喜。

四月二十八日，漢斯多克新聞社公布收集了大約八千隻死老鼠，這時居民的焦慮更是無以復加。大家要求市政府採取激烈的手段，大家指責市政府辦事不力；有些在海邊有房子的人已經表示自己要避到那裡去。但是第二天，漢斯多克新聞社宣布突然不再有這個怪現象，滅鼠隊只收集到數量微乎其微的死老鼠。全城居民終於可以喘口氣。

不過，同一天中午，里厄把車子停在他樓房門前時，發現門房從路的另一頭舉步維艱地走來，頭低低的，手臂、雙腳都岔得開開的，樣子就像個木偶。老門房挽著一個神父，醫生認識這位神父，曾經見過他幾次，他是耶穌會博學、積極參與社會的帕納盧神父，在城裡非常受到敬重，即使是那些不在乎宗教的人也尊敬他。醫生等著他們走過來。老米歇爾雙眼發亮，發出呼吸聲。他剛剛覺得身體不舒服，想出外透透氣。但他脖子、腋下、腹股溝痛得厲害，不得不再走回來，並請帕納盧神父攙扶他。

他對醫生說：「是腫塊的關係，我大概太用力了。」

醫生把手伸出車門外，用指頭按了按彎下身來的米歇爾的脖子。果然有什麼東西結了團。

「去躺一躺吧，順便量量體溫，我下午來看您。」

門房離開了。里厄問起帕納盧神父對老鼠這件事有什麼看法。

神父雙眼在圓形眼鏡後面帶著笑意，說：「啊，這應該是瘟疫。」

用過午餐後，里厄重看療養院發來的告知他妻子抵達的電報。這時候電話鈴響了。是任職市政府的一位老病人打來的。這個人長期患了主動脈瓣狹窄，而因為他很窮，里厄向來免費治療他。

他向醫生說：「您好，您還記得我嗎？不過這次不是我，是別人。請您趕快過來，我鄰居出了事。」

他說得很急促。里厄想到了門房，他決定稍後再去看他。幾分鐘後，他來到了城市外圍街區的費德爾布路上，走進一棟矮房子裡。他在散發著臭氣的涼爽樓梯間裡遇到了正下樓來迎接他的那位市政府職員約瑟夫·格朗。這個人五十來歲，高個子，駝背，肩膀不寬，手腳細瘦，蓄著黃黃的小鬍子。

他走向里厄，說：「他好多了。但我剛剛以為他沒救了。」

他擤了擤鼻涕。里厄走上最後一層樓，也就是三樓，在左邊的門上看到用紅色粉筆寫的幾個字：「請進，我上吊了。」

他們走進屋裡。吊燈下懸著一根繩子，底下的椅子翻倒在地，桌子也推到了角落。不過，繩子虛虛懸著。

格朗說：「我及時把他救下來。」雖然他用的字彙很簡單，但他好像斟酌著字句。「我正要出門時聽到了砰的一聲。我看到門上寫的字，該怎麼說，我還以為是開玩笑。但是他發出古怪，甚至可以說是悽慘的呻吟聲。」

他搔了搔頭，說：「我想，上吊應該很痛苦。我自然就走了進來。」

他們推開一扇門，站在一間光線明亮但家具破舊的房間門口。一個矮矮壯壯的人躺在一張銅床上。他呼吸聲粗濁，一雙充血的眼睛看著他們。醫生停住，沒往前走。在他一呼一吸之間，醫生好像聽見了老鼠輕聲吱吱叫。但是牆角什麼動靜也沒有。里厄走向他。這個人沒從太高的地方掉下來，掉得也沒很突然，他的脊椎骨挺住了。當然，他有點窒息。必須照照X光。醫生幫他打了一針樟腦油，說過幾天就沒事了。

這個人以悶沉沉的聲音說：「醫生，謝謝您。」

里厄問格朗是不是報了警，格朗困窘地說：

「沒有，喔，沒有。我那時想最緊急的是……」

里厄打斷他的話：「當然。那我去報警。」

不過在這時候，床上的那個人躁動起來。他挺直身子，辯說自己已經好了，沒必要報警。

里厄說：「您別激動。這事沒什麼大不了，相信我。我有必要去通報。」

那個人叫道：「啊！」

他往後一攤，輕輕哭了起來。從剛剛就一直摸著自己小鬍子的格朗走近他身邊，說：

「好了，寇達爾先生。請您諒解。醫生可是要承擔責任的。像是萬一您又來一次……」

但是寇達爾一邊掉淚一邊說，不會有第二次了，剛剛只是一時想不開，他只希望大家讓他靜一靜。里厄開了藥方，說：

「好的。我們就別再說了。過兩、三天我再來看您。但別再做傻事了。」

走到樓梯間，他對格朗說他必須通報警方，不過他會要警察過兩天再上門問話。

「今天晚上必須有人守著他。他有家人嗎？」

「這我就不知道了。不過今晚我可以看著他。」

醫生點點頭。

格朗表示：「我也不能說跟他很熟。不過總是要守望相助。」

里厄走到過道時，下意識地看著屋角，他問格朗這個街區的老鼠是不是都絕跡了。格朗先生對這件事一點也不清楚。他確是有所耳聞，但他不太留意街坊間的流言蜚語。

他說：「我有別的事要操心。」

話沒說完，里厄已經和他握手告別。醫生急著在寫信給他妻子之前去看看門房。

叫賣晚報的小販喊著說，鼠患結束了。不過，這時里厄見到他的病人身子半露在床外，一手撫著肚子，另一隻手握著脖子，使盡全身力氣地往垃圾桶裡吐出暗紅色的膽汁。這麼折騰了一陣，他一時喘不過氣，便又躺在了床上。他體溫高達三十九度半，脖子上的淋巴結和四肢都腫了起來，身體兩側的黑斑也益形擴大。他哼哼唧唧地說，他身體裡面發疼。

他說：「痛得很哪，這鬼東西讓我痛極了。」

他滿是黑垢的嘴讓他說話半吞半吐。他轉身看著醫生，劇烈的頭痛讓他圓凸凸的眼睛泛出淚水。他妻子不安地看著一言不發的里厄。

她問：「醫生，他這是什麼病？」

「什麼病都可能。不過現在無法確定。晚上要吃得清淡，服用淨化劑。讓他多喝水。」

門房正好渴得很。

里厄一到家就打電話給他的同行李察。李察是這城裡最有名望的醫生之一。

李察說：「沒有，我沒發現有什麼特別的情況。」

「沒有因局部發炎而發燒的情形嗎？」

「啊，有。是有兩個淋巴結格外腫脹的病例。」

「腫脹得很不正常嗎？」

李察說：「呃，所謂正常，您也知道……」

晚上，門房發囈語，而且燒到了四十度。他抱怨有老鼠。里厄幫他注射松節油，試著引發膿腫。在松節油的刺激下，門房高聲呼叫：「啊，那些畜生！」淋巴結還是很腫，摸起來很硬，像木頭。門房的妻子非常驚慌。

醫生對她說：「看著他。萬一有狀況再叫我。」

第二天，四月三十日，湛藍的天空已經吹起帶著濕氣、熱氣的微風。隨這陣風飄來了遙遠城郊的花香味。這天早晨，街上的喧聲似乎比平常來得更有活力、更歡樂。在擺脫了上個星期莫名的憂懼之後，我們這個小城終於有了萬象回春的氣息。至於里厄，他在接到妻子的信以後就放了心，於是腳步輕快地下樓到門房家去。早上，門房的體溫降到了三十八度。他虛弱的躺在床上，對醫生笑了笑。

病人的妻子說：「醫生，他好多了，對吧？」

「我們再觀察一陣子。」

到了中午，體溫猛然飆到四十度，病人不斷發囈語，還嘔吐起來。他脖子上的淋巴結痛得摸不得，而且他似乎想讓自己的頭遠離身體，離得越遠越好。他妻子坐在床尾，雙手放在被子上，輕輕握著丈夫的腳。她看著里厄醫生。

醫生說：「嗯，必須隔離他，做特殊的治療。我打電話給醫院，我們叫救護車送他去。」

兩個小時後坐上了救護車，醫生和門房的妻子俯身看著門房。在他滿是蕈狀贅肉的嘴裡含糊地吐出了幾個字：「老鼠！」他臉色泛青，雙唇蠟黃，眼皮呈灰黑色，呼吸一蹭一蹭地，很是急促，淋巴結腫脹撕裂了他，他蜷縮在軟鋪上，就好像他要用軟鋪把自己包裹起來似的，或者是地底下有什麼東西迫切地叫喚著他。在某種看不見的重物高壓下，門房窒息了。他妻子哭了。

「醫生，沒有希望了嗎？」

里厄說：「他死了。」

我們可以說，門房的死標記了一個時期的終結，一個充滿了令人張皇失措的先兆的時期之終結，他的死並開啟了另一個相對更為艱難的時期，在這個時期，前一時期的詫異漸漸轉為恐慌。我們這個城市的居民從來沒想過這個小城居然會成為在白日天光下有死老鼠、還有門房死於怪病的鬼地方，但這時候他們全然醒悟了。如此一來，他們就得修正過去錯誤的想法。要是這件事到此打住，大家不久就會重拾過去的舊習慣。但是其他既不是門房、也不是窮人的居民有些人卻隨後走上了米歇爾帶頭走的路。也就從這時候起，人人感到恐懼，並因恐懼而開始思考。

然而，在詳述新的事件以前，敘述者認為有必要對剛剛描寫的那個時期提供另一個見證人的看法。我們在這篇報導一開始就已經提過的尚・塔魯，他在幾個星期前才來到奧朗，一來就住在市中心的一家大旅館。他靠著自己的收入，日子似乎過得頗為寬裕。雖然城裡的人漸漸習慣了他的存在，卻沒有人知道他從哪裡來、來這裡做什麼。大家常會在一些公共場所見到他。初春，他就常出現在沙灘上，戲水、游泳，顯然很開心。他人很和善，總是面帶笑容，似乎非常熱中一切正當娛樂，但不盲目沉迷。事實上，他唯一一個大家都知道的習慣是，頻繁和這個城裡為數還不少的西班牙舞者、音樂家往來。

總而言之，他所做的筆記也算是這個艱困時期的紀事。不過他的筆記很特別，似乎偏好細微末節。乍看之下，我們會以為塔魯是從小處來看人和事。在全城慌亂的時候，他也就微不足道的事寫下自己的所見所思。我們無疑可以對他這樣偏頗的寫法感到惋惜，猜想他勢必心如鐵石。但是對這個時期的紀事來說，他的筆記照樣還是提供了自有其重要性的大量次要細節，再說，也正因為這些細節離奇古怪，我們才不至於太快對這個有意思的人物下斷語。

塔魯最早的筆記寫於他抵達奧朗的那一天。筆記從一開始就顯示了他對自己來到這麼難看的一個城市感到非常滿意。其中還細細描述了擺在市政府門口那兩隻銅獅子，並對城裡沒有樹木、只有醜陋的屋宇，以及規劃荒謬的市區頗有好感。塔魯還記下了在電車裡、在街上聽到的對話，不加評論，只除了我們隨後會看到的一段涉及一位名叫康的人的對話——也就是塔魯在電車上聽見的兩位售票員的談話。

其中一個說：「你認識康吧？」

「康？那個蓄著黑鬍子的大個子？」

「沒錯。他從前在鐵道上控制轉轍器。」

「嗯，我當然認識。」

「呃，他死了。」

「啊，什麼時候的事？」

「在鼠患之後。」

「呀！他得了什麼病？」

「我不知道，發燒吧。再說，他向來不強壯。他手臂上有個膿腫，沒能撐多久。」

「他看起來倒是跟大家沒兩樣。」

「哪裡是這樣，他肺部很弱，還參加軍樂隊，老是吹短號。這很傷身子的。」

第二個人最後說：「啊！生了病就不該吹短號。」

塔魯在記下這段簡短對話之後，尋思為什麼康不顧自己的健康加入軍樂隊，到底是什麼原因讓他甘冒生命危險參加星期天的遊行。

接著，塔魯似乎對在他窗口對面的陽台時常發生的一個景象觀感非常正面。原來他的房間是朝著一條小小的橫向街道，街上會有幾隻貓睡在牆腳的陰影處。但是每天在用過午餐以後，當全城的人都因燥熱而昏昏欲睡時，會有一個小老頭出現在這條街對面的陽台上。他一頭白髮梳得整整齊齊，身著軍裝式樣的衣服，站得直挺，神情肅然。他「貓咪、貓咪」一聲一聲的叫喚，柔和的聲音裡帶著淡漠。那些貓睜開了還帶著睡意的灰白眼睛，身子動也不動。小老頭在街道上方撕了一些紙頭，往下灑，那些貓被如蝴蝶般的白色紙片吸引，紛紛走到街道中央，遲疑地用爪子去抓最後飄落的紙片。這時候小老頭對準貓，用力往牠們身上吐口水。要是他的口水擊中貓，他就笑開來。

最後，塔魯似乎被這個城市的商業面貌深深吸引，那裡的景致、活力，甚至娛樂似乎都受制於做生意的需要。塔魯大大讚賞這個「特點」（筆記裡就是用這個詞），他有一段讚揚之詞甚至以「總算來對了！」這樣的驚嘆語作結。在這位旅人這段日子的筆記裡，這似乎是唯一涉及他個人感受的地方。我們很難據此明瞭它的意義，也很難判斷這是否出於真心。在他記錄了旅館的櫃台因為發現一隻死老鼠而算錯帳目之後，塔魯以比平常更為潦草的字跡寫下：「問題：怎麼才能不浪費時間？回答：在漫長的等待中體驗時間。方法：整天待在牙醫的候診室裡，坐在不舒服的椅子上；星期天下午待在自家陽台上；去聽一場用聽不懂的語言講的演講；去坐一條路線最長、最不方便的火車旅行，當然是用站的；在劇院售票口前排隊買票，最後沒買到，等等的。」但是緊接著這些岔題的文字、思緒之後，筆記裡仔細描繪了這個城市的電車，說它外型像小船、車身有著難以形容的顏色、車廂裡總是很髒，最後並以一句「這真了不起」作結，真不知他要說什麼。

以下是塔魯對鼠患事件的描述：

「今天對面的小老頭茫然若失。街上沒貓。街上大量出現的死老鼠讓貓騷動起來，牠們就都不見了。據我看，貓並不是跑去吃死老鼠。我還記得我養的一些貓討厭死老鼠。不過牠們還是可能跑到地窖去，小老頭因此茫然若失。今天他就沒好好梳頭髮，精神也比較不濟。感覺得出來他很不安。不一會兒，他就進去了。但他還是朝底下吐了一口口水。」

「在城裡，今天一輛電車因為在車上發現一隻死老鼠而中途停駛。沒人知道老鼠是怎麼來的。有兩、三個女人下了電車。有人把老鼠撿起來丟掉。電車又開了。」

「在旅館，值夜班的人（他是個值得信賴的人）告訴我，他想這些老鼠會帶來禍害。『當老鼠離開了船，船上就不妙了……』我回答他，就船隻而言這是真的，但是對城市來說這件事從未得到證實。然而他對此堅信不疑。我問他，他認為我們會有什麼樣的禍害。他並不知道，他只是覺得禍害是不可預測的。但要是發生地震，他也不會吃驚。我承認這是可能的，他問我擔不擔心。」

「我對他說：我唯一在意的是找到內心平靜安和之道。」

「他完全明白我的意思。」

「在旅館的餐廳裡，有一家人很有意思。父親是個瘦高個兒，穿著一身黑，脖子上是硬領子。他頭中央禿了一塊，腦門左右兩邊有兩綹灰白的頭髮。兩隻嚴峻的小圓眼，尖尖的鼻子，平平拉出一條線的嘴唇，讓他看起來彷彿是一頭溫馴的貓頭鷹。他總是第一個來到餐廳入口，然後側過身子，讓他瘦得跟小黑鼠似的的妻子先進去。他妻子穿著高跟鞋，帶著一男孩、一女孩往餐廳裡頭走。這兩個孩子穿得像是訓練有素的小狗。他等著妻子先入座，在他自己也坐定以後，兩隻小獸才跟著爬上椅子。他以『您』稱呼妻子和孩子。他客客氣氣地兇他妻子，威嚇他孩子。

「『妮可，您真是非常討人厭！』」

「小女孩幾乎哭出來。這也難怪。」

「這天早上，小男孩因為老鼠而顯得亢奮，想在餐桌上說說這件事。」

「『菲利普，餐桌上別談老鼠。我不准您以後再說這個字。』」

「小黑鼠說：『爸爸說得有道理。』」

「兩隻小獸把頭埋進眼前的肉醬裡。貓頭鷹點點頭，感謝他們配合。這動作倒是多餘的。」

「儘管這一家人禁止談老鼠，在城裡大家還是大談特談這個話題。就連報紙也沒置身事外。向來題材多元的地方報現在也以全部的篇幅來批評市政府。『市府官員是否意識到這些腐爛的老鼠屍體可能帶來危險？』旅館經理也滿口說的都是老鼠。他還因此火冒三丈。在高級旅館的電梯裡發現老鼠在他看來是不可思議的事。我安慰他說：『這件事大家都不能倖免。』」

「他回答我：『就因為這樣，我們現在也落得跟大家沒兩樣。』」

「告訴我初期幾個病例有莫名發燒的人是他，現在大家都擔心起這種病來了。他有個女僕就染了病。」

「他急忙澄清：『不過，這肯定不會傳染。』」

「我告訴他，這我無所謂。」

「『啊！我明白了。您和我一樣，是宿命論者。』」

「我對他說，我可沒這麼暗示，再說我也不是宿命論者。」

從這裡開始，塔魯的筆記詳細記述了這個沒人知道病因，但大家都擔心不已的發燒症狀。他還寫到了，那個小老頭終於在老鼠不見蹤跡後，又看見了貓回到街上，他又耐心地瞄準貓吐口水。塔魯又記載了已經有十幾個發燒的病例，其中大部分都是致命的。

最後我們可以把塔魯對里厄醫生的描寫轉錄在這裡，作為資料。根據敘述者的判斷，他的描寫非常忠於事實：

「約莫三十五歲。中等身材。肩膀寬闊。幾近長方臉。黑色眼睛，目光直接，下巴翹起。鼻子很大、很端正。剪得短短的黑頭髮。嘴角微翹，嘴唇豐滿，總是緊緊閉著。他皮膚黝黑，毛髮烏漆漆，一身和他很搭的暗色衣裝，看起來有點像是西西里島的農民，」

「他走路很快。過馬路時、走下人行道時也沒放慢步伐，但是大半時候他會輕輕跳到馬路另一側的人行道。他在開車時很心不在焉，方向燈往往亮著，在改變方向時也不做調整。他從不戴帽子。一副消息靈通的樣子。」

塔魯的數據是正確的。里厄醫生對此早就心裡有數。在門房的屍體載走以後，里厄曾打電話給李察，問他關於腹股溝淋巴結炎的問題。

李察說：「我自己也很困惑。兩人病故，一個是在四十八小時內，另一個是三天。那天早上，我在離開病人時，他各方面看起來都像是復原了。」

里厄說：「要是有其他病例，請讓我知道。」

他還打電話給其他幾位醫生。他因此打聽到在幾天之中還有二十幾個類似的病例，幾乎都是致命的。這時他請醫師工會主席李察將這些新發現的病例隔離開來。

李察說：「我沒辦法啊，這必須由省政府採取措施。還有，是誰跟您說這會傳染的？」

「沒人跟我這麼說。不過這些症狀真讓人憂心。」

不過，李察表示他「沒權」做這件事。他唯一能做的就是通報省長。

說著說著，天氣就變壞了。在門房死後第二天，全城大霧瀰漫。急促的暴雨嘩啦啦下著；在雨水氾漫之後就是暴熱。大海再沒有原來那麼湛藍，在霧茫茫的天空下，它呈現出銀灰或是鐵灰色，看著刺眼。這潮濕、燠熱的春天讓人想望盛暑炎夏。這個以螺旋形狀建在高原上、背著大海的城市，不免有一股窒悶、昏沉的氛圍。在塗著灰泥的長長牆面上、在街道兩旁布滿塵埃的櫥窗裡、在黃得髒髒的電車裡，大家有點感覺自己被囚困在這樣的天候裡。只有里厄那個年紀很大的病人因為氣喘沒有發作，而樂得享受這天氣。

他說：「熱死了，但這對支氣管很好。」

的確是熱死了，但這不多不少就跟發燒一樣。整個城市都在發燒，至少在這天早上里厄醫生到費德爾布街出席調查寇達爾先生自殺未遂一事時，他一直有這種感覺。但他認為這種感覺很無稽。他把這歸因於糾纏著他的焦躁和憂慮的情緒，他想自己必須儘快把思緒鎮定下來。

他到了那裡以後，警察還沒到。格朗在樓梯口等著，醫生決定先到格朗家一趟，並讓門開著。這位市政府職員住的是一房一廳，擺設非常簡單。最引人注目的是一座白色木頭書架，上面擺著兩、三本字典，以及一塊黑板，上面寫著「花木小徑」，字跡雖然擦去了一半，但還能辨識。格朗表示，寇達爾昨夜睡得很好。但是早上起來的時候頭很痛，根本動彈不得。格朗顯得疲憊又焦躁，在屋裡來回踱著步，不停把桌上一份裝著稿紙的大文件夾開開合合。

格朗對醫生說他和寇達爾並不熟，不過他猜想他口袋裡有點錢。寇達爾是個怪人。一直以來他們的關係僅限於在樓梯上寒暄幾句。

「我只和他交談過兩次。幾天前，我在把一箱粉筆搬進我家時不小心弄翻了。有紅色、藍色的粉筆。這時候，寇達爾走到樓梯間，幫我撿粉筆。他問我這麼多彩色粉筆有什麼用途。」

格朗向他解釋，自己想要重新學點拉丁文。高中畢業以後，他的拉丁文就忘得差不多。

他對醫生說：「是的，有人告訴我，懂拉丁文對瞭解法文字義有幫助。」

所以他會把幾個拉丁文單字寫在那塊黑板上。他用藍色粉筆抄寫那會隨性、數、格和動詞的不同而變化的字尾，紅色粉筆抄寫那不變的部分。

「我不知道寇達爾有沒有聽懂，但他好像很感興趣，就向我要了一支紅色粉筆。我有點訝異，但畢竟……當然，我怎麼也猜不到他後來會這麼用那支粉筆。」

里厄問，他們第二次交談談了些什麼。但在這時候，警察到了，他帶著文書人員一起來，他要先聽聽格朗的說明。醫生注意到，格朗在提起寇達爾的時候總是稱他「那個絕望的人」。格朗甚至有一次用了「必死的決心」這個說法。他們討論著自殺的動機，格朗卻顯得咬文嚼字。最後大家決定把動機界定為「內心抑鬱」。警察問道，從寇達爾過去的態度是不是看得出來他所稱的「他的決心」。

格朗說：「他昨天敲了我的門，跟我要火柴。我把整盒火柴都給了他。他道著歉對我說，鄰居之間……然後他保證會把火柴盒還我。我跟他說留著吧。」

警察問格朗，當時覺不覺得寇達爾行為古怪。

「我覺得怪的是，他好像有意繼續談話。但我正在忙。」

格朗轉身看里厄，尷尬地加上一句話：

「忙著私事。」

警察想要去看看寇達爾。但是里厄認為最好先讓他對警察到訪有心理準備。里厄進到他房間以後，發現他坐在床上，身上只穿著一件淺灰色法蘭絨的衣服，表情憂慮的看著門口。

「呃，是警察吧？」

里厄說：「嗯。您別擔心。只要兩、三個程序，就不打擾您了。」

但是寇達爾說這沒什麼用，他不喜歡警察。里厄顯得不耐煩，說：

「我也不喜歡警察。不過就是迅速、正確地回答幾個問題，一勞永逸。」

寇達爾不再說什麼。醫生走回門邊。但寇達爾叫住了他，並在他走到床邊時，拉著他的手，說：

「他們不會對病人、對一個上過吊的人不利的，對吧，醫生？」

里厄注視了他一會兒，最後向他保證說不可能會有這種事，再說，他來也是為了保護他的病人。寇達爾放鬆了下來。里厄請警察進屋。

警察把格朗的證詞念給寇達爾聽，並問他是不是能清楚說明他的動機。他回答時沒看警察，只是說：「內心抑鬱，這麼說很好。」警察追問他會不會再嘗試。寇達爾突然激動起來，回答說不會，他只希望大家別再打擾他。

警察不快地說，「我要提醒您，現在是找麻煩的人是您。」

不過里厄做了個手勢，打斷大家的話頭。

警察在走出去時，嘆氣說：「自從人人議論那個奇怪的發燒症狀以來，我們可有得忙了……」

他問醫生事態是否很嚴重，醫生說，他也不清楚。

警察說：「沒別的，都是天氣造成的。」

一定是天氣造成的。時間越是往前進，東西拿在手裡就越是黏乎乎的。每多幫一個人看病，里厄的憂懼就越加深。就在同一天晚上，城郊那個老病人的鄰居兩手按著腹股溝，一邊發囈語，一邊嘔吐。他的淋巴結腫得比門房的還大。其中一個淋巴結已經開始化膿，不久就像個發爛的水果一樣破了開來。里厄一回家，就打電話給省裡的藥物倉管局。這一天，他在工作記錄上只寫下：「對方說沒有。」而在這時候，別的地方又請他去診視類似的病況。沒別的辦法，只有切開腫塊。手術刀劃個十字，淋巴結就流出了帶血的膿。病人手腳張得開開的，流著血。但是肚子、大腿出現了斑點，淋巴結不再化膿，然後卻又腫了起來。病人大半會死亡，死時滿身惡臭。

曾大肆報導鼠患事件的報刊，對這情況卻默不作聲。原因是老鼠是死在街上，人卻是死在自己家裡。報紙只管街上的事。不過，省政府和市政府開始留意這件事。在每個醫生只接觸到兩、三個病例的情況下，自然沒有人想到要採取行動。然而只要有人把這人數加一加，就會發現這數字驚人。不過幾天的時間，死亡病例急遽增加。對關心這個怪病的人來說，這顯然是流行性傳染病。里厄的一位年紀比他大許多的同行，卡斯特勒醫生，就在這個時候來見他。

他對里厄說：「您想必知道這是什麼病？」

「我在等化驗的結果。」

「我知道這是什麼病。我不需要化驗結果。我曾在中國行醫多年，二十多年前我也曾在巴黎見過幾個這樣的病例。只是這時候沒人敢直接說出病名。不可炒作輿論。不能引發驚慌，尤其不能引發驚慌。就像一位同行說的：『這不可能，大家都知道這病在西方早就絕跡了。』沒錯，除了死人以外，大家都知道。得了，里厄，您心裡和我一樣清楚這是什麼病。」

里厄思忖著。他從診所的窗戶眺望遠處陡然落入海灣的懸崖。天空儘管一片蔚藍，卻顯得黯然，天色並隨著傍晚的到來更形希微。

他說：「沒錯，卡斯特勒。真是難以置信。但這的確像是鼠疫。」

卡斯特勒站起來，往門口走去。

老醫生說：「您也知道別人會怎麼回我們：『這在溫帶國家已經絕跡多年了。』」

里厄聳聳肩，說：「這是什麼意思呢，『絕跡』？」

「沒錯。別忘了，巴黎有鼠疫不過是二十年前的事。」

「嗯。希望這次情況不會比過去嚴重。不過，這真是太不可思議了。」

這是第一次有人說出了「鼠疫」這個字。寫到這裡，我們暫且擱下站在窗戶後面的貝爾納・里厄，就讓敘述者說明一下為什麼里厄醫生會感到疑慮又震驚，因為他這反應和大多數市民會有的反應一樣，雖然他們的反應有細微的差別。其實，人世常有災殃，但是它當真發生在你頭上時，誰也不會相信這是真的。在這世界上，鼠疫和戰爭一樣所在多見。而面對鼠疫和戰爭，大家對這種突如其來的事向來是毫無準備的。里厄醫生也和這裡的市民一樣沒準備，所以我們應該從這樣的角度來理解他之所以會猶豫、之所以會既憂慮又有信心。在戰爭爆發時，大家會說：「這場仗打不久的，這太蠢了。」戰爭固然很蠢，它卻不會因此而很快結束。蠢事總是永遠長存，要是我們不老是以自己的觀點來看事情，就會明白這個道理。就這一點，這裡的市民和所有的人一樣都只以自己的觀點來看事情，換句話說，他們都是不相信災殃的人文主義者。災殃超乎了人所能理解的尺度，所以我們說災殃是不真實的，它只是一場會消失的惡夢。但它並不一定會消失，在惡夢接連惡夢而來之時，會消失的是人自己，首先消失的就是人文主義者，因為他們沒有採取預防措施。這裡的市民並沒比其他地方的人犯更多的錯，他們只不過是忘了要虛心一點，而且他們認為自己有辦法應付一切，這等於是說災殃是不可能發生的。他們繼續做生意，他們計畫旅行，他們對什麼都有自己的意見。他們怎麼會想到那使得他們不再有前途、不再能旅行、不再能發表意見的鼠疫呢？他們認為自己是自由的，但只要有災殃在，沒人是自由的。

即使里厄醫生對他朋友承認有零星幾個病人沒什麼預兆地死於鼠疫，但他還是覺得這威脅很不真實。只是作為一個醫生，對病痛往往有一定的概念，想像力也就比一般人稍微來得更豐富。看著窗外沒起變化的城市，里厄醫生面對那讓人不安的未來只略略覺得反感。他試著專心去想對這疾病自己知道些什麼。他腦子裡浮現一些數字，他心想，歷史上發生過的三十幾場大鼠疫，造成了將近一億人死亡。但一億人又怎麼樣？打過仗的人都知道死亡是怎麼回事，根本不放在心上。再說，一個死人只有在有人見到他死亡的情況下才有份量，那麼這分散在漫長歷史中的一億人的屍體只不過是想像中的一縷輕煙。醫生想起了君士坦丁堡的鼠疫，根據東羅馬帝國歷史學家普羅科匹厄斯的記載，一天之內就有一萬人受害。一萬人等於是大型電影院裡的觀眾人數的五倍。用這樣的比喻會看得比較清楚。我們把五座電影院的觀眾在出口集合起來，把他們帶到城裡的一處廣場，然後讓他們成堆地死去，這樣我們就比較有概念。至少，我們可以在這些面貌模糊的成堆屍首中安上幾張熟悉的臉孔，這樣想像就更具體。不過，當然是不可能集合那麼多屍體，再說，誰能認得一萬張臉孔呢？何況，像普羅科匹厄斯那種人算數是不行的，這事大家都知道。七十年前，在中國廣東，在鼠疫傳染給人類以前，就有四萬隻老鼠死於此病。但是在一八七一年並沒有辦法計算有多少老鼠。大家只是大約估算，很粗略，出錯也就難免。不過，如果一隻老鼠以三十公分計，那麼四萬隻老鼠一隻一隻首尾相連起來，就有……

醫生不耐煩起來。他不該讓自己這樣浮想聯翩。零星幾個病例並不足以變成大流行。只要做些預防措施就好了。必須掌握我們已經知道的情況：昏沉、虛脫、兩眼發紅、口腔污穢、頭痛、腹股溝淋巴結炎、異常口渴、發囈語、身上有斑點、體內有撕裂感，在這些症狀之後……在這些症狀之後，里厄想起了一句話，就是他在冊子裡列舉各種症狀之後，寫下的一句話：「脈搏微弱，只要稍微一動就斷氣。」沒錯，在這些症狀之後，一條命就如懸絲，四分之三的病人——這個數字是正確的——都忍不住微微一動，結果就喪了命。

醫生依舊看著窗外。窗外，春光燦爛，而在屋內，「鼠疫」這個詞還不斷迴盪著。這個詞不僅是醫學名詞，它還是一連串奇異的景象，這些景象卻和這座黃黃灰灰的城市不搭調；這城市在這個時刻還不算太熱鬧，到處悶聲作響，而不吵雜，氣氛大致是歡樂的——如果歡樂和沉悶可以並存的話。而在這樣平和寧靜的氛圍裡，大家會毫不費力地否定過去災殃的景象。在遭鼠疫襲擊的雅典，連鳥都不見蹤跡。在中國的幾座城市裡，到處是靜默無言的垂死病人。在馬賽，苦役犯把淌著屍水的屍體堆入洞穴裡。普羅旺斯建造了為防止鼠疫狂潮的高大圍牆。雅法城裡令人厭惡的乞丐。在君士坦丁堡的醫院裡，潮濕、腐敗的床黏附在硬實的地面上。病人被人用長鉤拖走。在十四世紀鼠疫猖獗的時候，醫生都蒙上口罩，好似嘉年華。倖存者在米蘭的墓園裡野合。在驚惶不安的倫敦，死人一車車地運走。白天、夜裡，不管在哪裡，總有人連聲呼號。不，所有這些都還不足以破壞這一天的寧靜。在窗外，還隱藏在遠處的電車突然叮叮噹噹響起，剎那間驅走了殘酷、痛苦的想像。只有在繁密、黯淡的屋宇之外的大海見證著這世界騷亂不安，永無寧日。看著海灣的里厄醫生想起了古羅馬詩人盧克萊修提到的，雅典人在鼠疫蔓延時在海邊架起了焚屍的柴堆。大家都在晚上運來屍體，但是因為焚屍的柴堆數量不夠，活著的人為了讓他們的親屬有個位置，便拿火炬互毆，他們打得頭破血流，誰也不願拋棄親人的屍體。我們可以想像映襯在寧靜而墨黑的大海之前的火紅柴堆，在夜裡拿著火炬打鬥，迸射出如星點般的火花，冒出了惡臭濃煙升向注視著這一切的天空。我們是該畏懼……

但是在理智之前，這樣荒謬的想像是站不住腳的。「鼠疫」這個詞的確是說出了口，在這一刻也的確是發生了災殃，有一、兩個人罹難。但是事情有可能就到此為止。現在該做的是，該承認的事就承認，驅趕不必要的疑慮，採取因應措施。接著，鼠疫就會結束，因為我們無法抽象地設想鼠疫，或是即使設想它，這設想也會是錯誤的。要是它結束了——這非常可能——就萬事大吉。萬一沒結束，我們會知道它是怎麼一回事，並且會知道我們是否能找到辦法來處理它，然後來遏止它。

醫生打開窗戶，城裡的聲音一下子湧上來。鄰近的木工作坊傳來了電鋸短促而重複的鋸木聲。里厄打起精神。這樣的日常工作讓人感到穩妥、切實。其他一切都微不足道，不需要太看重。重要的是善盡自己的職責。

里厄醫生思索到這裡，有人通報他約瑟夫．格朗來了。這位活動很多元的市政府職員每隔一段時間就會被派到民事局的統計處去，因此計算死亡人數成了他的工作。向來樂於助人的他答應了里厄要親自送來統計結果的抄本。

醫生看見格朗帶著他的鄰居寇達爾一起來。格朗手裡揮動著一張紙，說：

「數字往上升，在四十八小時內就有十一個人死亡。」

里厄向寇達爾打招呼，還問他是不是好多了。格朗回答，寇達爾一定要來謝謝醫生，並要為他給醫生添麻煩致歉。但里厄卻看著那張統計表。

里厄說：「現在也許該直接明說這是什麼病。到目前為止，我們毫無進展，只在原地踏步。不過請你們跟我一起來，我要去化驗室一趟。」

「好，好，」格朗隨著醫生走下樓梯，問道：「直接明說這是什麼病？那這是什麼病呢？」

「我不能告訴您。再說，這對您也沒用。」

市政府職員笑著說：「您看，這一切並沒那麼容易。」

他們往閱兵廣場走去。寇達爾一直悶聲不響。街道上，行人漸漸多了起來。黃昏轉瞬即逝，緊接著就要入夜，在微亮的天際已見初現的星斗閃爍。不久，亮起來的路燈讓整個天空變昏暗，人和人談話的音調彷彿提高了一階。

格朗在來到閱兵廣場一角時忽然說：「對不起，我得去搭電車了。晚上的時間對我很神聖。就像我家鄉的人說的：『今日事今日畢，不可拖到明天……』」

里厄已經注意到格朗有這個毛病，出生在法國蒙特利馬的他總愛提起家鄉的諺語，然後加上幾句平庸而沒有出處的話，像是「夢幻的時刻」或是「仙境般的燈火」。

寇達爾說：「啊，真的。在晚餐後休想讓他跨出家門一步。」

里厄問格朗，他晚上也為市政府做事嗎？格朗說，不，他是為自己做事。

里厄隨口說：「啊，那進展如何？」

「我已經做了好幾年，必然是有進展。雖然從另一個角度看，並沒有太大進步。」

醫生停下腳步問：「那您做的究竟是什麼？」

格朗一面調整戴在他大耳朵上的圓形帽子，一面支支吾吾地解釋。里厄只大約明白他所做的涉及了個人發展。但市政府職員已經離開了，他順著曼恩林蔭道走去，以急促的小碎步走在無花果樹下。來到化驗室門口，寇達爾對醫生說，他想要找時間去見他，請他給些建議。里厄摸了摸口袋裡的統計表，說那麼請他到診所來。隨後醫生改變了主意，說自己明天會到他那一區去，在接近傍晚的時候可以去看他。

醫生離開寇達爾以後，卻發現自己想著格朗。他想像格朗遇到了鼠疫，當然不是像這次這種不怎麼嚴重的瘟病，而是歷史上最慘烈的大鼠疫。「像他這種人就避得過災殃。」他記得自己曾經讀到過，鼠疫放過了那些體弱的人，而摧殘那些身強體魄的人。想著想著，醫生忽然覺得市政府這位職員神色有點神祕。

乍看之下，約瑟夫．格朗的舉止的確就是一副市政府小職員的模樣。高高瘦瘦的他老是挑太過寬大的衣服穿，以為這樣可以穿得久一點，以致他總顯得飄飄晃晃。儘管他下牙床上的牙大多完好，但他上面一排的牙齒卻全掉光。他微笑時，揚起來的尤其是上嘴唇，讓他嘴巴看來像是咧個大洞。要是我們在他這樣的形象上，再加上他走起路來好似修道院修士的樣子，走路老是緊靠著牆、進出大門總是一溜煙、身上散發著地窖和煙的氣味，還有毫不起眼的神色，那麼我們就能認出他是一個只能坐在辦公桌前的人，專注核對公共浴池的收費標準，或者是為年輕辦事員收集日常垃圾清運費的彙報。即使是對人不抱成見的人也看得出來，他似乎生來就是在市政府裡做個低調而不可或缺的臨時助理人員，每天領六十二法郎三十生丁。

事實上，在他的求職履歷中，「專業技能」一欄就是這麼寫的。二十二年前，在他取得學士學位以後，因為沒錢，無法再升學，他便接受了這個工作，他說當時人家讓他以為有望很快「正式錄用」。只不過他得經過一段時間的考核，以便證明他有能力處理城裡棘手的行政事務。接著人家又向他保證，他一定能升任辦事員，這能讓他生活較寬裕。當然，約瑟夫．格朗並沒有太大的抱負，這從他嘴角帶著憂鬱的笑就看得出來。但是能老老實實地工作，賺取生活所需，而且因此能夠問心無愧地投入他喜愛的活動，這樣的遠景讓他心嚮往之。如果說他接受了人家提供的這個工作，那實在是出於可敬的理由，甚至可以說是出於對理想的堅持。

沒想到他這臨時助理人員的工作一做就做了許多年，在這期間生活費用的漲幅很大，而格朗的薪水雖然調高了，卻相對少得不值一提。他曾向里厄抱怨過這件事，但根本沒人在意。這就是格朗的古怪之處，或者至少說是他的特點之一。其實他本來可以要求如果不給他應享的權利——雖然他自己也說不上是什麼權利——至少也要履行過去對他的承諾。但是當初雇用他的上司早就過世了，而他自己也想不起來那時到底確切承諾了什麼。總之，約瑟夫．格朗根本沒話好說。

這個特點正是我們這位市民最佳的寫照，這一點里厄也注意到了。就是這一點讓他無法寫出斟酌了很久的申請書，也讓他無法在恰當時機採取行動。他特別覺得自己無法使用「權利」這個詞，對要爭取權利這一點他自己的立場並不堅定。他一樣無法使用「承諾」

這個詞，因為這等於是向人家要求他自己應得的，對他這麼一個位卑職賤的小公務員來說，這未免有些放肆。他同樣也拒絕使用「照顧」、「懇求」、「感激」，他認為這些詞有辱他個人尊嚴。就這樣，因為找不到適當的用語，我們這位市民只得繼續做這卑微的工作，直到如今上了年紀。此外，一樣還是根據他對里厄醫生所說的，久而久之，他發現只要量入為出，他的物質生活就能得到保障。這城裡身為工業鉅子的市長常愛說一句話：說起來（他非常強調這個帶有思考性質的發語詞），說起來，誰也沒見過有人餓死。格朗認為他說得對極了。總之，說起來，約瑟夫·格朗幾乎等於是苦修的生活讓他擺脫了這一方面的憂慮。他繼續思索該用什麼字眼。

就某個角度看，格朗過日子的方式可以說是大家的好榜樣。他是那種總是勇於堅持善念的人，不管在我們這個城市或其他地方，這種人都很少見。從他零星片段地談及自己的話語中，就可以看得出來他善良、深情，而在我們這個時代裡，是沒人敢承認自己有這種品格。他會臉不紅氣不喘地承認自己愛他的外甥和妹妹，他們是他唯一的親人，他每兩年會到法國去探望他們一次。他也承認想起在他小時候就已亡故的父母會讓他傷心。他還坦白地說，他最喜歡的是下午五點左右在他住的那一區有輕輕迴盪的鐘聲。然而，即使只是要描述這些單純的感受，他都為找不到恰當的字彙而痛苦不堪。說起來，他最大的困擾就是欠缺表達能力。他每次見到里厄都這麼說：「唉，醫生，我真想好好學習怎麼自我表達。」

這天晚上，看著這位公務員離開的醫生忽然明瞭格朗說的是什麼：他想必是在寫一本書，或是類似的東西。他終於來到化驗室以後，心中突然浮現了這個想法，這個想法讓他放了心。他明知這種印象很愚蠢，但是他根本無法相信鼠疫真的會進犯這個有守分寸、連癖好也無可指摘的公務員的城市。的確，他想像不出來這些癖好會出現在鼠疫橫行的環境中，因此他認為鼠疫不會侵擾我們的市民。

第二天，在里厄的堅決要求下，省政府終於同意召開衛生委員會，雖然他們認為里厄的要求不合時宜。

李察表示：「民眾的確很恐慌。而且流言只會讓事情被誇大。省長跟我說：『有必要的話就趕快採取行動，但要不動聲色。』不過，他認為這只會是一場虛驚。」

貝爾納·里厄和卡斯特勒一起搭車，前往省政府。

卡斯特勒對里厄醫生說：「省裡沒有血清了，您知道嗎？」

「我知道，我打了電話給藥物倉管局。局長驚慌極了。這還得從巴黎運來。」

「希望別拖得太久。」

里厄回答：「我已經發了電報。」

省長態度很和善，但有些焦躁。

他說：「兩位，我們開始吧。我要先跟你們做個簡報嗎？」

李察認為沒這個必要。在座的醫生都明白現在的情況。問題只是在於該採取什麼適當措施。

老卡斯特勒直率地說：「重點是要搞清楚這是不是鼠疫。」

有兩、三位醫生驚呼起來。其他幾位似乎還很猶豫。至於省長，他則被這話嚇到了，下意識地轉向大門，就像是要檢查這扇門是否擋下了這句駭人聽聞的話，沒讓它傳到走廊上。李察表示，依他之見，大家不可驚慌，我們現在能確定的是，這只是併發腹股溝淋巴結炎的高燒；而任何假設性的說法都是危險的，不管是在科學上或是日常生活上。安詳地嚼著他泛黃鬍子的老卡斯特勒，抬起他淡灰色的眼睛，看著里厄。然後他目光和善地看著列席的各位，向大家表示他很清楚這是鼠疫，只是，當然囉，官方要是正式承認這件事，就得採取猛烈的措施。他知道，說到底就是這個使這裡的各位有所顧忌，因此為了讓大家心安，他願意說這不是鼠疫。省長浮躁起來，他說，無論如何，以這種方式來思考問題並不好。

卡斯特勒說：「問題不在於這種方式好不好，而在於這種方式讓人深思。」

大家看里厄都沒發言，便問起他的看法。

「這是帶有傷寒性質的發燒，還伴隨著腹股溝淋巴結炎和嘔吐。我切開了淋巴結腫塊，並把切片送去化驗，化驗室認為這帶有鼠疫桿菌。要更進一步說明的是，細菌的某些特異變化並不符合傳統上對鼠疫桿菌的描述。」

李察強調，這種情況讓人猶豫，難以直接下判斷，至少還要等這幾天已經開始了的一系列化驗的統計結果。

里厄沉默片刻以後，接著說：「然而，細菌能在三天內使脾臟增加四倍體積，讓腸系膜淋巴結腫得像橘子一樣，並且稠得像粥，這種情況就不容我們再猶豫下去，不下判斷。感染源不斷擴大，如果不制止它，根據疾病蔓延的速度，它有可能讓全城一半的人口在兩個月內喪命。所以，不管您叫它是鼠疫，或是生長熱都不重要。要緊的是要設法制止它讓一半的市民送了性命。」

李察認為不該太過悲觀，再說並無法證實這個病會傳染，因為他病人的親屬都安然無恙。

里厄表示：「但是其他人已經死了。當然，傳染力並不是絕對的，要不然的話，死亡人數會無限飆升，人口會突然迅速減少。問題並不在於是不是太悲觀了，而在於該趕快採取預防措施。」

但是李察下結論說，要是這病不自己停止下來的話，那麼要制止這個疾病就得根據法律規定的採取猛烈措施；但要這麼做，官方又得承認這是鼠疫；然而這件事卻未能百分之百的肯定，因此大家得再多斟酌。

里厄堅持說：「重點不在於根據法律規定所採取的預防措施是不是猛烈，而在於為避免半數的市民遭殃，它是否必要。其餘的就是行政的問題了，正好在我們的制度裡預先立了一位省長來處理這情況。」

省長說：「那是當然的了。但是我需要各位正式確認這是鼠疫。」

里厄說：「要是我們不做確認，它還是會奪去半數市民的性命。」

李察不無激動地插嘴說：

「實情是我們這位醫生相信這是鼠疫。看他對症狀的描述就知道了。」

里厄回答，他並沒有描述症狀，他只描述自己所看到的。而他看到的就是腹股溝淋巴結炎、身上有斑點、高燒時發囈語，四十八小時內就喪命。他問，李察先生是否敢保證不採取猛烈的預防措施，這病就會自行停止？

李察躊躇不決，他看著里厄說：

「老實告訴我您心裡的想法，您真的能確定這是鼠疫嗎？」

「您這問題問錯了。這不是該怎麼稱呼這個病的問題，這時候時間緊急。」

省長說：「您的想法就是即使不是鼠疫，因應鼠疫的緊急措施也應該在這時候施行。」

「如果我一定要有個想法的話，那麼，沒錯，就是這樣。」

在座的各位醫生彼此商議起來。李察最後說：

「所以我們必須承擔起責任，就把這當作是鼠疫一樣。」

大家熱烈贊同他的說法。

李察問：「我親愛的醫生，這也是您的看法？」

里厄說：「話怎麼說對我一點也不重要。我們不能當作不會有半數市民喪命的危險來做反應，因為這樣的話，悲劇就會發生。」

里厄在大家驚惶不安中離開了。不久，他來到聞得到油炸味、尿騷味的城郊，有個腹股溝淌著血的垂死婦人嘶喊著。她轉過頭來看著醫生。

會議過後的第二天，發高燒的病人有激增的現象。現在就連報紙都在談這件事，不過只是輕輕帶過幾筆，暗示暗示。第三天，里厄在城裡最不引人注意的角落看見省政府倉促派人貼了幾張小小的白色告示。這些告示很難讓人相信當局正視了當前的情況，採取的措施也不嚴苛，感覺得出來是為了不驚動市民而犧牲了真相。事實上，告示上一開頭就宣布在奧朗城裡發生了幾起危險的高燒病例，但這時還不清楚這是否會傳染。這幾起病例並未達到讓人特別不安的程度，想必全體市民都能冷靜以對。然而，謹慎起見——相信人人都能理解這一點——省長採取了幾項預防措施。這幾項措施是為了徹底防止傳染病的威脅，市民自當明白這一點，並加以遵守。省長絕對相信全體市民一定會全力配合。

告示上接著寫明了所有該採取的措施。其中有一項是使用有毒的氣體在下水道中滅鼠，以及密切注意飲用水的衛生。它並敦請市民詳盡做好清潔工作，最後並要身上有跳蚤的人到市立衛生所去。另外，它還規定病人家屬都必須申報醫生的診斷結果，並且同意將病人送到醫院特殊病房隔離。這些病房有特殊設備，能夠在最短時間內儘可能地治癒病人。還有幾項補充條文規定，病人房間和輸運的車輛都必須消毒。最後並要求病人家屬接受衛生檢查。

看著告示的里厄醫生突然掉頭離開，回到他的診所。等著他的約瑟夫．格朗看見他出現時，舉了一下手臂。

里厄說：「是，我知道。數字又往上飆了。」

昨天晚上，城裡有十幾個病人不敵病魔。醫生對格朗說，他晚上也許去見他，因為他要去看寇達爾。

格朗說：「這樣好，您會讓他好過一點的，因為我覺得他變了。」

「怎麼說呢？」

「他變得比較有禮貌。」

「他從前不是這樣嗎？」

格朗支吾起來。他不能說寇達爾從前不禮貌，這麼說並不準確。他只是個封閉、沉默的人，可以說行徑有些像野豬。以幾句話來總結寇達爾的生活就是，呆在他自己房間裡、到廉價的小餐廳用餐、外出時行蹤詭祕。表面上，他是賣酒的商人。不時會有兩、三個很可能是他顧客的男人上門找他。晚上，他有時會到就在住家對面的電影院看電影。格朗甚至注意到寇達爾似乎特別喜歡黑幫電影。總之，這位賣酒的商人很孤僻，對人總是抱著戒心。

根據格朗的說法，這一切有了改變：

「我不知道該怎麼說，但您明白嗎，我覺得他現在對人隨和多了，他要人人都接納他。他現在常跟我說話，還邀我一起外出，我不會老是拒絕他。再說，我還滿關心他的，畢竟我救過他一命。」

自從寇達爾試圖自殺以後，就沒人再上門找他。不論是在街上，或是在供應商那裡，他努力讓人對他有好感。他從來沒這麼和善地和雜貨鋪老闆聊天，也從來沒這麼注意賣菸的老闆娘說的話。

格朗指出：「那個賣菸的老闆娘真是個陰險的女人。我把這告訴了寇達爾，但他卻回答我，是我搞錯了，我們必須去發掘她好的一面。」

有兩、三次，寇達爾帶格朗到城裡最豪華的餐廳、咖啡館去。現在，他常往這些地方跑。

他常說：「待在這裡很舒服。再說其他的客人也都很好。」

格朗注意到了，餐廳、咖啡館的服務生都對這位賣酒的商人特別殷勤，在他發現寇達爾都會大方地留下許多小費之後，便明白了箇中原因。別人以親切的態度回報他，尤其讓寇達爾有感覺。有一天，餐廳領班送他到門口，還幫他穿上外套，這時寇達爾對格朗說：

「這是個好男孩。他可以為我證明。」

「證明什麼？」

寇達爾遲疑了一下，才說：

「呃，證明我不是壞人。」

不過，寇達爾也有情緒失控的時候。有一天，雜貨鋪老闆對他沒那麼和藹，他就怒氣沖沖地回家，不斷地說：

「這個無賴，他和其他人都是同一夥。」

「其他人是誰？」

「所有的其他人。」

格朗甚至在賣菸的老闆娘那裡見到奇怪的一幕。在大家熱烈交談的時候，老闆娘說到了最近在阿爾及爾鬧得很大的一個事件：警方收押了一名在海灘上殺了一個阿拉伯人的年輕雇員。

老闆娘說：「要把敗類都關進監獄裡，好人才能喘口氣。」

但這時候老闆娘不得不打住，因為寇達爾突然激動起來，說也沒說一聲就往店門外衝。格朗和老闆娘只能兩手一攤，眼睜睜看著他跑掉。

後來格朗又跟里厄描述了寇達爾性格上的其他改變。寇達爾向來抱持著自由主義的思想。這從他最愛說的一句話：「以大吃小，是常態」就能得到證明。但是從一段時間以來，他只買奧朗城中符合大眾思想潮流的報紙，而且就在大庭廣眾下閱讀，幾乎可以說是故意要顯示他的立場。還有一次，就在他自殺獲救後沒幾天，他請要去郵局的格朗幫他代寄一張一百法郎的匯票給他關係疏遠的妹妹——他每個月按例都會匯這一筆錢給她。但就在格朗要出門的時候，寇達爾叫住了他，說：

「給她匯兩百法郎吧，讓她驚喜一下。她以為我從沒想到她。但事實上我是很掛念她的。」

他和格朗也有一次奇怪的對話。他很好奇格朗每天晚上忙的那些工作，問了格朗許多問題，格朗不得不回答他。

寇達爾說：「嗯，您在寫書。」

「您要這麼說也行，但這比寫書更複雜一點。」

寇達爾驚嘆一聲，說：「啊，我真想像您一樣。」

這句話讓格朗吃了一驚，寇達爾便結結巴巴地表示，當個藝術家能解決許多問題。

格朗問：「怎麼說？」

「呃，因為藝術家有比別人更多的權利，這大家都知道。他們到哪兒都吃得開。」

看到告示的那天早上，里厄對格朗說：「得了，他不過是和其他人一樣，被鼠患的事搞昏了頭。或者是他害怕自己也得了高燒。」

格朗回答：「我不覺得是這樣，醫生，如果您問我的意見的話……」

滅鼠的車子正好從樓房底下經過，排氣管發出了巨大的響聲。里厄等到響聲過後才開口，漫不經心地順口問了市政府職員的意見。格朗神色凝重地看著他，說：

「他心裡責怪他自己。」

醫生聳聳肩，不置可否。就像之前那位警察說的，可還有更重要的事要做。

這天下午，里厄和卡斯特勒見了面。血清還沒送到。

里厄問：「不過，血清有用嗎？這桿菌很怪，不合常態。」

卡斯特勒說：「喔，我看法和您不同。這些細菌看起來總是很獨特，但終究是同一回事。」

「總之，這是您的假設。事實上，我們對這一切並無法掌握。」

「的確，這是我的假設。不過大家都這麼認為。」

每一回里厄醫生在想到鼠疫時都會微微感到暈眩，而這一整天，這種感覺越來越嚴重。他終於承認自己害怕了。他兩次走進顧客很多的咖啡館裡。他也和寇達爾一樣，需要在人群中汲取溫暖。里厄自己覺得這很可笑，但這倒是讓他想起了自己答應去看看那位賣酒的商人。

傍晚，醫生到達時，寇達爾正坐在餐桌前。醫生進門後，看見桌上攤開著一本偵探小說。但是這時候時間已晚，要在朦朧不明的天色下看書想必有困難。寇達爾剛剛應該只是坐在那兒，在昏暗中想事情。里厄問他好不好，寇達爾坐在原處，悶聲不樂地說，他很好，而且如果沒人管他，他會更好。里厄提請他注意，一個人不能老是孤孤單單的。

「啊，我不是這個意思。我說的是那些愛管你又帶來麻煩的人。」

里厄沒接話。

「別搞錯了，我沒這種困擾。我說的是我讀的這本小說。書中有個倒楣的傢伙一天早上突然被逮捕。大家暗中留意他，而他自己什麼也不知道。大家在辦公室裡議論他，把他的名字寫在文件裡。您覺得這公平嗎？您覺得他們有權利這樣對待一個人嗎？」

里厄說：「這要看情況。從某個角度來看，他們的確是沒這個權利。但這一些都不重要。您不該長時間把自己關在家裡。您應該出門透透氣。」

寇達爾有點發起火來，他說自己成天沒事就是往外走，必要的話，整個街區的人都可以為他作證。甚至在街區之外，他還是有些關係的。

「您認識黎歌先生嗎？他是建築師，是我的朋友。」

這時房間裡一片漆黑。街上漸漸熱鬧起來，在路燈亮起來的那一剎那，外面傳來一陣鬆了一口氣的低低歡呼聲。里厄走到陽台上，寇達爾跟在他後面。一如我們城裡每天在向晚時分都會有的景象，一陣清風從附近幾個街區吹來了人聲低語、吹來了烤肉香，滿街漸漸充盈了因感受到自由而歡快的人群吵雜聲，還有喧譁的年輕人也湧到了街上。黑夜裡，遠處看不見的船隻嗚嗚嗚叫著，大海和人潮也喧喧鬧鬧，這一個時刻里厄非常熟悉，也非常喜愛，但是如今由於他所掌握的情況，這一時刻卻使他感到鬱悶。

他對寇達爾說：「能開燈嗎？」

燈光一亮，矮個子眨著眼睛看著他，問：

「醫生，請告訴我，要是我生了病，您會把我送到醫院您主治的那一科嗎？」

「可以啊！」

寇達爾又問，在診所裡或是在醫院裡是不是發生過警察逮捕人的事。里厄回答，是有過這種情況，不過這要看病人的身體狀況。

寇達爾說：「我啊我信任您。」

然後他又問醫生，能不能坐他的車到城裡去。

在市中心，街上的人已經少了許多，燈光也顯得寥落。還有孩子在門口玩遊戲。寇達爾請醫生停車，這時車子正好停在一群孩子旁邊。孩子玩著跳房子，嘴裡不時叫嚷著。其中有個一頭黑髮梳得服貼、中分線分明而臉卻很髒的孩子，用他帶著恫嚇神氣的淡灰色眼睛直盯著里厄看。醫生轉頭不看他。寇達爾站在人行道上，和醫生握了握手，跟他道別。這位賣酒的商人以沙啞的聲音艱難地說著話。但他先看了看他背後，連看了兩、三次。

「大家都在談流行性傳染病。醫生，真的有這麼一回事嗎？」

里厄說：「大家總愛傳東傳西，這很正常。」

「您說得對。了不起就是十幾個人病死。我們需要的不是這個。」

引擎發動了。里厄把手放在排檔上。但他又看著那個仍然以凝重而平靜的神色注視著他的孩子。突然，孩子對他咧嘴一笑。

醫生對著孩子一笑，問寇達爾：「那我們需要什麼呢？」

寇達爾忽然緊緊抓住車門，用嗚咽而憤怒的聲音叫著說：「我們該有地震。一次真正的大地震！」說完就快步跑開了。

地震並沒發生。第二天，里厄這一整天都在城裡四處奔忙，或是和病人家屬交談，或是和病人說話。里厄從來沒像現在這樣覺得自己這個職業壓力沉重。到目前為止，病人都很配合，他們全心信任他。但醫生在這時候第一次感覺到病人語帶保留，他們驚惶，帶著戒心，掩蓋自己的病情。里厄還不習慣和病人之間有這種對立。晚上十點鐘左右，里厄把車子停在那個患哮喘的老頭家門前——這是他今天最後一個病人——他累得幾乎沒法從車座上起身。他留在車上看著漆黑的街道，看著烏壓壓的天上星光忽隱忽現。

患哮喘的老頭坐在床上。他呼吸似乎順暢多了，正在那兒數著鷹嘴豆，把它們從一個盆子放進另一個盆子裡。看見醫生來了，他喜形於色地招呼。

「那麼，醫生，這是霍亂嗎？」

「您這是從哪兒聽來的？」

「報紙這麼寫，收音機也這麼說。」

「不，這不是霍亂。」

老頭非常激動，說：「反正，那些在上面當官的很會誇大事情！」

醫生說：「不要聽別人亂講。」

他為老頭做了檢查以後，就在簡陋的飯廳裡坐了一坐。是的，他害怕了，他知道明天一早在這個城郊就有十幾個病人等著他，他們弓著患了腹股溝淋巴結炎的身子等著。只有兩、三個病例是在切開淋巴結腫塊以後病情好轉。但是大部分人只有送醫一途，而他知道對窮人來說醫院意味著什麼。他一位病人的妻子對他這麼說：「我不要他去當他們的試驗品。」他不會去當試驗品，他會死掉，如此而已。當局採取的措施很不足，這再清楚不過。至於那些有「特殊設備」的病房，他也很明白是怎麼回事：那是倉促遷走其他病人而空出來的兩棟樓房，門窗隙縫都嚴密封堵了起來，周邊並拉出防疫警戒線，以便隔離。要是流行性傳染病不自行停止擴散，當局採取的相關措施一點也防治不了它。

然而，官方晚上發布的通報仍很樂觀。第二天，漢斯多克新聞社表示，各方都平和地接受了省政府的措施，而且已經有三十幾個病人申報病情。卡斯特勒打電話給里厄，說：

「那兩棟樓總共有多少床位？」

「八十個床位。」

「在城裡不只有三十幾個病人吧？」

「有些病人是畏懼，有些則是來不及申報，後者占大多數。」

「有人監督屍體下葬嗎？」

「沒有。我打了電話給李察，說必須有完整的配套措施，而不只是空口說白話。我告訴他要對抗流行性傳染病，就必須提高防疫的門檻，否則就什麼都別做。」

「他怎麼說？」

「他回答我，權力不在他手上。我認為，數字還會往上飆。」

的確，不到三天，那兩棟樓就住滿了病人。李察得到的消息是，要空出一所學校，籌備一間輔助性的醫院。里厄等著疫苗送來，並為病人切開淋巴結腫塊。卡斯特勒久久待在圖書館裡，在古老的典籍裡找資料。

他下結論說：「老鼠是死於鼠疫，或是類似這樣的疾病。牠們傳播了成千上萬的跳蚤，如果不及時遏止，這些跳蚤會以幾何級數的速度傳染這疾病。」

里厄默不作聲。

在這時期，時間似乎凝住不動。太陽曬乾了最後幾場雨留下的水窪。晴空蔚藍，陽光豔黃，在剛剛開始的燠熱天氣中，飛機轟隆隆地飛過，在這樣的季節裡人人顯得氣定神閒。然而在四天的時間裡，高燒致死的現象大大跨了四步：十六人死亡、二十四人死亡、二十八人死亡、三十二人死亡。第四天，當局宣布一所幼稚園改建的輔助性醫院開始收容病人。原本一直用玩笑話來掩飾自己不安的市民，這時他們走在路上都顯得頹喪、沉默。

里厄決定打電話給省長：

「這些措施一點都不夠。」

省長說：「我看到了數字，的確很讓人憂心。」

「何止是讓人憂心而已。問題現在很清楚了。」

「我要向總督府報告，取得命令。」

里厄在卡斯特勒面前掛了電話，說：

「命令？我們需要的是想像力，試圖解決問題。」

「那血清呢？」

「這星期會到。」

省長透過李察要里厄寫一份報告給殖民地首都，請求他們發布命令。里厄在報告裡描寫了這種病的症狀，並提到死亡人數。同一天，有四十多人死亡。省長表示，明天開始，他要親自負責加強原來的措施。強制病人申報的規定和隔離政策都要嚴格執行。病人的住家要關閉並消毒，病人親屬必須做預防性的隔離，病人死後由市政府統籌下葬事宜，具體辦法視情況而定。次日，飛機運來了血清。這些血清足以供應正在接受治療的病人。但要是疫情擴大，就會不敷使用。里厄寫了電報詢問狀況，對方回覆他目前安全庫存已經告罄，但新的製程已經開始了。

在這期間，從各處城郊送來的春意已經堆滿市集。在長長的人行道上，小販花籃裡的千百朵玫瑰一一凋萎，玫瑰花香甜的氣息浮蕩全城。顯然，一切都和平常沒兩樣。電車在尖峰時間總是擠滿人，其餘時候則骯髒、少乘客。塔魯照樣觀察著那個小老頭，小老頭照樣對著貓吐口水。格朗照樣每天晚上回家忙他那神祕的事。寇達爾照樣無所事事。預審法官歐東先生照樣帶著他家人來來去去。患哮喘的那個老頭照樣在盆裡數著鷹嘴豆。在街上有時照樣會遇到藍貝爾那位記者，他神情安詳，關心當時所發生的事。晚上，街道上照樣是人群熙來攘往，電影院前大排長龍。不過，這流行性傳染病似乎收斂了，有好幾天，死亡人數只有十來人。然後，突然之間，患病人數卻陡然上升。在死亡人數又達三十幾人的那一天，省長把官方電報遞給貝爾納．里厄，說：「他們害怕了。」電報上寫著：「正式宣布為鼠疫疫區。封城。」

第二章

從這時候開始，可以說鼠疫關係到每一個人。在此之前，儘管這件異乎尋常的事讓這城裡的居民詫異、不安，大家還是在自己的崗位上做該做的事。而且也應該要這麼繼續下去。然而，城門一旦封閉起來，他們便發現所有的人，包括敘述者自己，都沒差別地被丟進同一個鍋裡，因此必須想辦法適應這種狀況。就這樣，例如說，一種原本像是和心愛的人分離的這種個人感受，在一剛開始的幾個星期，突然變成了所有市民的集體感受，另外還帶著恐懼之情，這就是這種長期被放逐的生活最主要的痛苦之源。

封閉城門最值得注意的後果是，讓人措手不及地與親人分離。有些母子、夫妻、情侶在前幾天分手時原本以為他們只是分開幾天，他們紛紛在火車月台上擁抱道別，叮嚀幾句，認為再過幾天或幾個星期就能再見面，滿懷愚蠢的信心；這別離幾乎不影響他們日常的活動，卻沒想到突然之間他們卻陷入親人遠在一方，無法見面，甚至無法通信的困境裡。因為在省府禁令頒布之前幾個小時，城門其實就已經封閉了，當然，不管任何特殊情況，皆不准特予開放。我們可以說鼠疫突然入侵所引發的第一個結果就是，迫使我們市民像是沒有個人感受的那樣行動。在禁令開始實施的那一天的前幾個小時，一群陳情的人湧向省政府，他們或是用電話，或是親自找上公務員陳述他們的情況，這些情況同樣都值得關注，但同時也都不可能加以考慮。事實上，要好幾天的時間大家才意識到我們處在一種再也沒有緩衝迴旋空間的景況裡，就連「通融」、「優惠」、「破例」這些字眼都沒了意義。

就連「寫信」這種讓人有小小滿足感的事也在禁止之列。這一方面是因為這座城市和其他地方原有的交通聯繫都中斷了，另一方面是又有一條新的禁令不許市民有任何信件往來，以免信件成為傳播病菌的溫床。剛開始，有些人會到城門口請守衛高抬貴手，運氣好的就能藉此把訊息傳到外界。但這只是在鼠疫禁令頒布的頭幾天，守衛心腸還軟，一時被打動，這也是很自然的事。但是過了一段時間，當這些守衛明白了事態嚴重以後，他們就拒絕再為這種自己無法預測影響會有多大的事承擔責任。一開始還准許使用的長途電話，讓電話亭擠爆了，電話線路滿檔，後來就連電話也不准打，但禁了幾天以後，又特准那些有急事的人通話，像是發生死亡、出生、結婚等情事。電報成了和外界聯繫的唯一辦法。

本來是以智性、心靈、肉體維繫的親人、情侶，如今只能從這古老的溝通方式中在十個大寫的字裡找尋彼此掛念的證據。而且因為在電報裡能用的語詞很快就用盡，那些長期共同生活所建立的感情，或是那些扎心的熱情都只能匆促地概括在那些定期互相傳遞的現成用語裡，像是：「我很好。想你。親親」。

不過我們當中有些人仍執意寫信，不斷想辦法和外界保持聯繫，但最後總不免認清這只是妄想。有些時候我們想出來的辦法成功了，但是誰也不能肯定，因為並沒收到對方的回音。持續幾個星期，我們只能不斷重寫同樣的信，重新抄錄同樣的籲求，以致在一段時間之後，這些原本是肺腑之言的文字卻逐漸喪失了意義。但我們還是機械性地抄寫同樣的信，試著讓這些死了的字句傳達我們處於困境的生活。到頭來，這種執拗而貧乏的獨白、這種面對牆壁的冷漠對話，還遠不如制式化的電報。

一段時日以後，大家都明白了城裡的人誰也出不去，便提出了讓鼠疫發生之前出城去的人回來的請求。省長考慮了幾天，同意了這項陳請。但是他強調再回城的人無論如何不准再出城，他們可以自由地回來，卻無法再自由地離開。就這一點，有些家庭（雖然為數不多）輕率行事，他們一心只想再見到家人，沒多加考慮地就請他的家人把握這個機會。但是這些因鼠疫而受困的人很快就意識到這會讓家人處於險境，便只好繼續忍受分離之苦。在鼠疫最嚴重的時候，只有一個例子證明了人的感情勝過受折磨而死的恐懼。這個例子並不是像大家以為的，是發生在不畏死亡而緊緊相擁的情人身上，而是發生在結婚多年的卡斯特勒老醫生和他妻子身上。卡斯特特太太是在鼠疫禁令頒布前幾天到鄰近的一個城市去。這對老夫婦並不是世上最幸福的模範夫妻，敘述者甚至可以說他們並不確定自己是否滿意婚姻生活。但是硬生生地長期分隔兩地，讓他們深刻體會到彼此是離不了對方過日子；清楚意識到這件事以後，鼠疫也就不算什麼了。

但這是例外。對絕大部分的人來說，分離勢不可免，只能等待鼠疫告終。對我們大家來說，我們自以為很熟悉的生活中的感情（前面已經提過，奧朗人的欲念是很簡單的）有了全新的面貌。有些原本很信任他們伴侶的丈夫、情人這時卻變得猜忌多疑。有些風流男子在這時卻變得忠誠。有些兒子原本不太關心生活在他身邊的母親，這時母親臉上的皺紋卻常縈繞他心頭，讓他感到不安與懊悔。這樣硬生生將人分隔兩地，毫不容情、毫無遠景可期，使得我們不知所措，使得我們束手無策地整天想著那曾在身邊、如今卻遠在他方的人。事實上，我們受的痛苦是雙倍的，首先是我們自己的痛苦，再者是想像那在城外的人所受的痛苦，兒子、妻子、情人等的痛苦。

在另一種狀況下，我們這些市民會在比較外放、比較活躍的生活中找到排遣。但是在這時候，鼠疫讓他們無所事事，只能在這窒悶的城裡兜著圈子轉，日復一日沉浸在讓人消沉的思念裡。因為在他們漫無目的地在這沒幾條街的小城遊蕩時，不免老是走同樣的路，而且大部分時候，這些路正是他們之前與城外的親人一同走過的。

因此，鼠疫讓我們這些市民首先感受到的是遭到了放逐。敘述者相信他能夠以大家的名義在這裡寫下他自己的感受，是因為他在同一時候感受到許多市民的感受。沒錯，這的確就是遭受放逐之感。這是一種心靈中恆久的空虛感受，一種明晰的情緒，一種想要時光倒流或是加速時間前進的不理性欲望，一種熾熱的回憶之箭。要是有那麼幾次我們任由想像力遨翔，想像著我們歡喜地等待家人歸來按門鈴的聲音、等待樓梯上傳來熟悉的腳步聲，或者是我們刻意忘記了火車不通，在平時搭乘傍晚的快車回來的旅客該到家的時刻，趕回家中等待親人。當然，這種想像的遊戲是無法持久的。我們總會在某一刻清楚意識到火車並不會來。這時我們知道分隔兩地勢必持續一段時日，隨著時間過去，我們只得努力適應這件事。我們從而又陷入了身為囚犯的境地，我們只剩下過去的回憶，要是我們當中有人試著寄望於未來，他也會儘快放棄這希望，因為他同樣也受到了那些對未來抱持幻想的人所受到的傷害。

特別是，我們所有的市民都很快就失去了從前會估算和親人分離多久的習慣，即使在公開場合也不再對別人說起。為什麼？這是因為如果說最悲觀的人把分離時間訂為例如說六個月，當他為這幾個月事先做好了心裡會受煎熬的準備，鼓足了勇氣，並拚盡最後一絲力氣來熬這段漫長而痛苦的時光，但在這時候他卻在偶然間遇見一個朋友、看見報上的一則短訊，或者是突然間靈光一現、心中有所頓悟，讓他意識到沒有理由認為鼠疫不會持續六個月以上，它甚至可能持續一年，或更久。

這時候，他們的勇氣、意志、耐心會猝然垮下來，覺得自己再也不能從這凹陷的大洞中爬出來。因此他們強迫自己不再去想他們的痛苦到什麼時候才能告終，也不再企盼未來，可以說他們強迫自己從此只能雙目低垂地度日。很自然地，這種謹慎的態度、這種想要迴避痛苦的方式、這種拒絕再戰的做法，其實得不到什麼好處。在他們無論如何想要避免精神突然崩潰的同時，他們事實上也剝奪了自己暫時把鼠疫拋在腦後，等待日後再與親人重聚的幻想——這種幻想其實是滿常有的。就這樣，他們懸在深淵與頂峰之間，與其說是活著，還不如說是浮沉著，只能成天漫無目的地過日，沉緬在無用的回憶中，就像漂泊的幽靈，僅有接受了自己的痛苦才能取得力量。

他們因此深深感到所有囚犯、所有遭到放逐的人的痛苦，這種痛苦就是帶著毫無用處的回憶活著。而這個他們時時思及的過去卻徒然使人抱憾。事實上，他們真想能夠在回憶裡補上自己和所盼望的親人以前在一起時能做而未做的事，同時，即使是他們受囚於相對愉快的時光中，因為他們心裡時時想著城外的親人，所以對自己當下的景況也未得滿足。對現在感到愁煩、對過去感到忿恨，並對未來感到絕望，我們就像那些被法律、被仇恨制裁而活在鐵窗之後的囚徒。到頭來，逃避這無可忍受的空虛唯一的方法就是，幻想火車再度開動、門鈴聲不斷響起——這鈴聲卻一直默不作響。

不過，如果說這是放逐，大部分的人其實是被放逐在家中。儘管敘述者只熟悉一般市民的放逐生活，但不能忘記有些人，像是記者藍貝爾或其他人，他們是在旅途中意外遇到鼠疫而被拘留城中，不僅無法和親人相見，也遠離故鄉，因此分離之苦加倍難以承受。和一般人的放逐相比，他們是被放逐得最嚴重的人，因為雖然他們和其他所有人一樣忍受了流逝的時間引發的焦慮，但他們眷戀故土，不斷碰撞著阻隔在他們回不去的家鄉和他們所處的鼠疫疫區之間的牆。他們成天在這滿是灰塵的城裡遊蕩，心中默默呼喚著只有他們自己知道的家鄉的黃昏與清晨。一些不值一提的跡象、一些令人煩亂的訊息都讓他更加痛苦，像是天空中飛翔的燕子、落日下的露珠，或是在荒無人跡的路上偶現的奇特太陽光。他們閉眼不看這個能為人排憂解悶的外在世界，而執意沉迷在他們過於真實的幻影中，並竭力追尋他們故土呈現的景象：兩三座小山丘、偏愛的樹木、幾張女人的臉，這些均沐浴在一片光芒中，構成了一種對他們來說無可取代的氛圍。

最後，我們來談談最值得關注的情人們的景況——敘述者也許是最合適來談他們這些人——他們心中有種種憂愁，其中特別要提出來的是他們會悔恨。事實上，當前的處境讓他們能夠焦灼而客觀地觀察自己的感情狀況。在這樣的處境下，他們本身處於失靈的情況往往會清楚顯露出來。他們先是發現自己已不能準確回想在城外的親人的舉止動作。他們抱怨自己不知道親人是怎麼安排時間，他們怪自己太輕忽，沒有問清楚這一點，反而假裝相信，對一個戀愛中的人來說，知道情人怎麼安排時間並不見得是他們快樂的泉源。從這時候開始，他們就很容易去追溯自己的愛情，並細察其不完美之處。平常，我們大家都自覺或不自覺地知道愛情是可以益臻完美的，然而我們卻多少都心平氣和地接受自己的愛情是平庸的。但是在回憶中的要求比此時現實狀況的要求來得更高。而且相應地，這場突然襲擊全城的災殃不只給我們帶來了讓人憤慨地覺得不公的痛苦，它還使得我們讓自己承受痛苦，使得我們甘心忍受痛苦。這就是鼠疫轉移了大家的注意力，以及把事情搞得更複雜的方式之一。

就這樣，每個人都只能過一天算一天，只得獨自面對上天。這種久而久之本來可以鍛鍊性格的放任自流的態度，卻開始讓人變得目光短淺。例如，我們有些市民深受晴天、雨天的擺布，成為天氣的奴隸。看他們的樣子這似乎是他們第一次直接受到天氣狀況的影響。金色的陽光一現，他們就面露喜色，在下雨的日子，他們的臉上、精神上就罩上一層陰霾。幾個星期以前，他們並沒有這麼脆弱，也沒有這種不合情理的認命心態，因為他們並不是獨自面對這個世界，而且在某個程度上，他們的心上人為他們擋住了外在世界。然而，從這一刻起，他們顯然聽任善變的老天爺支配，也就是說他們既受苦又抱著希望，兩者完全都來得沒有理由。

在這種極端孤獨的情況下，誰也不用期待鄰人會來幫忙，每個人都孤零零地掛慮著自己的心事。要是我們當中有人在偶然間想要對人傾訴自己的心情，那麼不管他得到什麼樣的回應，這些回應十有八九都很傷人。這時他會發現他和對方談的總是湊不到一起。一方說的是自己好幾天以來的思量與痛苦，他想向人表達他長期受盡等待與激情的折磨。相反地，另一方卻認為他這種感情不過是俗套，是市場可以買得到的痛苦，是大量生產的憂鬱。不管對方的回應是出於善意或惡意，它總不是我們所要的回應，必須將之拋諸腦後。或者對於那些受不了靜默不言的人，既然別人不和他們說真心話，他們便甘於說些陳腔濫調，了無新意地聊聊世道人情、社會傳聞，聊得也不過就是些雜事。就這樣，大家都習於用陳腐的語言來表達最真實的感情。受到鼠疫所囚的人只能以這種方式換取門房的同情，或是以這種方式引起與他們談話的人的關心。

然而，最重要的是，儘管這些遭到放逐的人的焦慮是如此深刻、空虛的心所承受的是如此沉重，在鼠疫發生初期，他們仍是無比幸運的人，因為就在大家開始恐慌時，這些人的心思依然完全專注在他們等待的人身上。在大家遭此劫數的時候，愛情的自私心理讓他們免於陷在困境中，要是他們想到鼠疫，想到的從來只是它有可能讓他們和心上人的生離變死別。因此在這場瘟疫最嚴重的時候，他們這種簡直可以讓他人看做是冷靜的態度，也轉移了他人的注意力，不再只想到鼠疫。他們的絕望使得他們不驚慌，在他們的不幸之中也有好的一面。例如，要是他們之中有人死於鼠疫，事情也幾乎總是發生在他自己沒提防的時候。就在他和心中人影竊竊私語的時候，忽然一把被死神抓了出來，直接就拋到陰森的九泉之下。他根本什麼都來不及做。

就在我們的市民想辦法適應這突如其來的放逐之時，鼠疫讓人在城門口設下守衛，並讓開到奧朗城來的船隻轉往他處。封城以來，就再也沒有車輛進入城中。從這一天開始，大家竟有個印象是，城中的車子總在原地打轉。有人從林蔭道高處俯瞰港口，發現那裡也是景象奇異。作為這海岸線上的大港之一，過去常見的繁忙喧囂卻一下子都消失了。只看得見幾艘接受檢疫的船隻。但是在碼頭上，閒置的起重機、傾覆的斗車、成堆孤立的酒桶和袋子，這一切都說明了貿易活動也因鼠疫而衰敗了。

儘管有這些非比尋常的景象，我們的市民看來卻顯然是不明白到底發生了什麼事。與親人分離的痛苦、恐懼的情緒固然人人都有，但是大家仍然最看重自己憂心的事。沒有人真的承認鼠疫已經來臨。大部分人只特別在意他們的習慣受到擾亂、利益受到波及。他們只感到不快、惱火，而對抗鼠疫卻不能光用這樣的情緒。例如，他們第一個反應就是指責政府。報紙反應了市民對官方的批評（「目前施行的政策不能考慮放寬嗎？」），而省長的答覆卻相當出人意表。到目前為止，報社和漢斯多克新聞社都沒收到患病、死亡人數的官方統計報告。省長現在便每日向漢斯多克新聞社公布這數字，並請他們每星期公告一次。

但是就這件事，群眾也並未立即做出反應。事實上，公告顯示在鼠疫第三週總計有三百零二人死亡，這個數字卻未引發市民的想像。這原因在於，一方面，也許並不是所有的人都死於鼠疫；再方面，在城中沒有人知道在平常時候每個星期有多少人過世。奧朗城總計有二十萬居民。誰也不知道這樣的死亡比例是否正常。大家從不在乎這數字，儘管知道這類的精確數據是有益的。群眾可以說是沒有依據可以比較。時日一久，大家發現死亡人數遽增，這時市民才意識到事情真相。事實上，第五週有三百二十一人死亡，到第六週則達三百四十五人。至少，這數字的增加很能說明問題所在。但是這數字仍不夠強勁，以致我們的市民在憂心之餘仍然相信這不過是一場惱人的意外，終究不會持續太久。

他們照舊在城裡活動，在咖啡館的露天座上納涼。普遍來說，他們並不懦弱，彼此之間開玩笑的言詞多過訴苦，而且依然笑盈盈地接受這個顯然是暫時的不便。這城市總算是保住了表面上的平靜。不過，到了月底，大約在我們後面會談到的祈禱週裡，情況起了嚴重的變化，這使得我們這個城市的面貌有了大變化。首先，省長針對車輛行駛和物資補給採取了新措施。物資限量供應，汽油實施配給。甚至規定要節約用電。只有生活必需品可藉由陸運或空運進入奧朗城。於是路上的車輛漸漸稀少，到最後幾乎再也沒有車子往來。賣奢侈品的商店在一夕之間關了門，有些商店則在櫥窗貼上「缺貨」的公告，而顧客卻在店門口大排長龍。

就這樣，奧朗的景象變得很奇特。行人大量增加，甚至在非尖峰時刻也一樣，許多因為商店或公司關門而沒事做的人只能充塞在街頭上或咖啡館裡。在這時候，他們都還沒失業，只能說是暫時休假。這時，例如在下午三點鐘時，晴空之下的奧朗城給人一種假象是，整個城市都處於節慶中，還特意封閉交通、關閉商家，以便節慶順利進行，讓所有居民湧上街頭，歡喜地參加活動。

電影院當然會趁這個人人放假的機會大發其財。但是它卻因為無法正常地和省裡其他地方的電影院輪流播放而斷了影片片源。兩個星期後，城裡的各個電影院不得不彼此交換片子播映，再經過一段時間，電影院就只能重複播同一部片了。不過他們的營收並沒減少。

在這城中，酒類貿易向來占大宗，因此有充足的庫存，這樣一來咖啡館也就可以滿足顧客的需求。說真的，我們的市民酒喝得很多。有一家咖啡館祭出了「好酒殺菌」的布告，正符合一般人本來就認為酒精能防止傳染病的想法，這布告更加強了這個想法。每天半夜兩點鐘左右，不少被逐出咖啡館的醉鬼塞滿街頭，說些樂天的話。

但是就某個意義來說，所有這些改變是這麼的超乎常態，又來得這麼突然，因此很難把它們看做是正常而持久的現象。結果就是我們繼續把個人的心情放在首位。

在城門關閉兩天後，里厄醫生從醫院走出來時遇到了寇達爾。寇達爾神情愉快。里厄很高興他氣色很好。

這個矮個子說：「嗯，我一切都好極了。對了，醫生，這該死的鼠疫！情況變得很嚴重了吧？」

醫生承認是很嚴重。對方卻以一種開心的口吻說：

「鼠疫沒有理由現在就停下來。一切都會被搞得亂七八糟。」

他們兩人一起走了一段路。寇達爾說起他住的那附近有個大雜貨商囤積了大量的食品，打算高價出售，當他被人帶到醫院去的時候，有人發現了他床底下藏了許多罐頭食品。「他後來死在醫院裡。我們是無法占鼠疫的便宜的。」寇達爾有不少這種關於鼠疫的半真半假的傳聞。例如，聽說有一天早上在市中心，一個有鼠疫症狀的男人在他因病而發譫狂時，猛然衝到街上，往第一個走過來的婦人撲過去，緊緊抱住她，大喊他有鼠疫。

寇達爾用一種和他說的話一點也不搭調的柔和口吻說：「好吧，我們全都會變成瘋子，這是肯定的。」

同一天下午，約瑟夫．格朗最後也對里厄醫生訴說了他藏在心裡的話。他看見里厄太太的照片放在里厄醫生的書桌上，然後他回過頭來看看醫生。里厄回答，他妻子遠在城外養病。格朗表示：「說起來這真是運氣好。」醫生回答，這的確是好運氣，他只希望妻子能夠痊癒。

格朗說：「啊，我明白您的意思。」

自從里厄認識格朗以來，這是他第一次滔滔不絕地說話。雖然他還是字字推敲，但他幾乎都能找到恰當的用詞，就好像他早就想過他要說什麼。

他很年輕的時候就和一個出身窮困的鄰家女孩結了婚。他甚至因為結婚而放棄學業，工作養家。他和珍娜兩人都不曾離開他們住的那個街區。他都是到她家去看她，珍娜的父母有點嘲笑這個笨拙、寡言的追求者。她父親是鐵路員工，不工作的時候就坐在窗邊一角，一雙大手平放在腿上，若有所思地看著街上的動態。她媽媽成天操勞家務，珍娜會幫她的忙。珍娜纖瘦得每次格朗看她過馬路都不免要為她擔心。車子和她一比顯然龐大許多。有一天，珍娜站在賣耶誕禮物的商店門前，讚嘆地看著櫥窗裡陳列的物品，一時忘情地倒在他懷中，說道：「好美啊！」他抓住她的手腕。婚事就這麼定了。

根據格朗的說法，其餘的事就簡單得沒什麼好說的。就和大家一樣：我們走進婚姻，我們還有點相愛，我們工作。工作勤奮得都忘了愛。珍娜也得工作，因為格朗的主管答應的事從未兌現。說到這裡，我們必須有點想像力，才能明白格朗的意思。在疲憊的助長之下，他放任自己，他越來越沉默，他沒讓年輕妻子感受到他仍愛著她。一個忙於工作的男人、窮困的生活、越來越沒希望的未來、兩人每晚默默無言的對坐，在這樣的氛圍裡哪裡還有愛情的位置。珍娜很可能感到痛苦，但她還是留在他身邊，因為我們有可能久久受著苦卻不自知。時間一年一年過去。後來她離開了。當然她並不是獨自離開的。「我愛過你，但現在我累了……離開並沒讓我感覺幸福，但是我們並不需要幸福才開始新生活。」她信中的大意就是如此。

現在輪到約瑟夫．格朗痛苦了。里厄對他說，他也可以重新開始。但是，他再也沒信心了。

問題在於，他總是懷念著她。他多想自己也能寫封信給她為自己辯解。他說：「但是這很困難。這事我已經想了很久。在我們相愛的時候，不須言語就能彼此瞭解。但是愛情不是恆久不變的。在某個時候，我本該能找到恰當的言詞來留住她，但我就是找不到。」格朗拿了一條方格子圖案的手巾擤鼻涕，然後擦擦他的鬍子。里厄看著他。

格朗說：「醫生，原諒我，但這該怎麼說呢？……我信任您。對您，我可以說真心話。但這讓我情緒波動起來。」

顯然，格朗和鼠疫隔了十萬八千里。

當天晚上，里厄發電報給妻子，告訴她：封城了、他很好、她要照顧好自己、他想她。

封城三個星期以後，里厄在醫院門口見到一個年輕人在等他。

年輕人對他說：「我想您還認得我。」

里厄彷彿見過他，但他猶豫著不敢確定。

年輕人說：「在鼠疫發生以前，我曾來請教您阿拉伯人生活水平的問題。我叫做雷蒙・藍貝爾。」

里厄說：「是啊，沒錯。那麼，您現在可有好主題做報導了。」

年輕人顯得激動。他說他不是為這件事而來，他是想請里厄醫生幫忙。

他補充說：「我冒昧打擾，請原諒，但是在這城裡我不認識任何人，而且，不幸，我們報社的特派員很低能。」

里厄請他陪自己一起走到市中心的診療所去，因為他有幾件事要交代。他們從黑人區的小路往下走去。這時已近黃昏，但是過去一到此時就很喧囂的城市，現在卻顯得出奇寂寥。天際仍泛著金光，幾聲軍號吹響了，只說明軍人看起來仍堅守崗位。他們兩人沿著很陡的街道往下直走，兩旁是牆面藍色、紫色、紅褐色的阿拉伯式房屋，藍貝爾沿路不斷說著話，神情一點也不平靜。他說，他把妻子留在了巴黎。嚴格說，她並不算是他妻子，但其實和妻子也沒兩樣。一封城，他就發了電報給她。一開始他認為封城只會是短期的，他期望能和她保持書信往來。他在奧朗城的同業告訴他，他們幫不上他的忙，郵局也退回了他的信，省政府的一位女祕書還對他的要求很不屑。最後他只好排兩個小時的隊，只獲准發一封短短寫上「一切都好。不久再會」的電報。

但是第二天一早醒來，他忽然想到畢竟他不知道這件事會持續多久。於是他決定出城去。透過別人的介紹（在他這一行，這並不難），他和省政府辦公室主任有了接觸，藍貝爾向他說明，說自己和奧朗城無關，沒必要留在這裡，他是意外來到此地，所以讓他離開是應該的，即使出城之後，他得做檢疫隔離，他也接受。主任對他說，他非常瞭解他的處境，但是他們絕不允許有例外的情況。主任說，他會再研究研究，但是總體而言情勢頗為嚴峻，無法做出任何決定。

藍貝爾說：「但我畢竟是外地來的。」

「話是沒錯，但我們還是期待鼠疫不會持續下去吧。」

最後，主任安慰藍貝爾說，他可以在奧朗城找到有意思的題材做報導，仔細一想，任何事都有好的一面。藍貝爾無奈地聳聳肩。這時他和里厄醫生兩人來到了市中心。

「這真是愚蠢，醫生，您也明白。我活在世上不是為了做報導，而也許是為了和一個女人生活在一起。事情不是理應如此嗎？」

里厄說，不管怎樣，他說得有道理。

在市中心的幾條林蔭道上，已不見平時的人群聚散。有幾名過路人匆匆走向遠處的居所。每個人臉上都沒笑容。里厄心想，這應該是漢斯多克新聞社這天公布的訊息造成的。一般而言，在公布二十四小時後，我們的市民即重燃希望。但在公布當天，腦海裡的數字仍然太過深刻、鮮明。

藍貝爾忽然說出這句話：「這是因為她和我認識不久，我們情投意合。」

里厄沒搭腔。

藍貝爾又說：「您聽煩了吧。我只是想請您為我出具一張證明，證明我沒生這見鬼了的病。我想這會派得上用場。」

里厄點點頭。這時一個小男孩一把撞倒在他腳前，醫生輕輕將他扶起。他們兩人又往前走，來到了閱兵廣場。蒙著一層灰灰塵埃的無花果樹和棕櫚樹的枝幹下垂著，一動不動，這些樹圍繞著一座象徵共和國的雕像，雕像骯髒、滿是土泥。他們停佇在雕像下。里厄在地上蹬了蹬他兩隻沾滿了白撲撲泥灰的腳。他看著藍貝爾。這位記者把呢帽扣在後腦，領帶底下襯衫領口的扣子沒扣，鬍子也沒刮乾淨，一副頑固、賭氣的樣子。

里厄終於開口說：「請相信我非常明白您的心情。但是您判斷錯誤了。我不能為您開具證明，因為我並不清楚您是不是患了這種病，也因為就算您沒病，我也不能證明從您離開我診所到走進省政府的這段時間您沒被感染。還有即使……」

藍貝爾問：「即使什麼？」

「即使我給您開了這證明，您也沒用處。」

「為什麼？」

「因為在這城裡有好幾千人和您情況相同，說什麼也不會讓這些人出城去的。」

「但要是他們都沒染上鼠疫呢？」

「這個理由還不夠。我知道這件事很蠢，但是這涉及了我們每個人的安全。沒有別的辦法。」

「但我不是這裡的人。」

「唉！從這一刻開始，您和所有的人一樣都是這裡的人。」

藍貝爾激動起來：

「說真的，這是人道的問題。也許您不能明白讓我們這樣兩個相愛的人分開兩地是什麼滋味。」

里厄沒立刻接話。然後他說，他很能體會這種心情。他衷心期望藍貝爾能找回他妻子，期望所有相愛的人都能相聚，但是這時候有鼠疫，有法令和律法，他的職責是該怎麼做就怎麼做。

藍貝爾痛苦地說：「不，您不能瞭解。您只是憑理智說話，活在抽象裡。」

醫生抬起眼睛看著象徵共和國的雕像，他說，他不知道自己是不是只憑理智說話，但他是憑實情說話，這兩者不見得是同一回事。記者整一整自己的領帶，說：

「那麼這表示我得另外想辦法？不過，」他又不服輸地說：「我會離開這個城市的。」

醫生說他能瞭解，但這就不關他的事了。

藍貝爾突然爆發起來，說：「不，這事和您有關。我來找您，是因為有人告訴我，當前這個決定，您起了很大的作用。我想至少您可以為您做的事破一次例。但是您卻說這不干您的事。您從不為別人著想。您一點也不顧分開兩地的人。」

里厄承認從某個角度看的確是如此，他的確是不考慮這種情況。

藍貝爾說：「啊，我懂了，您就要講些事關公共利益的話。但是公共的利益是建立在每個個體的幸福上。」

似乎不再那麼恍惚的醫生說：「欸，這涉及了公共利益，也涉及了別的。不要下斷語。但是您生氣是沒有用的。要是您離得了城，我當然深深為您感到高興。只是依我的職責，有些事我不能做。」

藍貝爾不耐煩地搖搖頭。

「嗯，我是不該生氣。我也已經占用了您不少時間。」

里厄請藍貝爾隨時讓他知道他申請離城的進展，並請他別怪他。他又表示以後一定會有什麼事讓他們再碰頭的。藍貝爾突然顯得茫然。

他沉默一會兒，說：「這個我相信。嗯，無論我怎麼想，也無論您剛剛跟我說了什麼，我相信這個。」

他猶豫了一下，又說：

「但是我不同意您所說的。」

他把呢帽拉到額頭上，快步離開。里厄看著他走進了尚・塔魯住的那間旅館。

過了一會兒，醫生禁不住搖了搖頭。這位記者急著重獲幸福的焦燥心情是有道理的。但是記者在指責他時，他可還有道理？「您活在抽象裡。」他每天待著在醫院，看著加快速度蔓延的鼠疫每週吞噬五百人，這難道真的是抽象的事嗎？沒錯，在災殃中是有顯得抽象而不真實的部分。但是當這種抽象戕害人命時，那麼對這種抽象就得戮力以赴。里厄只知道這麼做並不是最容易的。例如，領導這所由他負責的輔助性醫院（目前已有三所）並不容易。他請人將面對著診療室的那個房間改建為接收病人的處所。這處所的地上挖出一個大池，注滿強力消毒水，在這個消毒池中央有座磚砌的平台。病人會被送到這個平台上，迅速脫掉衣服，把衣服丟進池中。病人洗過身子，擦乾以後，要穿上醫院的粗布襯衣，接著由里厄看診，最後送去病房。這時候連學校的大操場也不得不改建為病房，總計放了五百張病床，而且幾乎每一床都有病人。早上，里厄在診療病人、幫他們打預防針、切開淋巴結腫塊等這些工作做完之後，他還要檢查、核對統計數字，下午再回去看門診。到了晚間，他還要出門看診，回到家時已經夜深了。前一天夜裡，當他母親把年輕里厄太太的電報遞給他時，她發現他手在抖。

他說：「嗯，但只要堅持不懈，我就不會繃得這麼緊了。」

他身體硬朗，很有抗壓性。事實上，他還不覺得累。但是譬如像出門看診這件事，卻讓他越來越受不了。一旦診斷出高燒的病人是患了鼠疫，就得快快將他們載走。這時候那種抽象的感覺又開始了，困難的場面也會出現，因為病人家屬知道他們只能在病人痊癒了或死了才能再見到他。洛賀太太說：「醫生，可憐可憐我們啊！」她是在塔魯下榻的旅館工作的清潔婦的母親。可憐又表示什麼呢？當然他是可憐他們的。但是可憐並無濟於事。他必須打電話叫救護車。不久就聽得見救護車的鳴笛。剛開始，鄰居紛紛開窗看。很快地，他們就忙不迭地關起窗戶。然後抵抗、悲泣、勸慰就開始了，總之這些景況都很抽象。在一些因高燒和焦慮心情而鬧得不可開交的公寓裡出現了一幕幕瘋狂的場面。但最終還是把病人載走了。里厄也可以離開了。

前幾次，他只是打電話叫救護車，就趕去看別的病人，沒等車子來。沒想到病人家屬卻關起了門，不讓救護車載人，寧願和鼠疫單打獨鬥，而不願和病人分開，因為他們很清楚分開的結果會是如何。先是叫嚷、出示禁令，然後有警察介入，甚至最後連軍隊都來了，強行帶走病人。在最初幾個星期，里厄不得不等到救護車來才離開。接著，在每位醫生出門看診時都有一名志願的警察陪同，這時里厄才能從這病人家趕到另一個病人家。但是在一開始，每天晚上都和他到洛賀太太公寓的那天晚上一樣，當他走進那間以扇子和假花裝飾牆面的房子時，病人的母親勉強撐著笑臉對他說：

「我希望這不是那種大家都在談的高燒。」

里厄醫生掀開被子和襯衣，靜靜看著病人肚子上和大腿上的紅斑，還有淋巴結腫塊。那位母親看著她女兒雙腿之間，竟忍不住大叫起來。每天晚上，所有病人的母親在看著病人肚子上露出死亡徵象時，都是這麼叫，臉上帶著抽象難懂的神情；每天晚上她們總是緊緊攥住里厄的手臂，說些無用的話，要醫生給保證，並不斷哭泣；每天晚上，救護車的鳴笛一響，她們就痛苦的慘叫，這些叫聲就和痛苦一樣徒勞無益。在歷經這天天重複的長長夜晚之後，里厄對之後的每一天再也沒什麼期待，每天只會是同樣的情景。的確，鼠疫是千篇一律的，就和抽象的事物一樣。說不定只有一樣東西起了變化，那就是里厄自己。那天晚上在象徵共和國的雕像前，看著藍貝爾消失在那間旅館的大門時，他就感覺到了自己的變化，他意識到自己開始變得麻木不仁。

黃昏時候，在人群被驅到街上，漫無目的地遊蕩著之時，勞勞累累了幾個星期的里厄明白了他不必再為自己沒了同情心而辯解。當同情再也起不了作用，大家就會厭倦同情。在里厄承受無比壓力的日子裡，他覺得唯一能讓他喘一口氣的是感覺到自己心腸慢慢變硬。他知道這樣反而有助於他的工作。這也就是為什麼他會為此感到欣慰。他母親在半夜兩點見他回家時總是以渙散的目光看她，這讓她心裡很難受，更難受的是里厄唯一能得到的只是母愛溫柔。為了和抽象抗衡，就必須像他這樣。但該怎麼讓藍貝爾意會到這一點呢？對藍貝爾來說，抽象就是所有阻礙他幸福的東西。說真的，里厄知道在某種意義下，這位記者是對的。但是他也知道有時抽象是比幸福來得強大，這時候，也只有在這時候，就得認清這個事實。這就是藍貝爾將要遭遇到的事，日後，醫生在藍貝爾私下向他說明時知道了詳情。他也因此在新的局面下隨時掌握了關於個人幸福與抽象的鼠疫之間這場陰沉險惡的爭鬥，這場爭鬥在鼠疫發生這段期間構成了我們這個城市生活的要項。

但是有人看這是抽象，有人則將這看做是真實。在發生鼠疫一個月後，由於疾病變本加厲地爆發，以及帕納盧神父措辭激烈的講道，所以情況顯得更為悲觀。帕納盧這位耶穌會的神父曾在老米歇爾剛生病時照料過他。他因為經常替奧朗的地理學會撰寫文章而名重一時，在修復碑銘方面他也是個權威。而且，他因舉辦了一系列論及現代個人主義的演講，贏得了廣大的信眾，比這方面問題的專家更受到歡迎。他在演講中熱烈地捍衛嚴格的基督教教義，並厲聲批判現代的放縱主義，以及過去幾個世紀的蒙昧主義。在爆發鼠疫期間，他毫不保留地將令人難以接受的嚴酷真理告訴他的信眾。他的聲望也就從這裡來。

不過，在發生鼠疫快一個月時，我們城中的教會高層決定以自己的方式對抗鼠疫，也就是籌辦為期一個星期的團體禱告會。這場群眾公開表現虔誠信心的活動最後在曾患鼠疫的聖羅克聖人庇護下，以週日一場盛大的彌撒做結。大家借此機會敦請帕納盧神父發言。

兩個星期前，帕納盧神父好不容易才完成了讓他在自己修會中占有一席之地的對聖奧古斯丁以及對非洲教會的研究。生性狂熱、激情的神父爽快接受了大家交付給他的任務。在他講道之前，城裡很早就已經在談這件事，講道的這一天成為這一時期的一個重要日子。

許多群眾參加了這一週的活動。這並不是因為奧朗城的居民在平時就特別虔誠。譬如，星期天早晨，到海邊去的人就不會比上教堂做彌撒的人來得少。這也並不是大家忽然受到感召，信起教來。而是一方面因為封了城，港口不能去，到海邊戲水變得不可能，另一方面是大家都處於一種特別的精神狀態中，雖然心裡並沒能完全接受那讓他們非常震驚的種種意外事件，但他們顯然感覺到了有些事情起了變化。然而，不少人總是抱著鼠疫行將結束的希望，他和他的家人會平安度過這場災殃。因此，他們並不覺得自己必須做些什麼。對他們來說，鼠疫只是像一個不受歡迎的訪客，它既然來了，也一定會走的。大家雖然恐懼，但並不絕望，還未到把和鼠疫共存看作是自己的生活方式，而忘了自己在鼠疫之前本來的生活樣貌的時候。總之，大家都在等待。大家對於宗教的態度，就像對其他問題一樣，鼠疫讓大家有一種特別的心態，這心態既不是漠不在乎，也不能說是熱情，而應該可以用「客觀」這個詞來形容。譬如，大部分參加團體禱告會的人的心情都像一名信徒向里厄醫生說的那樣：「反正，這也沒壞處。」塔魯在他的筆記裡寫下了，中國人在類似的情況下會敲鑼打鼓來驅趕瘟神，但他又寫道，事實上，我們完全不可能知道敲鑼打鼓是不是會比防疫措施更有效。只是他又補充說，為了答覆這個問題，我們必須弄清楚瘟神到底存不存在，沒弄清楚這一點，所有的看法都派不上用場。

總之，我們城裡的大教堂在這整個星期幾乎都擠滿了信徒。剛開始幾天，許多居民還待在自己家門廊前花園裡的棕櫚樹或石榴樹下，聽著一波波湧到街上來的祈求和禱告的聲音。有了去參加禱告會的人做例子，這些原本待在家的人也漸漸決定去教堂，畏畏怯怯地加入了大家輪唱聖歌的歌聲中。到了星期天，教堂大堂裡擠進大量人潮，就連前庭和最後幾階階梯上也滿滿是人。前一天晚上，天空烏雲密布，大雨滂沱。那些站在教堂外的人都撐起了傘。教堂裡飄著薰香和濕衣服的味道。在這時候，帕納盧神父站上了講道台。

他中等身材，樣子結實精壯。當他以大大的雙手緊緊抓著講道台的木製護欄時，大家只見一個渾厚的黑黑身影，兩邊臉頰上有兩道暗影，鋼絲邊眼鏡下紅光滿面。他熱烈、如洪鐘般的聲音能傳得很遠。他以一種狂暴而頓挫有力的聲音開場說了第一句話：「兄弟姊妹們，你們遭了災殃。兄弟姊妹們，你們罪有應得。」立刻，教堂裡裡外外的人都騷動起來。

說起來，神父接下來講的道似乎和這個激動人心的開場白不相關聯。我們的市民只有在聽他後續所講的才瞭解到神父是藉著一槌定音的演說技巧來展現他真正的講道主題。的確，帕納盧神父就在這個句子之後引用了《聖經．出埃及記》中埃及發生鼠疫的經文，並說：「這是歷史上第一次發生這災殃，目的是為了擊打天主的敵人。法老違反天主的旨意，瘟疫便使他屈膝認錯。有史以來，上帝的災殃會讓高傲自大的人和盲目無知的人跪在祂腳前。想想這件事吧。大家請跪下。」

外頭大雨越下越急。打在彩繪玻璃窗上的淅瀝雨聲烘托得教堂的氣氛更顯肅穆，神父即在全場一片寂靜中說了最後這一句話，他宏亮的聲音迴盪四周，不禁使得幾個聽講道的人在猶豫片刻之後就從椅子上滑到跪凳上。其他人心想自己也該跟著這麼做，於是從近到遠，所有的人都跪了下來，除了幾張椅子發出吱嘎聲外沒有半點聲響。這時候帕納盧挺起身子，深深吸一口氣，用越來越有力的語氣說：「如果說今天鼠疫降臨到你們頭上，那是表示思考的時候到了。公義的人對此無須害怕，但惡人則要嚇得發抖。在這世界的大穀倉裡，無情的災殃擊打人類這麥子，直到麥粒從麥稈上脫落為止。麥稈會多過麥粒，被呼召的人會多過被揀選的人，這災殃並非出自天主的旨意。長久以來這個世界成了罪惡的淵藪，長久以來這個世界都要靠天主的垂憐。我們以為只要悔改，凡事都可行。每個人都覺得反正隨時可以悔改，便沒什麼好怕的。時候一到，我們自然會悔改。在這之前，最容易的就是放任自己，其餘的就交給仁慈的天主。唉，但這情況不能再繼續下去了。在這麼長的時間裡，慈善地對待這個城市的天主已經不能再等了，祂恆久的希望落了空，祂已轉臉不顧我們。沒有了天主的聖光，我們只能久久陷在鼠疫的黑暗中。」

在大堂裡，有個人像一匹馬不耐煩了一樣噴了噴鼻息。神父頓了一頓，然後又以較低沉的語氣說：「我們從《黃金傳說》中知道在翁貝托王的時代，在義大利倫巴底地區鼠疫橫行，嚴重得幾乎沒有足夠的活人來埋葬死人，這次鼠疫在羅馬、帕維亞兩地危害最烈。當時有一位好天使顯靈，他命令手持長矛的惡天使擊打房舍，房舍被打幾下，從裡頭就會抬出多少死人。」

帕納盧神父伸出他短短的雙臂指著教堂前庭的方向，就好像指著飄動的雨簾後面的什麼東西。他氣力十足地說：「兄弟姊妹們，今天在我們的街上發生的也是同樣這種死亡之擊。看吧，鼠疫之天使如路西法一般神氣，如邪惡一般威風，他就在各位的屋頂上，右手將紅色長矛高舉過頭，左手指著一間房子。說不定這一刻他的指頭就要指向你們的門，長矛就要擊打屋頂；也就在這一刻，鼠疫進了你們家門，坐在房間裡等你們回家。它就在那兒，耐心而專注，就像這世界的秩序一樣堅穩。這隻手一旦向你們伸出，聽好了，任何人世間的力量，就連無用的人類知識也無法讓你們倖免於難。在痛苦而血淋淋的曬穀場上被擊打的你們，就要和麥稈一起被扔掉。」

講到這裡，神父在他的講道中加入了更悽愴的災殃情景。他提到巨大的長矛在城市上空飛旋，恣意擊打，再舉起時已是血肉淋漓，把鮮血和人類的痛苦濺得滿地，「以便為日後收穫真理而播下種子。」

講完這段長長的話以後，帕納盧神父停了一會兒。他頭髮黏在額頭上，身體抖動，連雙手抓著的講道台都搖晃起來，然後他又以更低沉的嗓子，帶著譴責的口吻接口說：「沒錯，思考的時候已經到了。你們本來以為只要星期天來敬拜天主就夠了，其他天也就自由了。你們本來想只要跪拜幾下也就能夠讓你們平日的罪惡得到洗滌。但是天主是需要你們熱愛祂的。這種有距離的關係對滿懷柔情的祂是不夠的。祂要更常看到你們，這是祂愛你們的方式，而且說真的，這是表達愛意的唯一方式。這也就是為什麼祂厭倦為你們再等待下去，祂讓災殃降臨到你們身上，就像降臨在自有人類歷史以來所有犯罪墮落的城市那樣。現在你們知道了什麼是罪孽，就像該隱父子、大洪水前的人類、所多瑪和蛾摩拉的居民，還有法老和約伯，以及所有其他受詛咒的人也都知道一樣。自從這個城市將你們和災殃圍困在一起的那天開始，你們就和上述這些人一樣會以新的眼光來看待人事物。你們現在知道了，終究是要回到根本的問題上。」

這時一陣帶著濕氣的風灌進了大堂，吹歪了蠟燭的火焰，燭芯劈啪作響。一股濃烈的蠟燭味、幾聲咳嗽、噴嚏聲都傳到帕納盧神父這兒，神父又以頗受眾人喜愛的細膩陳述，講起道來。他以平靜的聲音說：「我知道，你們當中許多人心裡在想我到底要表達什麼。我是想把各位引導到真理前，儘管我剛剛說了那番話，我卻要各位感到欣慰。現在再也不是勸說的時刻，再也不是用友好之手將各位推向善道的時候。今天，真理就是命令。紅色長矛為你們指出了救贖之道，並推著你們往那邊去。兄弟姊妹們，天主的慈善就是在這裡顯現，祂在一切事物上都安排了對立的兩面：善與惡、憤怒與憐憫、鼠疫與救贖。這個戕害你們的災殃同時也使你們得到揚升，為你們指出道路。」

「很久以前，阿比西尼亞的基督徒認為鼠疫是一種出於天主旨意以得到永生的有效辦法。那些沒得病的人把自己用鼠疫患者的被單裹住，好確定自己會死去。當然這種過激的救贖方式並不值得鼓勵。這反而是一種讓人遺憾的急就章，其心態近乎高傲自大。我們不應該比天主更性急，所有那些想要加速天主早已計畫好的、不可變動的秩序的人都會走向異端。但是這個例子至少發人深省。它使我們頭腦更加清明，它只會讓深藏在痛苦之中的這美妙的永生之光更有價值。這道永生之光照亮了通往解脫的昏黃道路。這道光顯示了天主將惡轉化為善的旨意，一無差錯。直到如今，這道光在經過了死亡、焦慮和哭叫之後，還是又引導我們走向真正的靜默、走向所有生命的本原。喏，兄弟姊妹們，我帶給了各位無盡的安慰，希望這不只是責罰你們的話語，而是能讓你們感到平靜的宣講。」

大家心想帕納盧神父講完了。外面的雨也停了。太陽露了臉，飽含水氣的天空在廣場上灑下鮮嫩的光線。街上傳來喧嘩人聲、隆隆車聲，整個城市都鼎沸了過來。聽講道的人在發著悶響的雜亂中默默收拾著自己的東西。但神父這時又開口了，他說，在指出了鼠疫是出自於天意，還有此一災殃是天主的懲戒之後，他的話就已說完；他還說，涉及這麼悲慘的事，如果他還用美麗的詞藻來做結論，那就很不得體了。他覺得一切都應該說得很清楚了。他只想再提醒大家，在馬賽發生大鼠疫時，史書作者馬修．瑪黑抱怨自己深陷地獄中，沒人援助，沒有希望。而其實，馬修．瑪黑是瞎了心眼！相反地，帕納盧神父體會天主的拯救與基督徒的盼望現在比任何時候都來得真切。他希望，大家儘管身處在恐怖中，儘管聽見垂死之人的哀嚎，也要向天主發出身為基督徒該有的言詞，傾訴對天主的愛。其餘的，就交由天主安排。

這次講道是否影響了我們的市民，一時還很難判斷。預審法官歐東先生對里厄醫生說，他覺得帕納盧神父這次講道「絕對無可辯駁」。但並不是每個人都像他這麼斷然。這次講道只是讓人清楚意識到某些原本是含含糊糊的想法，也就是他們為了一個不明的罪行而受到懲處，被關進了無可想像的監牢裡。於是有一些人繼續過他們平凡的小日子，設法適應被囚的生活，相反地，另有一些人則只有一個想法，就是要逃離這個監牢。

一開始大家還能忍耐和外界隔絕，就像忍耐暫時的一件麻煩事，那只不過是會干擾他們幾個小習慣而已。但是突然間，大家意識到了自己是被迫關押了起來，關押在有天頂罩著的越來越灼熱的夏天裡，他們模糊感覺到坐這個監威脅了他們整個人生，而到了傍晚涼風習來，頓然恢復精力的他們有時會做出絕望的舉動。

首先，不管這是不是巧合，從這個星期天以後我們城裡普遍有一種深沉的害怕情緒，讓人不免懷疑我們的市民開始真的意識到自己的處境。從這個角度來看，我們城市的氛圍起了點變化。但是說真的，到底是氛圍起了變化，或者是我們的心境起了變化呢，這可真是個問題。

這次講道後沒幾天，里厄和格朗於夜間一起走向市郊，在路上講評著這件事，里厄不意撞到了一個身體左右擺動，卻不往前走的男人。同一時候，城裡越來越晚點亮的路燈突然明光四射。在他們身後的高高路燈一下子照亮了這個無聲的張口笑著，卻閉著眼睛的男人。這因無聲暗笑而緊繃的臉白蒼蒼的，汗珠大顆大顆滴下來。他們兩人走開了去。

格朗說：「那人是個瘋子。」

里厄伸出手來挽格朗，發現他神經緊張地發著抖。

里厄說：「我們城裡很快就只會剩下瘋子。」

累了的他覺得口乾。

「我們去喝點什麼吧。」

他們走進一家小咖啡館，裡頭只有櫃檯上點著一盞燈，燈光泛紅，客人都壓低嗓子說話，看不出來為什麼。在櫃檯，醫生吃驚地看著格朗點了一杯酒，他一口喝光，還說酒很烈。酒後，他表示想要走了。到了外面，里厄覺得夜裡一片呻吟聲。在路燈上方，黑色的天空某處傳來了低沉的呼嘯聲，讓他想起了無影無形的災殃正不停攪動著炎熱的空氣。

格朗說：「幸好，幸好。」

里厄心想他這話是什麼意思。

格朗又說：「幸好，我在寫作。」

里厄說：「沒錯，這很占優勢。」

不想再去聽那呼嘯聲的里厄問格朗，是不是滿意他所寫的。

「嗯，我想我是走在對的路上。」

「您還要很久才能完成嗎？」

格朗似乎有了興頭，酒精已經在他的嗓子裡起了作用。

「我不知道。不過問題不在這裡，醫生，這並不是問題，不是問題。」

在漆黑中，里厄感覺到他揮動著雙手。他好像準備好了要說什麼，突然滔滔不絕講了起來：

「您明白吧，醫生，我要的是我的手稿有一天到了出版社編輯那裡，他在讀了以後，對他的同事說：『各位先生，脫帽致敬！』」

里厄沒料到他會突然說這些話。他覺得他這同伴正做著脫帽的動作，把手高舉頭上，然後手臂往下一揮。天空上那奇怪的呼嘯聲似乎更響亮了。

格朗說：「嗯，一切都必須盡善盡美，無懈可擊。」

儘管里厄不太懂文學界的規矩，但在他印象中事情不會這麼簡單，再說出版社編輯在辦公室裡應該是不戴帽子的。不過，的確，這種事誰也說不定，里厄寧願默不作聲。他又不由自主地留心聽鼠疫的神祕呼嘯聲。他們快走到格朗住的那一區了，這區地勢稍高，一陣微風拂來，不僅讓他們感到涼爽，同時也吹走了城裡所有的喧囂。格朗依舊不斷說著話，但里厄並沒完全捕捉到他要說什麼。他只聽懂了他所謂的那部作品已經寫了許多頁，但是這位作者為求完美吃了不少苦頭。「連著幾夜、幾星期，只為琢磨一個字……有幾次還只是為了一個連接詞。」講到這裡，格朗停了下來，他抓著醫生外套上的一顆扣子。一些字詞從他缺了牙的口裡踉踉蹌蹌吐出來。

「醫生，您要知道。嚴格來說，我們很容易在『然而』和『而且』之間做選擇。但是要選擇『而且』或是『繼而』就難多了。更難的是必須在『繼而』和『然後』之間擇一使用。但除此之外，還有更難的，就是到底要不要使用『而且』。」

里厄說：「嗯，我瞭解。」

他說完就邁開步伐。格朗趕上了醫生的腳步，卻顯得很不好意思。

他嘟囔地說：「對不起，我不知道今天晚上我是怎麼了。」

里厄輕輕拍了拍他的肩膀，對他說，希望自己能幫上他的忙，再說他對他所講的很感興趣。格朗有點放了心。到他家門口時，格朗先是猶豫了一下，但他還是請醫生上樓坐坐。里厄說好。

在飯廳裡，格朗請醫生在桌前坐下。桌上堆滿了用細小的字體寫了又劃掉幾處的稿紙。

醫生用詢問的眼神看著格朗，格朗回答：「對，就是這些。但您要不要喝點什麼？我有葡萄酒。」

里厄拒絕了。他看著稿紙。

格朗說：「請別看。這是我第一個句子。我想破了頭，真的想破了頭。」

他自己卻凝視著這些稿紙，他的手似乎不可抗拒地被其中一張稿紙吸引。他把它拿了起來，高舉在沒有燈罩的電燈泡前。他手中的紙顫動著。里厄注意到格朗的前額沁出了汗。

里厄說：「坐下來吧，請念給我聽。」

格朗看了他一眼，感激地對他一笑。

他說：「嗯，我是很想這麼做。」

他還是一直看著那張稿紙，等了一會兒才坐下來。在同一時候，里厄注意聽著城裡恍惚傳來的嗡嗡聲，這聲音似乎回應著鼠疫的呼嘯聲。就在當下這一刻，他對鋪展在他腳下這個城市、對城中那些被幽囚的人、對夜裡被壓抑下來的恐怖呼號特別有一種敏銳的感知。格朗以低沉的聲音念了他的稿子：「在五月份的一個晴和的早晨，一位英挺的女騎士騎著一匹漂亮的栗馬輕快地跑在布隆涅森林的花木小徑上。」接著又是一陣靜寂，這受難的城市隱約的嘈雜聲也在這時傳來。格朗放下稿紙，一逕凝視著稿紙。一會兒之後他抬頭問：

「您覺得如何？」

里厄說這個開頭讓他很想知道後續。沒想到格朗卻激動地說，他這麼看就不對了。他用手掌拍拍稿紙，說：

「這寫的不過是個大概。要是我能把想像的畫面完美描繪出來，要是我的句子能夠表現出騎馬散步的步伐，一，二，三，一，二，三，那麼接下來就會比較容易，尤其是一開始就要表現出想像力，這才有可能讓他們說：『脫帽致敬！』」

但要做到這一點，他還有許多工作要做。他怎麼樣也不會就這樣把這句子拿去付印，因為雖然有時候他已經很滿意這句子，但他還是會覺得它並不符合實際狀況，而且在某種程度上，它有一種過於流暢的筆調，有一點點像是陳腔濫調，雖然只有一點點像，但畢竟還是像。這至少是格朗要表達的意思。這時窗外突然傳來幾個人奔跑的響聲。里厄站起身。

格朗說：「您會看到我會把它表達得盡善盡美的。」然後他轉向窗戶，接著說：「就等鼠疫結束以後。」

但是那急促的腳步聲又響了起來。里厄下樓離開了格朗家。他一到街上，就見兩個人從他面前跑過。他們顯然是往城門的方向去。的確，我們有些市民因為酷熱和鼠疫而昏了頭，他們打算硬幹一場，試著趁守衛不注意，逃出城去。

其他人，就像藍貝爾，也試著逃離這種初現驚慌的氛圍，但他們是以更執拗、更機靈的方式，或是說以更成功的方式逃離。藍貝爾先是繼續向官方申請出城。就像他說的，他總認為凡事只要堅持到底，就必定有勝利的一天。而且從某個角度看，隨機應變是他這一行最擅長的事。他拜訪了不少官員，和一些人人公認的行家。但是這次情況特殊，這些行家的才幹並派不上用場。在大部分時候，這些人對銀行、貿易、柑橘，或者是酒類買賣有專門而清晰的概念，他們對訴訟、保險等問題的知識非常豐富，更不用說他們擁有堅實的文憑，和對人友善的態度。甚至，他們身上最讓人訝異的特點就是對人友善的態度。但是對於鼠疫，他們幾乎是一無所知。

不過，在見這些官員和行家時，藍貝爾只要一有機會就會申訴自己需要離城的理由。他總以自己是外地人為論據，指出他的情況需要特別的審查。通常，和這位記者與談的人都同意他這一點。但是他們也指出，城中有不少人處境和他相同，所以他這情況並不像他以為的那麼特殊。對此，藍貝爾回答這並改變不了他的基本論據，對方則回答，這卻會在行政上造成困難，當局不考慮給予任何人特殊優惠，以避免——用令人厭惡的話來說就是——開了先例。藍貝爾告訴里厄醫生，根據他的分類法，做這種推論的人實在可以歸入形式主義者的類別中。在這些人之外，還有另外一種會把話講得很漂亮的人，他們會向前來申訴的藍貝爾表示這一切不會持續太久，而且會給人寶貴建議的他們也安慰藍貝爾目前的情況不過是一時的不便。此外，還有一些重要人士，他們會請上門拜訪的人以書面簡述自己的情況，等他們做出裁決以後再通知他；那些只照管瑣事的人，他們會推薦一些住宿券，或是一些收費公道的膳宿公寓；那些辦事按部就班的人，他們會讓人填填表格，然後將它分類歸檔；那些忙得不可開交的人，他們會不耐煩地高舉雙手，表示力不從心；那些嫌麻煩的人則會轉頭不顧；還有一種比其他類別的人更多的是因循舊習的辦事員，他們指示藍貝爾到另一個單位去，或是給他新的申辦程序。

這位記者在跑這些單位時不免累壞了。由於他久久在仿皮漆布的長椅上等待，成天看著要人認購免稅國庫券和要入加入殖民地軍隊的廣告，又由於他經常走進辦事處裡，對裡面有哪些臉孔，有哪些文件夾和檔案架，全都了然於心，所以他對什麼是市政府或省政府有非常清楚的概念。就像藍貝爾以不無尖酸的語氣對里厄說的，這一切的好處是，讓他看不到真實的情況。鼠疫發展到什麼程度他完全不知情。況且，這樣還能使時間過得快一點，而且在全城這樣的景況中，可以說只要他沒死，每過一天就越朝著這場考驗的終局走近一天。里厄承認，話是沒錯，只不過這種說法適用於各種狀況。

有一次，藍貝爾甚至燃起了希望。他收到了省政府一張空白的情況調查表，請他詳實填寫。這張調查表詢問了他的身分、家庭狀況、過去和現在的收入來源，以及要他附上所謂的履歷。他覺得這份調查是針對那些可能被送回他們原先居處的人所做的。從某個辦事處得到的含糊資訊證實了他這個想法。但是在跑過幾趟程序之後，他又被遣回原先他送去調查表的單位，他們這時才對他說，這份調查表的目的只是以防萬一。

藍貝爾問：「以防什麼萬一？」

他們明說，萬一他患了鼠疫，不治身亡，一來這可以通知家屬，二來這樣才能研議是不是要由市政府負擔醫療費用，或是等家屬來結清帳目。顯然，這證明了與他分隔兩地的家人並沒有完全和他疏離，社會還是關心著他和他的家人。但這一點也安慰不了他。藍貝爾也注意到了，最讓人讚嘆的是，在災情最嚴重的時候，辦事處仍然繼續運作，並往往在連他們上級也不知情的情況下像過去一樣主動推展行政業務，這麼做唯一的理由就是這是他們份內的工作。

對藍貝爾來說，接下來這個時期既是最好過，也是最難熬的。這即是麻痺不仁的時期。他跑遍各個單位，辦所有該辦的程序，出路卻到處都被堵住了。這時他從一家咖啡館晃蕩到另一家咖啡館。早上，他坐在露天咖啡座上，面前放著一杯不冰了的啤酒，讀著報紙，希望能看到這場疫病行將結束的徵兆，他看著街上行人的臉孔，一看到他們愁苦的表情就厭惡的轉過頭去，他千百次看著他眼前的商店招牌，以及那早已不銷售了的著名開胃酒的廣告，看膩了以後不禁站起身來，漫無目的地走在城中發黃的街道上。從幽靜無人的步道走到了咖啡館，又從咖啡館走到了餐廳，就這麼走到夜晚。一天晚上，里厄看見他在一家咖啡館門前猶豫著是不是要進去。結果他還是決定進去，坐在大廳最裡面。由於上級的命令，咖啡館在這個時刻會儘量晚一點才點燈。昏黃的天色像灰撲撲的水一樣漫進咖啡館裡，嫩紅的夕照反射在玻璃窗上，大理石桌面也微微映現初現的夜色。在空盪盪的咖啡館裡，藍貝爾彷彿是迷失的幽魂，獨坐一隅，里厄心想這是他體會到自己遭受放逐的時刻。但這也是這城中所有被囚困的人體會到自己被放逐的時刻，必須趕快做點什麼解救他們。於是，里厄掉頭離開了。

藍貝爾也長時間待在車站裡。月台並不准人靠近。但是和外面相通的候車室仍然開著，在天熱的時候，有幾名乞丐因為這裡很陰涼而賴著不走。藍貝爾來看看過去的火車時刻表、禁止吐痰的告示，以及鐵路警察局的規章。然後，他在一個角落坐下。候車室很陰暗，地上有一只好幾個月沒人用過的鑄鐵鍋，還有早先留下來的灑成8字形的水漬。在牆上有幾張宣傳法國邦多或尼斯美好自由度假生活的廣告。藍貝爾從這廣告裡體會到了受囚困的人見到外面自由生活時會不由自主地感到厭惡。又根據他對里厄醫生說的，他最無法忍受的是巴黎的景象。老舊石塊與流水、皇家宮殿的鴿子、巴黎北站、先賢祠附近人跡稀少的街區，以及在這個他沒想到自己會這麼喜愛的城市裡的其他幾個地方，這些景象一一在他腦中浮現，使他什麼也不想做。里厄只是認為他把這些影像等同於他心上人的影像。藍貝爾告訴醫生他喜歡在清晨四點鐘起床，遙想家鄉巴黎，醫生以他自己的經驗來理解他這句話：他是在想念他留在巴黎的那個女人。事實上這也是能以思想完全捕捉她的時刻。在清晨四點鐘，我們通常除了睡覺之外什麼也不做，即使對一夜出軌的人也是這樣。沒錯，這時候大家都在睡覺，在這時思念故人讓人安心，因為一顆焦慮的心最深切的欲望是長長久久擁有他所愛的人，當愛人不在身邊時，就希望他能一夜無夢的沉沉酣眠，直到兩人聚首之日才醒來。

在禱告週後不久，天氣就變燠熱。這時已經是六月底。在禱告週那個星期天下了那場遲來的大雨的翌日，夏天突然就在天空和在樓房上方爆開來。先是起了一陣炙熱的風吹颳一整天，把屋舍的牆面吹得乾燥異常。烈日當空，動也不動。一整天，滿城充斥著一波波的熱浪和扎人的明亮陽光。除了廊街和屋子裡之外，城中似乎沒有一個地方不受到炫目驕陽的炙烤。太陽在街角四處都不放過我們的市民，要是他們在路上停下腳步，就會遭受陽光無情的曝曬。這樣酷熱的天氣又遇上了這時一週暴增為近七百人的死亡人數，使得城裡的人都沮喪不已。在城郊，介於平坦的馬路和有露台的房子之間，已不似從前熱鬧。過去，這一區的居民總是在自家門口活動，現在他們則將大門緊閉，百葉窗拉下，真不知道這是為了防範鼠疫，還是為了躲避陽光。倒是有某幾戶人家家裡傳出了呻吟聲。從前發生這種事的時候，往往會有一些好奇的人站在街上，聽著人哀叫。但是在長期的驚恐下，似乎每個人的心都變硬了，大家若無其事地聽著這哀叫聲，淡漠地走過，過自己的日子，彷佛這哀叫聲是人類再自然不過的一種語言。

在城門口時常發生鬥毆事件，引發騷動，警察只好掏出槍制止。想必是有人受了傷，城中甚至傳說有人死亡，總之，在炎熱和害怕之下一切都會被誇大。無論如何，不滿的情緒的確日益擴大，官方當局擔心情況會一發不可收拾，正認真考慮採取必要措施，以避免這些在災殃中因警方的限制而逃脫不得的居民起而造反。報紙也公布了重申不准出城的禁令，並警告違者要進大牢。警察時時在全城巡邏。在人跡稀少、燠熱難當的街上，先會聽見馬蹄踏在石板路上的達達聲，繼而看見騎馬的警衛隊走了過來，他們行經之處成排的窗戶都關了起來。巡邏隊離開以後，這個飽受威脅的城市便又落入一種惶惶然的寂靜中。遠處傳來一支特別警隊的槍聲，他們奉最近公布的一條法令槍殺可能傳播跳蚤的狗和貓。這冷酷的槍聲使得這城市更添肅殺之氣。

在炙熱和寂靜中，對我們驚恐不安的市民來說，不管什麼事都變得非常重要。大家都第一次敏銳感受到在季節更迭時出現的天空顏色、塵土氣味。每個人在得知炎熱的天氣會助長鼠疫之後都非常驚惶。同時，人人也都知道夏天真的到了。傍晚時分，從城市上空傳來雨燕的啾啾叫聲也顯得更輕靈。蒼茫的暮色使得六月的天空更顯得不開闊。運送到市集來的再也不是玫瑰花苞，而是已經盛放的花朵，在早市販售後，玫瑰花瓣散落在滿是灰塵的人行道上。大家都清楚知道春天已經到了盡頭，原來曾在花團錦簇中到處招搖的春天，現在卻在鼠疫和燠熱的雙重重壓下漸漸崩塌。對我們的市民來說，這個夏天的天空、這些因灰塵和心煩而變得蒼白的街道，和城中每天有一百多人死亡的景況一樣，都具有威脅性。太陽鎮日高懸，這本該是昏睡或度假的時刻，這時卻不再使人想打水戰歡慶，或是沉迷肉體歡愉中。在封閉而靜默的城中，這樣的時刻只顯得空洞洞的，它失去了歡樂季節耀眼的金色燦亮。烈日下的鼠疫讓一切色彩轉黯淡，讓一切歡樂無影蹤。

這是這場瘟疫帶來的大變革。通常，我們所有的市民都是開開心心地迎接夏天來到。在這時候這座城市會敞向大海，年輕人會成群湧到沙灘上。然而今年夏天，附近的海岸成了禁區，大家再也沒有權利到海濱戲水。在這種情況下該怎麼辦呢？為我們這時的生活做最翔實紀錄的當然還是塔魯。他追蹤著鼠疫總體的進展，在注意到電台的報導不再是每個星期幾百人死亡，而是每天九十二人、一百零七人、一百二十人死亡時，記下了這是個轉折點。「報紙和官方當局狡猾地操弄了鼠疫的資訊。他們以為與其每個星期公布有九百一十人死亡，還不如每天公布一百三十人死亡，因為這樣數字比較小，可以減輕鼠疫可怕的形象。」他也提到了幾幕悲慘的或是讓人印象深刻的景象，就像有一次他走在荒無人跡、戶戶拉上百葉窗的街區，一個女人忽然在他頭上打開窗戶，嚎叫兩聲之後，又關上了窗板，把自己關入陰暗的房間中。另外，他也寫到了在藥房裡薄荷糖已經被搶購一空，因為很多人都含著這種糖，以預防感染。

他也繼續觀察他相中的那幾個人。我們從塔魯的筆記中知道了那個向貓吐口水的小老頭也過得不好。原來，正如塔魯寫的，一天早上，響起了幾聲槍響，幾顆鉛彈殺死了大部分的貓，剩下的受到驚嚇，也紛紛竄逃，離開了街道。同一天，小老頭像平常一樣按時走到陽台上，他顯得有些訝異，不禁彎下身子，往街道盡頭探看，最後他決定耐心等一會兒。他的手輕輕敲打著陽台的鐵欄杆。他又等了一會兒，撒下一些紙片，然後走進屋裡，不一會兒又走出來。一段時間後，他突然怒氣沖沖地關上落地窗，人消失不見。接下來幾天，同樣的景象一再重複。不過，從這個小老頭的神色可以看得出來他越來越難過、越來越失落。一個星期後，小老頭家的落地窗一直關著，人也沒再出現，塔魯等也是白等。塔魯心想他一定抑鬱莫名。塔魯在筆記最後是這麼寫的：「鼠疫期間，不得對貓吐痰」。

另外，塔魯晚上回到旅館時，一定會見到那位沉著臉的守夜人在大廳裡踱方步。這位守夜人總是對他碰到的每個人說，他早就預見了目前發生的事。塔魯承認自己是曾經聽他說過會發生災難，但塔魯提醒他，他當初說的是地震。守夜的老人回答：「啊，如果是地震就好了！好好地震他一震，大家也就不再說什麼了……數數有多少死人、多少活人，事情也就了結。但是這該死的鼠疫！就算是沒染上這病的人心裡也不輕鬆。」

旅館經理一樣也為這件事傷腦筋。剛開始，因為城門關閉，無法離去的旅客只得待在旅館。但是漸漸地，沒完沒了的鼠疫讓很多人寧願搬去朋友家。起初，旅館房間因鼠疫而住滿人，這時候又因同樣的理由空出許多房間，因為再也沒有新的遊客到我們這個城市來。塔魯是少數留下來的幾個客人之一，經理總是一逮到機會就向他表示，要不是對最後這幾個客人還有服務熱忱，他早就把旅館關了。他常請塔魯評估鼠疫可能持續多久。塔魯說：「據說，寒冷的天氣能夠遏止這類疾病的傳播。」經理跺著腳說：「但是，先生，這裡天氣從來都不冷。再說，到冬天也還有好幾個月。」他還肯定地說，即使鼠疫結束，遊客也不會那麼快到這個城市來。鼠疫真的是毀了觀光業。

在短時間不見那位貓頭鷹歐東先生後，這時又見到他出現在餐廳裡，不過他身後只跟著那兩隻有教養的小狗。打聽之下才知道，他妻子在照料她母親並埋葬了她之後，現在正在進行檢疫隔離。

旅館經理對塔魯說：「我不喜歡這樣。不管是不是做隔離，她都有可能染病，他們一家人也都是。」

塔魯提醒他，照他這說法，每個人都有可能染病。但經理卻十分堅持，對這個問題的想法很決然：

「不，先生，您和我都不會染病。但他們會。」

但是歐東先生並沒因此而調整他的習慣，這一次鼠疫也拿他沒辦法。他還是以同樣的方式走進餐廳，在他孩子入座以前就先坐定，總是以高雅的言詞威嚇他們。只有那小男孩的神態有了改變。他和姊姊一樣穿著黑衣服，有點縮著身子，那模樣就像是他爸爸小小的影子。守夜人不喜歡歐東先生，他對塔魯說：

「喔，這個人呀，他死的時候都還會是一身衣裝穿得好好的。就像這樣，一點也不需要禮儀師化妝。他可以直接這樣上西天。」

塔魯也寫到了帕納盧神父的講道，但是他的評論如下：「我瞭解這種熱忱。在災難開始和結束的時候，總要把話說得很動聽。在開始時，這種把話說得動聽的習慣仍未失去；在結束時，這種習慣又回來了。只有身處災難中，我們才會接受實情並習慣它，也就是說習慣沉默。就等著瞧吧。」

塔魯最後寫到他有一次曾和里厄醫生長談，他只說到他們談得很投機，還順便提起里厄老太太淺棕色的眼珠，他有個奇怪的說法是，對他來說，和善的目光總是比鼠疫來得更有力。最後他還花了許多筆墨來敘述里厄治療的那位患哮喘的老頭。

塔魯在和醫生談話之後，就隨著他去看了這位病人。這個老頭搓著手，以冷笑接待塔魯。他坐在床上，背靠著枕頭，面前擺著兩盆鷹嘴豆。他看著塔魯說：「啊，又來一個。世界上下顛倒了，現在是醫生比病人多。人死得太快了，對吧？神父說得對，這是罪有應得。」第二天，塔魯沒通知老頭一聲，又來到他家。

照塔魯筆記裡的說法，這位患哮喘的老頭原來開了一家縫紉用品店，到他五十歲時，他認為自己已經工作得差不多。他從此躺下，再也沒起身。雖然其實站著對他的哮喘比較好。他靠著一筆微薄的年金活到了七十五歲，而且活得相當愜意。他看到手錶就受不了，在他家裡也的確沒有半隻手錶。他說：「手錶又貴又愚蠢。」他估計時間的方式，尤其是他最看重的吃飯時間，就是靠著數算鷹嘴豆。他在早上醒來時會拿兩只盆子，其中一盆裝滿豆子，然後以專注、規律的動作，一顆一顆的丟入另一只空盆子裡。就這樣，藉由裝滿多少次盆子來計算時間。他說：「每十五盆，就該吃點東西了。這很簡單。」

不過，根據他妻子的說法，在他很年輕時就看得出他平生沒大志。事實上，他對什麼都不感興趣，不管是工作、朋友、咖啡館、音樂、女人、散步。他從來不曾離開奧朗城，除了有一天他為了家裡的事不得不去阿爾及爾一趟，但他停在離奧朗城最近的一站，沒辦法再往前去。他又搭第一班往回走的火車回家。

對他這種把自己隔絕起來的生活，塔魯覺得很不可思議。他大致對塔魯解釋了一番：根據宗教的說法，人的前半生是往上升，後半生則是往下墜；在下墜時，時間不再掌握在人的手中，他隨時都可能死去，所以他什麼也不能做，而最好的生存之道正是什麼也別做。然而他也不怕自己前言不對後語，因為他稍後又對塔魯說，上帝一定是不存在的，要是上帝存在，神父也就完全派不上用場。不過，再聽聽他接下來的說法，塔魯明白了，原來他會有這番論斷是因為教堂頻頻向他募款引發了他的不滿。要描繪這老頭，不得不提他一個深沉的願望，也就是他幾次跟塔魯提過的：他希望能活得很老。

塔魯問自己：「他是個聖人嗎？」他給自己的答覆是：「是的，如果神聖等於是全部習慣的總和。」

同時，塔魯也頗為詳細地描述了這個鼠疫城市一天的生活，使人對我們的市民在這夏天的活動和他們過的日子有個明確的概念。塔魯寫道：「除了酒鬼，沒有人笑。不過酒鬼也笑得太開心了。」接著他開始描寫奧朗城的一天：

「清晨，在寥落無人的城裡吹起一陣陣微風。這個介於死者喪命的夜晚和垂死者呻吟的白日之間的間歇時刻，鼠疫似乎歇止一會兒，喘一口氣。所有的商店都關了門。有幾家店門口貼著告示：『鼠疫期間暫停營業』，說明了他們等一下也不會開門，不像其他商店那樣。路邊賣報的小販也一副還沒睡醒的樣子，並不急著叫賣新聞，他們只是靠在街角，下意識地把報紙攤在路燈下。過一會兒，等頭幾班電車經過，他們就會清醒過來，拿著報紙伸長手臂，滿城叫嚷。報紙上印著醒目的標題：『鼠疫』、『秋天時還會有鼠疫嗎？畢教授回答：不會。』、『鼠疫第九十四天的死亡人數達一百二十四人。』」

「儘管紙張匱乏的危機越來越嚴重，某些報刊不得不縮減張數，但是這時卻有一份新的報紙創刊：『鼠疫郵報』。這份報紙的任務在於：『以絕對客觀的精神將疫情是繼續蔓延或是已見衰退的消息通報我們市民。將鼠疫未來的發展向市民提供最權威的報導。專文支持那些決心與鼠疫作戰的知名或不知名的人士。幫助全體市民打起精神。將官方的各種指示公告周知。總之就是集中一切力量對抗襲擊我們的災殃。』事實上，它很快就淪為只賣廣告的報紙，單純推銷一些對預防鼠疫效果良好的新產品。」

「早上六點鐘，在商店開門前一個小時，賣報的小販就來到排長龍的商店門前兜售報紙，然後他們又來到從城郊開來的擠滿人的電車上叫賣。電車成了唯一的交通工具，在路上滯礙難行。電車的腳踏板、護欄上都站滿了乘客。怪的是，車上每個乘客只要有轉身的空間就會背向別人，以避免相互傳染。到了停靠站，電車倒出一整車的男男女女，各自快步離開，只想自己一個人。因心情惡劣而爆發爭吵的事越來越常見；惡劣情緒，這已經成了慢性病。」

「頭幾班電車經過以後，城市漸漸甦醒過來。最先開門的幾家咖啡館在櫃檯上掛上了牌子，寫著：『咖啡缺貨』、『自備白糖』等字樣。商店一家家開門，街上也越顯熱鬧。這時候，太陽往上爬，騰騰的熱氣逐漸籠罩著七月的天空。那些沒事幹的人這時也會到林蔭道上走一走。大部分的人似乎想藉著展示自己愛享受來驅散鼠疫。每天上午十一點左右，一些年輕男女招搖而過，看得出來他們的生之熱情在這災難之中越來越強烈。要是鼠疫繼續肆虐，也會越來越沒道德觀念。我們就會看到像古代米蘭人那樣在墳塋旁縱欲狂歡的事。」

「中午，餐廳在一眨眼間就都客滿了。很快地，那些三三兩兩找不到位置的人都堵在餐廳門口。因為太熱了，天空反而沒那麼亮。在被太陽炙烤的路邊，那些等騰出空位的客人躲在大遮陽棚底下。餐廳會客滿，原因是在於對很多人來說它大大簡化了採買食品遭遇的困難，不過，他們對鼠疫傳染的恐懼卻一點也沒減少。餐廳裡的食客會花許多時間耐心地把餐具擦了又擦。沒多久以前，有些餐廳會貼出『本餐廳餐具都經煮沸』的告示。漸漸地，餐廳也不再貼什麼告示，因為客人都不得不上門。再說客人也甘願花錢。上好的酒或是號稱上好的酒、最貴的菜餚，客人都不吝惜的點。不過在一家餐廳裡也出現過驚慌的場面，原來是有位客人突然覺得身體不適。他臉色蒼白，站起身後搖晃不止，迅速離開了餐廳。」

「到了下午兩點，城裡漸漸變空盪，這是寂靜、塵埃、太陽，與鼠疫在街上交會的時刻。熱浪沿著屋舍灰色的牆面一波波襲來。在這樣的時刻，大家都久久囚禁在室內，直到一樣熾熱的夜晚傾洩在這座人群嘈嚷的城市才外出。在剛熱起來的前幾天，不知道為什麼，傍晚時分的街頭卻顯得冷清。但是現在第一絲涼風使人放鬆，甚至帶來了希望。大家都到了街上來，和人說說話、鬥鬥嘴，或是彼此嫉羨；在七月紅霞滿天的天空下，這個充滿戀人、充滿喧囂的城市滑入了涼風徐徐的夏夜。每天晚上在林蔭道上都有個戴著呢帽、打著大花領結的老頭，受到靈啟的他從人群中走過，口中不斷地說：『天主是全知全能的，歸向祂吧』，但他這是白費力氣，所有的人反而都只朝著自己並不清楚的東西，或是比上帝更緊要的東西奔去。起先，大家以為鼠疫這病和其他病沒兩樣，沒什麼大不了，因此宗教仍保有一席之地。但是當大家意識到這病很嚴重時，想到的卻是尋歡作樂。白天顯現在臉上的焦慮情緒，到了灼熱、灰塵僕僕的黃昏時，都轉為抑遏不住的亢奮、轉為笨拙的自由放縱，使所有市民激動起來。」

「我也是，我自己也和大家一樣。對我這種人來說，死亡算不得什麼。因為死得有價值，死亡會證明像我這樣的人是有理的。」

⁂

是塔魯自己提出來要和里厄醫生會面的，在他的筆記裡就提到了這件事。等塔魯上門的那天晚間，里厄醫生看著他母親靜靜坐在飯廳一角的椅子上。她忙完一天的家事後，都是在這裡端坐。她兩手交握膝前，等待著。里厄甚至不確定她等的是不是他。不過里厄一出現，他母親的臉上就起了變化。因為一生勤勉而變得緘默的她在見到兒子時臉上不禁泛了光彩。然後她又寂然無言。這天晚上，她看著窗外，這時候街上空無一人，路燈只剩三分之一亮著。在遠處，一盞微弱的路燈讓落入黑暗中的城市略略有了光輝。

里厄老太太問：「在整個鼠疫期間，路燈都只亮一部分？」

「大概吧。」

「但願不會一直持續到冬天。不然感覺很淒涼。」

里厄說：「是啊！」

他看見母親注視著他的額頭。他知道自己最近過度憂心、過度操勞讓他雙頰削瘦。

里厄老太太說：「今天事情很不順利吧？」

「呃，跟平常沒兩樣。」

跟平常沒兩樣！這也就是說，從巴黎寄來的新血清效力似乎比前一批差，死亡人數不斷攀升。而且，血清數量不足，只能照應到病人家屬，為他們做注射。要做全面性的預防注射，必須大量生產血清。大部分的腹股溝淋巴結腫塊無法破口，就好像腫塊變硬的季節已經到了，這讓病人更受折磨。前一天，城裡發現了兩例新型態的鼠疫。它會感染肺部。同一天，在一次會議中，精疲力竭的醫生紛紛要求茫然無措的省長採取新的因應措施，以避免口對口傳染這種會感染肺部的鼠疫。跟平常沒兩樣，大家對情況還是一無所知。

他看著母親。母親美麗的棕色眼睛使他想起了她長年以來的柔情。

「媽，你害怕嗎？」

「到我這歲數，沒什麼好怕的。」

「每天都工作時間都很長，我會更常不在家。」

「要是我知道你會回來，我等你沒關係。你不在家時，我就想著你在做什麼。你有她的消息嗎？」

「有，根據上一封電報，一切都好。但我知道她這麼說是為了讓我安心。」

門鈴響了。醫生對她母親一笑，便去開門。站在陰暗樓梯間的塔魯，樣子儼然是隻穿著灰色衣服的大熊。里厄請這位訪客坐在他書桌前，他自己則站在扶手椅後面。他們之間只隔著書桌，桌上亮著這房裡唯一的一盞燈。

塔魯不客套地直接說：「我知道我有話可以對您明說。」

里厄不作聲，表示同意。

「再過十五天、一個月，您在這裡就沒有任何用處。這裡的情況誰也控制不了了。」

里厄回答：「的確。」

「衛生防疫的工作很沒組織。你們缺人手，也缺時間。」

里厄承認事實是如此。

「我聽說省長打算組成一個市民救護隊，讓健康的人參與救援工作。」

「您消息真靈通。但是大家對這件事非常不滿，省長還在猶豫。」

「為什麼不徵求志願者？」

「徵求了啊，但來得人很少。」

「是透過官方的管道徵求，有點不太相信有人會來的樣子。他們缺乏的是想像力。他們從來也沒能好好妥善應變。他們採取的措施大概只能防治鼻炎。要是任由他們處置，他們全都會完蛋，連帶我們自己也賠上。」

里厄說：「這有可能。而且他們還考慮用受刑人來做我所謂的粗活。」

「我寧願他們用一般人。」

「我也這麼認為，但是為什麼呢？」

「我受不了死刑。」

里厄看著塔魯，說：

「那麼該怎麼做呢？」

「那麼，我有個計畫，就是組織志願防疫隊。請您准許我來做這件事，別理會政府當局。再說，政府也忙不過來。我幾乎到處都有朋友，他們可以是防疫隊的核心人物，我自己當然也會加入。」

里厄說：「當然，您應該想得到這件事我很樂意。我們需要有幫手，尤其在這一行裡。我負責讓省長接受這個提議。再說，他們也沒別的選擇。只不過……」

里厄思索了一下，說：

「只不過您也很清楚，這工作有可能致命。不管怎樣，我必須提醒您這一點。您仔細想清楚了嗎？」

塔魯灰色的眼睛注視著醫生，說：

「醫生，對帕納盧神父講的道您有什麼想法？」

這問題問得自然而然，里厄也回答得自然而然：

「我大部分時間都待在醫院裡，無法接受那集體受到懲治的想法。但是您也知道，基督徒有時候是會這麼說，心裡卻從不是這麼想。他們其實沒那麼嚴格。」

「那麼您的想法一如帕納盧神父，認為鼠疫自有益處，它讓人睜開了眼睛，它迫使人思考！」

醫生不耐地搖搖頭。

「鼠疫就像世上所有的疾病一樣。適用於世上所有疾病的道理，也適用於鼠疫。對某些人來說，這有助於他的成長。但是當我們見到鼠疫帶來的悲慘與痛苦時，只有瘋子、瞎子，或懦夫才會屈服於鼠疫。」

里厄只是稍稍提高了音調，但塔魯立刻做了個手勢，像是要安撫醫生。他還笑了一笑。

里厄聳聳肩，說：「嗯。但是您還沒回答我的問題。您想清楚了嗎？」

塔魯調整了一下坐姿，把頭往前伸到燈光下。

「醫生，您相信天主嗎？」

這個問題還是問得自然而然。但是這一次，里厄猶豫了一下。

「不信，但這又意味著什麼呢？我處在黑夜中，試著看清狀況。很久以來，我就不再覺得這有什麼特別。」

「這不就是您和帕納盧神父不同之處嗎？」

「我不覺得。帕納盧是個讀書人。他沒看到人死去，所以他是奉某種真理之名說話。但是位階不高的鄉下神父他為教徒行過聖事、聽過垂死之人的呻吟，他會和我有一樣的想法。他會先去照顧受苦的人，然後才會想要藉由苦難來論證一些大道理。」

里厄站起來，這時候他的臉落在陰暗中。

他說：「別談這些了。既然您不願意回答。」

塔魯微笑，但仍坐在椅子中不動。

「我可以用一個問題來代替回答嗎？」

這時醫生也笑了笑，說：

「您很喜歡故弄玄虛啊。那就請說吧。」

塔魯說：「嗯。既然您不相信天主，那您為什麼要如此犧牲奉獻？您的回答也許有助於我回答您的問題。」

醫生還是待在陰暗中，他說他已經做了回答，要是他相信有個全知全能的天主，他就不會再看病，而是把這件事留給天主。但是這世上沒有人會以這種方式來相信天主，即使是信仰堅定的帕納盧也一樣，因為沒有人完全將自己交托給天主，至少就這一點，里厄他認為自己是走在真理的道路上，在天主所創造的這個世界中搏鬥。

塔魯說：「啊！這就是您對自己行醫的想法？」

醫生走到燈光下，說：「差不多。」

塔魯輕輕吹起口哨，醫生注視著他。

里厄說：「沒錯，您一定會想這必定要有些傲骨。但相信我，我只有應該要有的傲骨。我並不知道有什麼事會發生，也不知道在這些事情過去之後會怎樣。在這一刻，只有病人等著我醫治。接下來他們再去思考大道理，我自己也是一樣。但眼前最要緊的是治癒他們。我會盡力讓他們不受侵擾。就這樣而已。」

「不受什麼侵擾？」

里厄轉過身子對著窗口。他看著遠處墨黑夜色下依稀的大海。他只覺得疲倦，同時又抗拒著那突然而起的不理性欲望，就是對這位古怪、他卻倍覺親切的訪客一吐心中之言。

「塔魯，我不知道，我向您保證我什麼也不知道。在我跨入這一行時，我可以說帶著抽象的概念行醫，因為我需要投入個職業，因為做這行和其他行沒兩樣，是年輕人企求的職業之一。說不定這也是因為對像我這樣一個工人的兒子來說，這個職業特別的困難。還有，這個職業也得常常看著病人死去。您可知道有些人就是不願意死去？您可聽過一個婦人在臨死前哭喊著：『我決不要死！』？我啊，我聽過。我發現我根本無法習慣這種事。那時我還年輕，我甚至厭惡這種大自然的法則。從此以後，我變得比較謙遜。只是我從不習慣看人死去。此外，我什麼也不知道。但是畢竟……」

里厄不作聲，重新坐下。他口乾舌燥。

塔魯輕聲問：「畢竟什麼？」

醫生接著說：「畢竟……」他又猶豫了一下，專注地看著塔魯，然後說：「這種事像您這樣的人會懂的，不是嗎？既然大自然的法則是人皆有死，說不定天主寧可我們不信祂，寧可我們盡全力和死亡拚鬥，而不必去求問默不作聲的天主。」

塔魯點點頭，說：「嗯，我懂。但是您取得的勝利只是暫時的。」

里厄沉下臉。

「只是暫時的。我知道。但這並不是停止拚鬥的理由。」

「不，這不是理由。不過我不禁要想，對您來說這次鼠疫意味了什麼。」

里厄說：「嗯，這意味著一而再、再而三的失敗。」

塔魯注視著醫生好一會兒，然後站起身，步履沉重地走向門邊。里厄跟在他後面。在他走到塔魯身邊時，塔魯似乎看著自己的腳，開口說：

「您從哪裡學到這些的，醫生？」

醫生毫不遲疑地回答：

「從苦難裡。」

里厄打開書房的門，站在走道上對塔魯說，他也要下樓，要去看看城郊的一個病人。塔魯表示他可以陪他去，醫生接受了。在走道盡頭，他們見到了里厄老太太，里厄向她介紹了塔魯。

他說：「他是我的朋友。」

里厄老太太說：「嗯，很高興認識您。」

她走開了以後，塔魯還轉身看著她離去。在樓梯間，醫生按了按燈，燈卻不亮。樓梯整個陷在黑暗中。醫生心想，這是不是節約能源的新政策造成的。但他也不知道。不管是在家裡或是在城裡，這種雜亂無序的情況已經有一段時間了。這也可能只是因為門房和一般市民對什麼都不再愛惜。但是醫生沒時間細想，因為塔魯的聲音在他背後響起：

「醫生，我再說一句話，即使您覺得這很荒謬，我還是要說：您完全有理。」

里厄在黑暗中自顧自地聳聳肩。

「說真的，我不知道。但是您呢，您有什麼想法？」

塔魯平平靜靜地說：「喔，我要學的東西不多。」

醫生停下腳步，在他身後的塔魯在樓梯上一腳踩空。塔魯為免跌倒，一把抓住里厄的肩膀。

里厄問：「您認為您瞭解人生嗎？」

在黑暗中傳來塔魯的答覆，他一逕平靜地說：

「是的。」

他們來到街上時，才意識到時間很晚了，恐怕已經是十一點鐘。整座城市靜悄悄的，只聽到窸窸窣窣的聲音。遠處迴盪著救護車的鳴笛。他們兩人坐進車子裡，里厄發動了引擎。

里厄說：「明天要請您到醫院來打一針預防針。但是在您著手組織志願防疫隊之前，我最後還要說一句話，您要知道，您只有三分之一的活命機會。」

「醫生，您和我一樣清楚，這種預測沒有任何意義。在一百年前，波斯的一場鼠疫奪去了全城的人的性命，只有一名從頭到尾都在工作的洗屍工人倖免於難。」

里厄突然以一種低沉的聲音說：「這只是因為他保有了三分之一的活命機會。不過，對這件事我們的確還得全部重頭學起。」

他們這時來到城郊。車前燈照亮了無人的街道。他們停車。下車後，里厄問塔魯要不要進去，塔魯說好。天空映下一道反光照亮了他們的臉。里厄突然和善地笑了起來。他說：

「說吧，塔魯，是什麼驅使您這麼做的？」

「我不知道。也許是我的道德觀。」

「什麼道德觀？」

「體諒他人。」

塔魯轉身往房子走去。一直到他們走進患哮喘的老病人家，里厄都沒再看到塔魯的臉。

第二天起，塔魯就著手召集了第一批志願者，隨後還會有許多批加入。

但是敘述者並無意過度強調這些志願防疫隊的重要性。市民如果處在敘述者的位置，在今日的確會有許多人忍不住刻意誇大這支防疫隊扮演的角色。但是敘述者毋寧是相信，如果過度吹捧慈善行為，反而會是間接而有力地頌揚了惡。因為這樣會讓我們認為慈善行為很罕見所以它才值得珍視，而惡毒和冷漠卻是人類行為常見的動力。然而，敘述者並不認同這種說法。這世上的惡幾乎總是源自於無知，而且蒙昧無知的善良造成的損害會和惡毒造成的一樣多。應該說人基本上都是好人，而非壞人，而且說真的，問題並不在這裡。但是人無知的程度有高有低，善與惡的區別即以此為據，最不可救藥的惡是無知卻自以為什麼都知道，於是認為自己有權殺人。殺人犯的靈魂是盲目的；如果不能洞見事理，就沒有真正的善良，也沒有仁愛的心腸。

這也就是為什麼大家應該客觀評價透過塔魯而組織起來的志願防疫隊。這也就是為什麼敘述者不大肆頌揚慈善的行為，而且也只公允地提到英雄主義。但是他願意繼續寫這段歷史，見證在鼠疫肆虐下全體市民的錐心之痛，以及他們難以滿足的心。

那些加入志願防疫隊的人其實並不算是什麼大英雄，因為他們明白這是唯一該做的事，在這個時候不做這件事是不可思議的。這個防疫隊讓我們的市民更進一步認清鼠疫，並且在某種範圍內勸服市民既然這個疾病已經發生，就必須盡一切努力來對抗它。由於對抗鼠疫成了某些人的責任，鼠疫也就顯出了它真正的面貌，也就是說，這是每個人的事。

這樣當然很好。但是小學老師值得讚賞之處不在於教會了學生二加二等於四，而可能是在於他們選擇了這個高尚的職業。我們要說塔魯和其他人值得稱許是因為他們選擇了證明二加二等於四，而不是不等於四，不過我們也要說，他們這種和小學老師一樣有抱負的人，是人類的榮耀，這種人的數量比我們想像的還要多，至少敘述者是抱著這樣的信念。不過，敘述者也知道別人可能以這些人冒了生命危險而不贊同他們的行為。不過歷史上總有這種敢說二加二等於四就要被處死刑的時刻。這種事小學老師心裡很清楚。問題並不在於堅持這麼說是會受到懲罰或是受到獎賞，而在於要弄清楚二加二到底是不是等於四。對於這時生命遭受威脅的防疫隊來說，他們要確定的是自己是不是已經置身鼠疫中，還有自己是不是該起而對抗鼠疫。

在我們這個城市裡許多新崛起的道德學家在這時會說，做什麼都沒有用，我們必須跪地求饒。而塔魯、里厄，以及他們的朋友可能這樣或那樣的回答來回應這些道德學家，不過他們的結論總會是：必須用這種或那種方式來對抗，無論如何不可跪地求饒。所有的問題都在於要儘量避免更多的人死去，避免更多的人做永遠的訣別。為此，只有一個辦法就是和鼠疫作戰。這個顯而易見的事實一點也不值得稱頌，它不過是迫於情勢所需。

這就是為什麼很自然地老卡斯特勒會滿懷信心地投入他所有的精力，以粗陋的物資，在當地製造血清。里厄和他都希望從城裡的細菌培養出來的血清會比從外面運來的血清來得更直接、有效，因為當地的細菌和傳統的鼠疫桿菌略有差異。卡斯特勒期待能很快製成第一批血清。

這也就是為什麼一點也算不上是英雄的格朗很自然地會在這時候擔任志願防疫隊的文書。塔魯組織起來的防疫隊有一部分投入了人口稠密地區的預防保健活動中；他們試著採取必要的衛生措施，估算那些未曾消毒的閣樓和地窖。另一部分的防疫隊則陪同醫生到病人家中看診，將鼠疫病患送到醫院，甚至在專職人員不足時，開車運送病患或死者。所有這些都必須做紀錄、做統計，格朗答應負責這項工作。

從這個觀點來看，敘述者認為格朗比里厄或是塔魯更能代表志願防疫隊的善心善行。他毫不遲疑地說「好」，就接下了這個工作，誠意十足。他只求在小事上盡一己之力。他年紀太大了，無法勝任別的事。他可以撥出晚上六點到八點的時間。里厄非常熱忱地感謝他出力，他反而訝異地說：「這又不是最困難的。既然有鼠疫，就該與它作戰，這再明白不過。啊，要是一切都這麼簡單就好了！」然後他把話題拉回他寫的那個句子上。有幾次晚上，當統計的工作告一段落，里厄會和格朗聊天。他們後來把塔魯也加入了談話裡。格朗顯然很樂於和他們兩人講講心裡的話。他們兩人也很關心格朗寫作的進度，對他在鼠疫橫行期間還這麼有耐心做這件事感到佩服。到頭來，這件事倒讓里厄和塔魯兩人感到放鬆。

塔魯常常問起：「女騎士怎麼樣了？」格朗一貫這麼回答：「她騎馬輕快地跑著、跑著」，臉上帶著苦笑。一天晚上，格朗說他就此放棄了用「英挺」這個詞來形容他的女騎士，而改用「苗條」。他補充說：「這比較具體」。另一次，他把他修改過的第一個句子念給里厄和塔魯聽：「在五月的一個晴和的早晨，一位苗條的女騎士乘坐一匹漂亮的栗馬輕快地跑在布隆涅森林的花木小徑上。」

格朗說：「對吧，她現在形象比較清晰了。而且我比較喜歡『在五月』，因為『在五月份』拖長了馬輕快跑步的節奏。」

接著他又特別掛心「漂亮的」這個形容詞。根據他的說法，這個詞很空洞，他找著能夠一下子就表現出他想像中那匹有氣勢的馬的形象。「肥碩」行不通，雖然具體，但有點貶意。他想過「豐澤」這個詞，但是音韻不符。一天晚上，他得意洋洋地宣告他找到了：「一匹黑栗馬」。根據他的說法，黑色暗示了優雅。

里厄說：「不能這麼用。」

「為什麼？」

「栗馬指的不是品種，而是馬的顏色。」

「什麼顏色？」

「呃，總之不是黑色！」

格朗顯得很喪氣。

他說：「謝謝。還好有您。您看寫作有多麼難。」

塔魯說：「您覺得『華麗』怎麼樣？」

格朗看著他。他思索著：

「好！很好！」

他臉上漸漸有了笑容。

過了不久，他又說他覺得「花」這個字不妥。因為他只認識奧朗城和蒙特利馬，所以有時他會問問朋友布隆涅森林小徑開花的樣子。老實說，在里厄和塔魯的印象中，布隆涅森林小徑上並沒有花，但是格朗堅稱有，這使得其他兩人的看法不禁動搖起來。他們不確定的態度讓他很吃驚。「只有藝術家懂得觀察。」但是有一次醫生發現他非常亢奮。他用

「開滿花的小小的路徑上」來代替「花木小徑」。他搓著手說：「終於，這樣就生動了，甚至聞到了花香。各位先生，脫帽致敬！」他沾沾自喜念他第一個句子：「在五月的一個晴和早晨，一位苗條的女騎士乘坐一匹華麗的栗馬輕快地跑在布隆涅森林的開滿花的小小的路徑上。」但是在高聲朗誦時就發現句子最後三個所有格「的」很刺耳，讓他念得蹭蹭蹬蹬。他坐下來，神情委靡。然後他向醫生告別。他需要再想想。

後來聽說，就在這個時期，格朗在辦公室裡常心不在焉，在市政府得面對人員縮減、職責卻更加繁重等問題的此時，人家認為他這種態度很失當。他的工作受到了影響，所以辦公室主管嚴厲指責他，並提醒他說，人家付薪水給他是為了他把事情辦妥，而他卻正好沒辦好。辦公室主管說：「據說您在正職之外，還在志願防疫隊裡擔任志工。這我管不著。但我管得著的是您的工作。在目前這種可怕的時刻，您要幫得上忙，第一要務就是做好您的工作。不然的話，做什麼其他的都沒用。」

格朗對里厄說：「他說得對。」

醫生也同意：「嗯，他說得對。」

「不過，我的確是心不在焉。我不知道我那個句子的結尾該怎麼寫才好。」

他想過要把「布隆涅森林的」改為「森林」，刪掉「布隆涅……的」幾個字，認為大家會懂他指的是哪裡。但是這時候會讓「開滿花」的是「森林」，而不是「小小的路徑」。他也想過要把句子改寫為：「開滿花的森林狹窄小路」。但是任意地把「森林」放在「狹窄小路」這個名詞和「開滿花的」這個形容詞之間也不恰當。這問題對他真是如鯁在喉。有幾個晚上，他看起來確實比里厄還勞累。

是的，這樣的字斟字酌耗盡了他的心力，讓他疲累不堪，但他仍然盡心盡力地為志願防疫隊做加總、統計的工作。他每天晚上很耐心地整理資料卡，畫出曲線圖，慢慢想辦法把情況翔實呈現出來。他常到里厄去的其中一所醫院找他，並請醫生在辦公室或護理室裡為他安置一張桌子。他取來文件，坐在桌前工作，恰恰就像他在市政府辦公室裡辦公的樣子，置身在消毒藥水和鼠疫所引起的濃濁氣味中，他為了讓墨跡趕快乾，手中揮動著紙張。在這時候他老老實實地試著不去想他的女騎士，一心只做他該做的事。

是的，要是大家堅持要以所謂的英雄來樹立一個榜樣或典範的話，要是在這次事件中一定要有個英雄的話，那麼敘述者就要推薦這位無足輕重、一點也不出風頭的小人物，他只有一副好心腸，和顯然可笑的理想。這會還原真理本來的面目，使二加二等於四，使英雄主義位於次要地位，次於追求幸福的願望，而決非高於幸福的追求。這樣一來也會使得這整篇敘事具有特色，也就是以真實的情感進行敘述，而真實的情感既不是露骨的惡，也不是像演戲一樣矯揉造作的慷慨激昂。

至少這是里厄的心得，在他從收音機或報紙中得知外界對這受鼠疫之患的城市的鼓勵與呼籲之時心裡就是這麼想的。在外界藉由空運和陸運送來物資的同時，廣播和報紙每天晚上都會把同情或讚賞的言論傳送到這座從此被孤立了的城市中來。每一次這種帶有推崇性質、帶有佩服口吻的言論都讓醫生感到不耐煩。當然，他知道外界對他們的關心並不是裝出來的。只是這種關心只能透過這種老套的語言來表達，通常大家試著以這種語言來傳達人與人是休戚與共的。但是這種語言並不適用於，譬如說，格朗每天所貢獻的小小力量，也不能呈現格朗在鼠疫之患中所代表的意義。

當午夜無人的街上一片寂靜時，醫生在要上床短暫地睡一覺前，有時候會打開收音機。從幾千公里外的天涯海角傳來陌生而友好的聲音，試著笨拙地表達他們願與奧朗城中的人風雨同舟的心情，但是在這麼說的同時卻也證明了誰都不能分擔他們所看不見的痛苦，這種無能為力的狀態真是可怕。「奧朗！奧朗！」外界白費力氣地傳來呼聲。里厄也白費力氣地收聽廣播。不一會兒，又開始了空泛的言詞，這使得格朗和與他不相干的廣播中講話的人之間的鴻溝越來越深。「奧朗，沒錯！奧朗，唉，不是！」醫生心想：「相愛在一起或是死在一起，也就只能這樣。他們和我們相隔得離太遠了。」

在災殃達到高峰以前，我們還能描述的就是像藍貝爾那樣的最後幾個人，他們在鼠疫竭盡全力襲擊全城的時候，為了尋回自己的幸福、為了護衛自己不受鼠疫侵擾，而絕望地展開長期的奮戰。他們即是用這種辦法來拒絕威脅著他們的奴役，雖然這種辦法顯然沒有其他辦法來得有效。不過敘述者認為，這還是有其意義，而且，儘管這樣的拒絕態度是種虛妄，甚至是不符合真實景況的，但它確實能證明當時我們每個人心中的傲氣。

藍貝爾為了避免讓鼠疫纏上他而奮戰不已。在事實證明自己無法以合法的方式離開奧朗以後，他告訴了里厄醫生，他決定嘗試其他管道。這位記者先從咖啡館的服務生著手。服務生消息總是比別人靈通。但是他一開始詢問的幾位服務生，他們都特別清楚這類的管道是會受到法律嚴厲的懲處。有一次，人家甚至還當他是滋事份子。要等到他在里厄那裡認識了寇達爾以後，事情才有一點眉目。那一天，里厄和寇達爾談到了記者在行政部門處處遭挫的事。幾天後，現在對所有的人都很坦率的寇達爾在路上見到了藍貝爾。他直爽地說：

「一直沒下文？」

「嗯，沒有。」

「不能指望政府機關。他們是不會理解的。」

「的確。不過我正在找其他途徑。但這並不容易。」

寇達爾說：「啊，我明白。」

掌握了一些門路的寇達爾對藍貝爾解釋說，他在奧朗城所有的咖啡館已經走動了很長一段時間，他有些朋友，也知道有個組織在辦這一類的事。藍貝爾聽了很是訝異。實情是寇達爾開銷大，入不敷出，便做了走私配給物品的勾當，非法販售不斷漲價的香菸和劣酒。這讓他發了一筆小財。

藍貝爾問：「這管道行得通嗎？」

「行得通，因為就有人向我這麼提議。」

「那您為什麼不自己利用這個機會離開？」

寇達爾和善地說：「您不必有戒心。我沒利用這個機會，是因為我並不想離開。我有我的理由。」

頓了一下之後，他又說：

「您沒問我的理由是什麼？」

藍貝爾說：「我想這和我無關。」

「的確，就某方面來說，是和您無關。但是從另一方面來說……呃，總之唯一確定的是，自從發生鼠疫以後，我覺得在這裡日子好過多了。」

記者只是聽著。一會兒之後，他說：

「怎麼和這個集團聯絡？」

寇達爾說：「啊，這並不容易，跟我來。」

這時是下午四點鐘。天空濕氣很重，整個城市越來越悶熱。所有的商店都拉下遮簾。路上無人車往來。寇達爾和藍貝爾途經廊街，一路上兩人沒交談。在這樣的時刻裡並感覺不到鼠疫的存在。這樣的死寂、這樣的蒼白無色、這樣的無人無活動，是盛暑特有的樣子，也可以說是鼠疫肆虐時的情景。沒人知道這濕熱天氣是災情的威脅引起的，還是灰塵和燠熱引起的。必須觀察和思考，才能知道鼠疫並未銷聲匿跡。因為只有從反向的徵兆中才能察覺鼠疫的存在。例如，和鼠疫關係密切的寇達爾就對藍貝爾說，城中已經沒有了狗；以前，在這個時刻，狗通常都會橫臥在走道口，哈著氣，想圖個涼快而不可得。

他們取徑棕櫚林蔭道，穿越閱兵廣場，順著走到海濱城區。在左手邊，有一家黃色遮簾斜斜遮住店門口的綠色咖啡館。寇達爾和藍貝爾一邊擦著額頭的汗，一邊走進門。他們坐在花園用的折疊椅上，面前擺著一張綠色鉛皮的桌子。咖啡館除了他們之外，一個人也沒有。店裡，蒼蠅嗡嗡叫。在桌腳不穩的櫃檯上放著一個黃色的籠子，裡面關著一隻鸚鵡，垂著翅膀，沒精打采地站在棲木上。牆上掛著幾幅呈現戰爭場面的老舊圖畫，圖畫上滿是油污和厚厚的蜘蛛網。在所有的鉛皮桌子上，包括藍貝爾面前的這一張，全都有不知從哪裡來的晾乾了的雞糞。後來傳來了一陣混亂嘈雜聲，才見一隻美麗的大公雞從陰暗的角落跳出來。

在這時候，氣溫似乎更高了。寇達爾脫掉外衣，敲了敲鉛皮桌子。一個小個子穿著過長的藍色罩衫從裡間走出來，他遠遠看到寇達爾就向他打招呼，一邊走過來，一邊用力以腳踢開大公雞，在咯咯咯的雞叫聲中，問兩位先生要點什麼。寇達爾點了白葡萄酒，並表示他要找賈西亞。小個子說，已經好幾天沒見到他來了。

「您想他今天晚上會來嗎？」

小個子說：「唷，我又不是他肚子裡的蛔蟲。您不是知道他的活動時間嗎？」

「嗯，不過沒什麼要緊事。我只是想介紹個朋友給他認識。」

小個子在罩衫上擦著他出汗的雙手。

「啊，這位先生也做買賣。」

寇達爾說：「嗯。」

小個子倒吸了一口氣，說：

「那麼請你們晚上再來。我讓孩子去請他來。」

走出咖啡館，藍貝爾問做買賣是指什麼。

「當然是指走私。他們把貨弄進城，再以高價賣出。」

藍貝爾說：「嗯，他們和人串通好了？」

「沒錯。」

晚上，遮簾收了起來。鸚鵡在籠子裡嘰嘰咕咕亂叫。在一張張鉛皮桌子旁坐滿了只穿著襯衫的男人。其中有一個男的，草帽頂在後腦杓上，白襯衫敞開，露出了焦土色的胸膛，他一見到寇達爾進門就站起來。這個人臉形方正，曬得很黑，小小的黑色眼睛，一口白牙，手上戴著兩、三枚戒指，看起來三十歲左右。

他說：「嗨！我們在櫃檯上喝一杯。」

他們酒過三巡，卻都沒說話。

賈西亞這時說：「我們到外面走走？」

他們三人往港口走去。賈西亞問他們到底有什麼事。寇達爾跟他說，介紹藍貝爾給他並不是為了買賣，而是為了他所謂的「出去」。賈西亞抽著菸，直直走在寇達爾前面。他問了一些問題。他用「他」來指稱藍貝爾，似乎無視於藍貝爾的存在。

他說：「出去幹嘛？」

「他老婆在法國。」

「喔！」

隔一會兒，他又問：

「他是做哪一行的？」

「記者。」

「這一行的人話很多。」

藍貝爾不吭聲。

寇達爾說：「他是我朋友。」

他們默默往前走。他們來到碼頭上，不過那裡有柵欄圍著，不准通行。他們聞著傳過來的油炸沙丁魚的味道，向一家賣這東西的小鋪子走去。

賈西亞最後說：「反正，這種事不歸我管，應該找的人是拉烏爾。我得找到他才行。這有點難辦。」

寇達爾焦躁地問：「啊！他躲起來了？」

賈西亞不答腔。他走到小鋪子附近，停下腳步，轉過頭，第一次直接面對著藍貝爾。

「後天，十一點鐘，在城內高地，海關營房的一側。」

他作勢要走，但又轉過頭來對他們兩人說：

「這要付點費用。」

他不避諱地直說。

藍貝爾點點頭，說：「那當然。」

稍後，記者向寇達爾致謝。

寇達爾神情愉快地說：「喔，沒什麼。我很高興能幫上您的忙。您是記者，改天您再做個人情給我。」

過了兩天，藍貝爾和寇達爾爬上通往城內高地的那條沒遮蔭的大街。部分的海關營房都已改建為救護站。在營房大門前聚集了許多人，他們或是帶著希望來探病，但這是不會獲准的，或是來打聽消息，但這些消息很可能在片刻之後就過時。總之，有一大夥人在此來來往往，看來賈西亞會和藍貝爾約在這裡，就是和這裡雜雜沓沓的景況有關。

寇達爾說：「這真是怪，您一心只想離開。但這裡發生的事還是很有意思的。」

藍貝爾回答：「我不覺得有什麼意思。」

「喔，當然！待在這裡得要冒一點險。不過，畢竟，即使是在發生鼠疫以前，過一個車子很多的十字路口也是很危險的。」

就在這時候，里厄的車子停在他們一旁。開車的是塔魯。里厄似乎半睡半醒。他下車介紹塔魯和藍貝爾認識時才完全清醒。

塔魯說：「我們認識的。我們住在同一家旅館。」

他表示可以載藍貝爾回市區。

「不。我們在這裡和人有約。」

里厄看著藍貝爾。

藍貝爾說：「是的。」

寇達爾很訝異地說：「啊，醫生也知道這件事？」

塔魯看著寇達爾，提醒他說：「預審法官來了。」

寇達爾臉色大變。果然，腳步有力、穩健的歐東先生順著馬路朝著他們走來。他在經過這幾個人面前時，脫下帽子向他們致意。

塔魯說：「您好，法官先生！」

法官也向塔魯和里厄問好，並看著站在他們後面的寇達爾和藍貝爾。他鄭重地點一點頭向他們致意。塔魯向他介紹了記者和靠年金過日子的寇達爾。法官抬頭看了一會兒天空，然後嘆氣說，年頭真是不好，讓人悲傷。

「塔魯先生，有人跟我說您現在負責預防措施的活動。這我太贊同了。醫生，您認為鼠疫還會蔓延嗎？」

里厄說，我們應該抱著它不會再蔓延的希望。法官覆述著，永遠要抱著希望，因為我們無法知道天主的旨意。塔魯問法官，這次鼠疫是不是為他帶來了額外的工作。

「正好相反，我們所謂的普通法的案件減少了。我只剩下一些嚴重違反當局新規定的預審案件。大家從來沒有像現在這樣這麼遵守舊的法令。」

塔魯說：「這是因為兩相比較之下，舊的法令顯得好一些。這是不可避免的。」

法官不再用他剛剛抬頭看天空的那種作夢似的神情，而是以冷冷的目光注視著塔魯說：

「不是新、舊法律的問題。重點不在法律，而是判決。事實就是如此，我們也沒轍。」

在法官離開了以後，寇達爾說：「這位仁兄，是頭號公敵。」

汽車發動了。

過了一會兒，藍貝爾和寇達爾看見賈西亞出現了。他沒任何表示地走到他們身邊，不打一聲招呼地就說：「要再等等。」

在他們一旁的群眾，其中大多為婦女，安安靜靜地等著。幾乎每位婦女手裡都提著籃子，白白地抱著能夠把籃子交給他們生病的親人的希望，更荒謬的是妄想親人可以享用籃子裡的食物。大門口有武裝的哨兵守衛，時不時有奇怪的叫聲從病房穿過中庭，傳到大門外。這時門外的人都轉過身子，不安地朝救護站看去。

當這三個人看著這一幕時，背後傳來一聲清晰而低沉的「午安」讓他們回過頭來。儘管天氣很熱，拉烏爾還是穿得嚴嚴整整。高大、魁梧的他穿著深色的雙排扣西裝，戴著捲邊的呢帽。他眼睛呈棕色、雙唇緊閉，臉色非常蒼白，說起話來又快又明確。

他說：「我們到城裡去吧。賈西亞，你可以先走了。」

賈西亞點燃一根菸，看著他們三人走遠。拉烏爾走在其他兩人中間，腳步很快。寇達爾和藍貝爾跟上了他的步伐。

拉烏爾說：「賈西亞跟我解釋過了。這件事辦得成。不管怎樣，您得要花個一萬法郎。」

藍貝爾表示他接受。

「明天和我一起用午餐，在海濱的西班牙餐廳。」

藍貝爾說好。拉烏爾跟他握手，臉上第一次有笑容。在拉烏爾離開以後，寇達爾道歉說，他明天沒空，再說藍貝爾到時候也不需要他。

第二天，在記者走進西班牙餐廳時，每個人都轉過來看他。位於一條被太陽曬得乾乾的黃色小街低處的這間蔭涼的小餐廳，來這裡的客人都是男的，大部分像是西班牙裔。坐在最裡面一張桌子的拉烏爾向記者招了招手，藍貝爾往他走去，這時候，其他人的好奇神色便消散一空，紛紛專心用餐。還有一個人和拉烏爾同坐一桌。這個人肩膀異常寬大，人很高、很瘦，鬍渣沒刮乾淨，一張馬臉，頭髮稀疏。從他捲起的襯衫袖口裡露出兩隻滿是黑毛的細長手臂。拉烏爾在把藍貝爾介紹給他時，他點了三下頭。拉烏爾並沒提到這個人叫什麼，在說到他時都只說「我們的朋友」。

「我們的朋友認為他有可能幫您的忙。他要讓您……」

拉烏爾打住了，因為女服務生過來問藍貝爾要點什麼。

「他要讓您和我們其他兩位朋友聯繫，再經由他們認識一下和我們打交道的守衛。但事情到這裡並沒完。還得守衛認為時機成熟才可行。最簡單的辦法就是您在其中一位的家裡住幾個晚上。他家就在城門邊。不過在此之前，我們的朋友應該給您幾個必要的聯絡人。等一切都安排好了，也由他來和您結清款項。」

有著一張馬臉的那個朋友再次點點頭，他手中不斷搗著番茄、甜椒，大口大口吞吃這盤沙拉。然後他開口說話了。他略帶西班牙口音，說，他提議和藍貝爾在後天早上八點鐘約在大教堂的門廊下見面。

藍貝爾強調：「還要等兩天。」

拉烏爾說：「這並不容易。得找到接應的人。」

馬臉再次點了點頭。藍貝爾只冷淡地回應。接下來的用餐時間，大家都在努力找話題。不過，在藍貝爾發現馬臉曾經是足球員時，彼此話就多了起來。他自己以前也常踢足球。於是，他們說起法國甲級聯賽、英國職業隊的勇猛，以及W形陣式。一頓飯吃到最後，馬臉不禁興致勃勃，他還用「你」來稱呼藍貝爾，並說服他在足球隊裡最佳的位置是中衛。他說：「你也知道，中衛是調度全局的。只有調度全局，這才叫足球。」藍貝爾同意他的看法，雖然他向來是踢中鋒。收音機傳來的廣播打斷了他們的談話。原來一直輕聲反覆播放浪漫曲調的電台，在這時卻播報說鼠疫在昨天造成了一百三十七人死亡。在座的沒人有反應。馬臉聳聳肩，站起身。拉烏爾和藍貝爾也隨著他站起來。

在分手前，手勁很大的中衛握了握藍貝爾的手。

他說：「我叫做龔扎勒斯。」

藍貝爾感覺這兩天簡直是過不完。他去見里厄，並詳細向他說明自己的安排。然後他陪著醫生出門看診。在一個疑似患病的病人家門口，他和醫生道別。這時從走道裡傳來了跑步聲和人聲，原來是有人去通報病人家屬醫生來了。

里厄喃喃地說：「希望塔魯一會兒就到。」

他看來很疲倦。

藍貝爾問：「鼠疫傳播得太快了嗎？」

里厄說不是這樣，統計表的曲線甚至上升得慢了些。只是對抗鼠疫的辦法還不夠多。

他說：「我們缺乏物資。在世上所有的軍隊裡，通常都以人力來彌補物力的不足。但我們連人手也不足。」

「聽說，從外面來了不少醫生和衛生人員。」

里厄說：「沒錯。十名醫生，和一百多名幫手。這顯然是不少。依目前的疫情，這大致夠。但要是疫情擴散，人手就不足了。」

里厄聽了聽屋裡的聲響，然後對藍貝爾一笑，說：

「嗯，您應該趕快把這件事辦成。」

藍貝爾臉上閃過一道陰影。

他以低沉的聲音說：「您知道，驅使我離開的並不是這個。」

里厄回答他知道，但是藍貝爾繼續說：

「我想我並不是懦夫，至少大部分的時候不是。我是受過考驗的。只是我受不了某些念頭。」

醫生正視他，說：

「您會回到她身邊的。」

「也許。但是一想到這件事會持續下去，在這期間她會老去，我就受不了。我們從三十歲就開始變老，必須及時把握一切。我不知道您懂不懂我的意思。」

里厄喃喃地說他想他懂。塔魯就在這時候到了。他樣子很興奮。

「我剛剛請帕納盧神父加入我們的防疫隊。」

醫生問：「結果呢？」

「他考慮了一下，就說好。」

醫生說：「我真高興，我真高興他本人實際上比他的講道來得好。」

塔魯說：「大家都一樣。只要給他們機會。」

他笑了，並對里厄眨眨眼睛。

「提供給別人機會，這是我這輩子要做的事。」

藍貝爾說：「很抱歉，我應該走了。」

星期四早上八點的約，藍貝爾提早五分鐘來到大教堂的門廊下。空氣還很清新。天空上有小小、圓圓的白雲飄過，再一會兒，上升的熱氣就要吞噬這些白雲。草坪雖然被曬得乾乾的，但仍冒起一股潮潮的濕氣味。被擋在東邊房子背後的太陽只曬熱了廣場上整座鍍金的聖女貞德塑像的帽盔。鐘敲了八下。藍貝爾往無人的門廊裡面走了幾步。教堂裡面傳來低低唱聖詩的歌聲，也傳來了地窖和薰香雜合起來的氣味。突然，歌聲停了。十幾個小小的黑色人影走出教堂，碎步疾走地往城裡去。藍貝爾開始失了耐心。又有一些黑色人影登上階梯，往門廊走來。他點了一根菸，隨即就想到這地方也許是不准抽菸的。

八點十五分，教堂裡的管風琴輕聲彈奏起來。藍貝爾走到陰暗的穹頂底下。過了一會兒，他看見大堂裡剛剛從他面前經過的那些黑色人影。他們齊聚在一個角落，跪在一個剛剛擺上一尊聖羅克雕像的臨時祭台前，這雕像是在城中一處作坊趕工製成的。這些跪著的人似乎都縮著身子，消失在一片灰濛濛中，就像凝固不動的影子，這裡一堆、那裡一堆，只稍稍比他們飄浮其間的灰濛顏色更暗一些。在他們上方，管風琴不停地彈著各種曲調。

藍貝爾走出教堂，這時龔扎勒斯已經走下階梯，往城裡走去。

他對記者說：「我以為你已經走了。你要是走了，也很正常。」

他解釋，他和另外的朋友約了七點五十分，就約在不遠的地方。但是他白等了二十分鐘。

「一定是有了變故。在我們這一行，事情並不總是很順利。」

他提議明天再約一次。同樣八點鐘，約在陣亡將士紀念碑前。藍貝爾嘆了一口氣，把他的呢帽往後推。

龔扎勒斯笑著下結語：「這沒什麼。想一想在射門以前，總得要施展各種策略、進攻對方陣地、再三傳球等等的。」

藍貝爾說：「當然，但一場球賽不過是九十分鐘。」

奧朗城的陣亡將士紀念碑位於唯一看得到海的地方。這地方有一條短短的步道是緊靠著高踞港口的懸崖。第二天，藍貝爾第一個赴約。他仔細讀著戰死沙場的將士名單。幾分鐘後，有兩個人走近前來，漠不在乎地看了他一眼，然後他們走到步道邊，手肘靠在護欄上，凝視著空曠無人的碼頭，好像完全被吸引。他們兩人身量相當，也都穿著一條藍色長褲和短袖的海藍色針織衫。記者稍稍走遠了一些，然後坐在一張長凳上，從容不迫地觀察他們。他這時才意識到他們想必都不超過二十歲。在這時候，他看見了龔扎勒斯向他走來，並道著歉。

他說：「喏，這就是我的朋友。」他帶著藍貝爾往那兩個年輕人走去。他跟他介紹了馬歇爾和路易。正面看，這兩個人長得很像。藍貝爾心想他們是兄弟。

龔扎勒斯說：「好啦，現在大家都認識了。該談正事吧。」

馬歇爾或是路易說，兩天後會輪到他們守衛，連續守一個星期，這時必須看準最有利的一天。他們總共有四個人守西門，其他兩人是職業軍人。要這兩人涉入這檔事是不可能的。他們並不可靠，何況費用會因此提高。不過，某些晚上，這兩位軍人會到他們熟悉的一家酒吧的後廳消磨一段時間。馬歇爾或路易便提議藍貝爾住進他們離城門很近的家裡，等人來接他。在這時候，出城門會變得很容易。但是這件事要趕快進行，因為近來有人說城外也要設立一道關卡。

藍貝爾點點頭，並向他們遞上他最後幾根菸。一直未開口說話的那個人問起龔扎勒斯款項是否已經結清，還有他們是否可先拿到預付金。

龔扎勒斯說：「不，不必要這樣，他是個老朋友。款項在出發時結清。」

他們又約了下次見面的時間。龔扎勒斯提議兩天後一起在西班牙餐廳吃晚餐，然後直接從餐廳到守衛家裡去。

他對藍貝爾說：「第一夜，我一定要陪陪你。」

第二天，藍貝爾上樓走回旅館房間，在樓梯上遇見了塔魯。

塔魯對他說：「我要到里厄那裡去，您要一起來嗎？」

藍貝爾猶豫了一會兒，說：「我總是不確定自己沒打擾到他。」

「我想是不會，他常常跟我提到您。」

記者思忖了一下，說：

「呃，如果你們在用過晚餐以後有時間，就請到旅館的酒吧來，即使很晚了也沒關係。」

塔魯說：「這要看醫生，還有鼠疫的狀況。」

到了晚上十一點，里厄和塔魯還是來到旅館這間又小又窄的酒吧。酒吧裡擠滿了三十幾個人，個個高聲談話。他們兩人從寂靜的疫城來，不免感到頭昏，便停下了腳步。他們看到酒吧還賣酒，就明白了這裡鬧哄哄的原因。藍貝爾在櫃檯最旁邊的位置，坐在高腳椅上向他們打了招呼。他們來到他身邊，塔魯輕輕推開了一旁吵雜的酒客。

「你們不會嫌惡酒吧？」

塔魯說：「不，正好相反。」

里厄聞了聞他杯子裡那股腥澀的草味。在嘈雜中，交談有困難。但是藍貝爾似乎只顧著喝酒。醫生看不出來他是不是醉了。除了吧台外，狹小的酒吧裡剩下的地方只有兩張桌子，其中一張坐著一個海軍軍官，他兩手各擁一個女人，正對一位滿臉通紅的胖子說起在開羅爆發的斑疹傷寒大流行。他說：「他們為當地人設立了營地，為病人架起了帳篷，帳篷周圍有哨兵看守，如果親屬試著偷偷送去治病的偏方，哨兵會開槍。這很嚴格，但是做得對。」另一張桌子則坐著幾個穿著雅致的年輕人，聽不清他們說些什麼，因為放在高處的電唱機播放著「聖詹姆斯醫院」的旋律裡淹沒了他們的聲音。

里厄提高聲調說：「您開心嗎？」

藍貝爾說：「時候快到了。說不定就是這個星期。」

塔魯嚷道：「真可惜。」

「為什麼？」

塔魯看著里厄。

里厄說：「喔，塔魯這麼說是因為您在這裡也許幫得上我們的忙。但是我非常理解您想離開的心情。」

塔魯又為大家斟了一回酒。藍貝爾從高腳椅上下來，第一次正面看著塔魯，說：

「我能幫得上什麼忙？」

塔魯不慌不忙地去拿他面前的酒杯，說：「噢，您可以加入我們的防疫隊。」

藍貝爾露出他慣有的那種頑固思索著的表情，然後又坐上了高腳椅。

剛剛一口酒下肚的塔魯專注地看著藍貝爾，說：「您難道不覺得防疫隊有用嗎？」

記者也喝了一口，說：「很有用。」

里厄注意到他的手在抖，心想果不其然，他真的醉了。

第二天，藍貝爾第二次來到西班牙餐廳，他從一小群男人之間走過，見他們紛紛把椅子搬到門口，在綠蔭下、金色斜陽中，享受熱氣開始消散的夜晚。他們抽著氣味嗆人的菸。餐廳裡頭幾乎空無一人。藍貝爾坐在上次他和龔扎勒斯見面時坐的那張位於最裡面的桌子。他告訴女服務生他在等人。這時是晚上七點半。漸漸地，門口的人都進到裡面坐定。菜餚一道道端了上來。餐廳裡低矮的拱頂下充斥著杯盤刀叉的聲響和低沉的談話聲。八點鐘了，藍貝爾還在等。燈亮了。剛進門的客人坐到了他這一桌來。他點了菜。八點半，他用完了餐，還是不見龔扎勒斯，也不見那兩個年輕人。他抽起菸來。餐廳裡的人慢慢散去。外面，天黑得很快。一陣暖風從海邊吹來，微微掀動了落地窗的窗簾。到了九點鐘，藍貝爾發現餐廳裡人都走光了，女服務生吃驚地看著他。他付了帳離開。在餐廳對面，有一家咖啡館還開著。藍貝爾坐在櫃檯前，留心看著餐廳門口。到了九點半，他往回旅館的路上走，沿路白費力氣地想著該怎麼和龔扎勒斯聯絡，他又沒他的地址。他一想到一切又要重新奔走一次，不禁方寸大亂。

在這時候，幾輛救護車在夜色中匆匆駛過，藍貝爾發現自己在這段時間根本遺忘了妻子，他只一心一意想辦法要把這堵隔開他們的牆打穿一個洞。他後來即是這麼對里厄醫生說的。但是也就在這個時候，在一切途徑都被堵死了以後，她再一次成為他欲望的中心，突然間這讓他痛苦不堪，不禁用跑的跑回旅館，好逃避這個一直緊追他不放、使他頭痛欲裂的可怕煎熬。

第二天一大早，他還是去見里厄，問他怎樣才能找到寇達爾。

他說：「我現在唯一能做的，就是重頭來過一遍。」

里厄說：「明天晚上您再來一趟。塔魯要我請寇達爾來，我不知道這是為什麼。他應該十點會到。您就十點半來吧。」

第二天，當寇達爾來到醫生家時，塔魯和醫生正在談一個在里厄的醫院裡出人意料之外痊癒的病例。

塔魯說：「十個中有一個。他是運氣好。」

寇達爾說：「啊，是嗎，他患的不是鼠疫吧！」

醫生向他說，這個人的確是染上了鼠疫。

「這不可能，既然他已經痊癒，那就不是鼠疫。你們和我一樣清楚，鼠疫是不放過任何人的。」

里厄說：「通常是這樣沒錯。但是頑強和鼠疫對抗，有時是會有驚喜的。」

寇達爾笑了。

「只是不太感覺得到這種驚喜。你們聽說了今天晚上的統計數字嗎？」

塔魯看著這個靠年金過日子的人，說他知道這個數字，知道情況很嚴重，但是這又說明了什麼？這只說明了需要採取更特殊的措施。

「啊，你們不是已經這麼做了嗎？」

「是沒錯，但每個人都必須把這看做是直接關係到自己的事。」

寇達爾不解地看著塔魯。塔魯說，太多人袖手旁觀，鼠疫是每個人的事，每個人都應該盡自己的責任。志願防疫隊歡迎所有的人加入。

寇達爾說：「說是這麼說，但這並沒有用。鼠疫太過強大了。」

塔魯耐心地說：「等我們用盡一切辦法之後才知道有用沒用。」

在這段期間，里厄在書房裡謄寫資料卡。塔魯一直打量著這個靠年金過日子的人在椅子上動來動去。

「寇達爾先生，您為什麼不加入我們呢？」

寇達爾像是受到冒犯一樣，站起了身。他把他的圓帽拿在手中，說：

「這不關我的事。」

然後出言不遜地說：

「再說，我在鼠疫中過得很好。我看不出來我有什麼理由加入制止它的行列。」

塔魯拍了一下額頭，彷彿突然明白了一件事。

他說：「啊，真的，我都忘記了。要不是發生鼠疫，您會被逮捕的。」

寇達爾跳起來，緊緊抓著椅子，好像就要跌倒了一樣。謄寫好了的里厄帶著關切又嚴肅的神情看著寇達爾。

靠年金過日子的人叫道：「您是聽誰說的？」

塔魯很吃驚，說：

「您自己說的啊。至少醫生和我是這麼闡釋您的話。」

寇達爾暴怒，使得他說話都變得咕噥不清。

塔魯又說：「您別發火。醫生和我都不會去舉發您。您的事和我們毫不相干。再說，我們也不喜歡警察。好了，請回座吧。」

靠年金過日子的人看著椅子，猶豫一下之後又坐下來。過了一會兒，他忽然嘆起氣來。

他承認說：「這些都過去了。沒想到又舊事重提。我以為大家都忘了這件事。但還是有一個人講了出來。他們傳了我去，告訴我到審訊結束以前，要隨時候傳。我想他們最後還是會逮捕我的。」

塔魯問：「事情很嚴重？」

「這要看您怎麼說了。總之這又不是謀殺。」

「坐牢，還是做苦役？」

寇達爾顯得很沮喪，說：

「運氣好的話，坐牢……」

不一會兒，他又激動地說：

「我犯了個錯。每個人都會犯錯。我受不了為了這個就要被抓起來，被迫和我的房子、我的習慣、我所有認識的人分開。」

塔魯問：「啊，就是為了這個您才想到要上吊自殺？」

「嗯，這是件蠢事。」

里厄這時才第一次開口，對寇達爾說，他瞭解他的不安，不過事情說不定可以擺平。

「嗯，在這個時期，我知道我沒什麼好擔心的。」

塔魯說：「我懂了。您不會加入我們的防疫隊。」

寇達爾把帽子拿在手中轉，以持疑的目光抬頭看著塔魯，說：

「請別怪我。」

塔魯笑著說：「那當然。但至少請別故意散播病菌。」

寇達爾抗議說，鼠疫並不是他要它來的，它就這麼發生了，要是這時候鼠疫讓他從中得利，也不是他的錯。當藍貝爾來到醫生家門外時，這個靠年金收入過日子的人以強勁有力的聲音補充說：

「再說，我認為你們做的一切都是徒勞無功。」

藍貝爾知道了寇達爾沒有龔扎勒斯的地址，但他還是可以到之前那家小咖啡館去碰碰運氣。他們約了明天一起去。因為里厄很想知道事情後續，藍貝爾便邀請他和塔魯週末晚上到他旅館房間去，不管幾點都行。

早上，寇達爾和藍貝爾到小咖啡館去，留了話給賈西亞說晚上他們要見他，要是他有事，第二天晚上也行。當天晚上，他們白等了。第二天，賈西亞現身了。他靜靜聽著藍貝爾講他的遭遇。他對此並不知情，但是他知道為了查戶口，有些街區二十四小時禁止通行。龔扎勒斯和那兩個年輕人有可能是無法越過封鎖線。現在他能做的就是讓他和拉烏爾重新取得聯繫。這自然至少要再等兩天。

藍貝爾說：「我明白，一切得重頭開始。」

第三天，拉烏爾在路邊街角證實了賈西亞的說法。低地街區曾經封鎖了一段時間。必須再和龔扎勒斯搭上線。兩天後，藍貝爾和那位足球員共進午餐。

足球員說：「真是愚蠢，我們早該想到彼此要怎麼聯絡。」

藍貝爾也這麼覺得。

「明天早上，我們到那兩個年輕人家裡去，試著把事情辦妥。」

第二天，兩位年輕人不在家。他們留了話，約明天中午在中學廣場碰頭。藍貝爾下午回到旅館，臉上的表情讓碰巧遇到他的塔魯看了很吃驚。

塔魯問他：「事情不順利嗎？」

藍貝爾說：「一定會再重新來過一回。」

他還是邀請了塔魯：「今天晚上來找我。」

晚上，當醫生和塔魯走進藍貝爾的房間時，他正躺在床上。他起身在事先準備好的杯子裡倒了酒。里厄拿起自己的酒杯，問他事情是不是上了軌道。記者說，他今天又奔走了一整天，事情終於回到了原點，他很快就要去赴最後一次約。他喝了一口酒，補充說：

「當然，他們到時候還是不會現身。」

塔魯說：「不要把這看做是常態啊！」

藍貝爾聳聳肩，說：「您還是沒懂。」

「沒懂什麼？」

「鼠疫。」

里厄叫了一聲：「啊！」

「不，你們還是沒懂，就是鼠疫要人一切重來。」

藍貝爾走到房間一角，打開了電唱機。

塔魯問：「這張唱片是？我認得這首歌。」

藍貝爾回答，這是「聖詹姆斯醫院」。

在播放這張唱片時，遠處傳來兩聲槍響。

塔魯說：「要麼是狗，要麼是逃犯。」

不一會兒，唱片播完了。救護車的鳴笛聲變得清晰起來，在經過旅館房間前聲音變大，然後變小，最後終於聽不見。

藍貝爾說：「這張唱片滿憂傷的。今天我已經重複聽了不下十次。」

「您這麼喜歡這音樂？」

「不是。因為我只有這可聽。」

不久，藍貝爾又說：

「我告訴你們，一切還是要重來。」

他問里厄，志願防疫隊是怎麼運作的。總共有五小隊。希望還能有其他小隊。坐在床邊的記者似乎只顧看著他的指甲。里厄端詳著他的身影，蜷曲在床邊的他個子雖然不高，但很強壯。突然，他注意到藍貝爾也注視著他。

藍貝爾說：「您知道的，醫生，我常想到你們的防疫隊。我沒加入你們，自有我的理由。另外，我想我自己並不是個貪生怕死之輩。我參加過西班牙內戰。」

塔魯問：「您是哪一方？」

「戰敗的那一方。不過從那以後，我做了些思考。」

塔魯問：「思考什麼？」

「思考勇氣。現在我知道人是可以做出一番豐功偉績。但人如果沒有崇高的感情，那我就對這樣的人不感興趣。」

塔魯說：「我的印象是，人是什麼事都做得出來。」

「不是。人是無法長期受苦，也無法長久快樂。所以人做不出有意義的事。」

他看著他們說：

「說吧，塔魯，您可以為愛情而犧牲性命嗎？」

「我不知道。但在這時候我覺得我不行。」

「那就對了。您現在可以為一個理念而犧牲。這誰都看得出來。而我呢，我見多了為理念而犧牲的人。我不相信英雄主義。我知道這並不難，而且我瞭解這是要命的事。現在我覺得有意義的是，為所愛的而生、為所愛的而死。」

里厄專注聽著記者說話，他一直看著他。他溫和地說：

「藍貝爾，人並不是一種概念。」

藍貝爾從床上跳起來，激動得滿臉通紅。

他說：「是一種概念，但一旦拋開愛情，人就是一種沒什麼了不起的概念。恰好，我們這時再也沒法愛人了。醫生，就讓我們逆來順受吧。就讓我們等著愛的時刻到來。要是它不可能再來，就讓我們等著解脫的時刻到來，而不要充當英雄。我的想法就是這樣。」

里厄站起身，突然一臉灰心的神情。

「您說得對，藍貝爾，您說得對極了。再怎麼樣，我也不會勸您打消出城的計畫，我認為這有道理，也是好事。但是我必須告訴您，我們做的這些並非出於英雄主義，而是出於堅守正道。這可能令人發噱，但是唯一能和鼠疫對抗的，就是堅守正道。」

藍貝爾突然正色地說：「什麼是正道？」

「我不知道它一般而言是什麼意思。但以我的例子來說，就是盡我的職責。」

藍貝爾怒氣沖沖地說：「我不知道我的職責是什麼，我選擇了愛情也許是我的錯囉。」

里厄面對著他，鏗鏘有力地說：

「不，這不是您的錯。」

藍貝爾看著他們，神情若有所思。

「我想你們兩位在這件事裡大概是沒什麼好輸的。所以你們不難選擇站在對的一邊。」

里厄喝光他的酒。他說：

「走吧，我們還有事要做。」

他走了出去。

塔魯跟在醫生身後，在要走出去時，他似乎想起了什麼。他轉身對記者說：

「您可知道醫生的妻子在離這裡幾百公里外的療養院裡？」

藍貝爾很驚訝，但塔魯已經走遠了。

第二天一早，藍貝爾打電話給醫生，說：

「在我找到辦法離城之前，我可以加入你們的防疫隊嗎？」

電話那頭安靜了半晌，才說：

「當然，藍貝爾。謝謝您。」

第三章

就這樣，被鼠疫囚禁在這城中的人整整一個星期都在努力奮戰。他們當中有些人，像是藍貝爾，甚至仍以為自己還能以自由人的身份採取行動，他們還能夠有所選擇。但是到了八月中，我們可以說鼠疫席捲了一切。這時再也沒有單獨個人的命運，而是集體的命運，也就是鼠疫，以及眾人共有的情感。最強烈的情感是與親人分離之苦，和遭受放逐之感，還有隨之而來的恐懼與反抗。這也就是為什麼敘述者認為有必要在這熱不可當和疾病橫生的高峰時刻來描寫一下整體的狀況，譬如，活下來的市民激烈的行動、逝者的安葬事宜，和分開兩地的情侶彼此苦苦的思慕。

在六、七月的時候就颳起了風，連續幾日吹襲著這個疫城。奧朗城的居民向來特別怕風，因為城市建在高原上，風吹過來沒有天然屏障的阻擋，所有的街道會被吹得東倒西歪。奧朗已經有好幾個月沒下過一滴雨，城裡覆滿了灰泥，風一吹就呈鱗片狀剝落。風吹起一陣陣灰塵和廢紙，打在行人的腳上。街上越見稀少的行人總是腳步匆匆，他們彎著身子，用手帕或是用手遮著口鼻。晚上，見到的並不是大家聚在一起，以延長這可能是人生最後一天的白日時光，而是見到三三兩兩急忙趕回自己家裡，或是趕去咖啡館的人，以致在黃昏來得比較早的這期間，有幾天路上冷冷清清的，只有風不斷地呼嘯。遠處看不見的大海翻騰著，有一股海藻與海鹽的味道從那裡傳來。這個荒無人跡的城市，灰塵滿天，海水的味道撲鼻而來，風聲怒吼，就像一座遭逢不幸的島一樣呻吟著。

在這時候，鼠疫在人口更密集、生活條件較差的外圍街區造成的死亡人數比在市中心來得多。但是突然間它似乎接近了市中心，甚至波及了商業區。居民把問題怪到風的頭上，認為是風吹來了病菌。旅館經理說：「一切都被打亂了。」無論如何，市中心的居民知道這時候輪到他們了，尤其是在他們聽到黑夜中越來越頻繁的救護車鳴笛聲從他們窗前經過傳來了鼠疫無情而陰沉的召喚時。

即使是在城中，某些疫情特別嚴重的街區也被隔離了起來，只允許那些工作有需要的人離開。住在這些街區的人都忍不住想這個措施專門是為了刁難他們。總之，在對比之下，他們都把其他街區的人看做是自由人。反之，這些自由人在他們遭遇困難時只要想到其他人比他們更不自由，就覺得安慰。「還有比我行動更受限制的人。」，他們唯一可能的希望都以這個句子做總結。

大約也在這個時期，發生了幾次火災，尤其在西門附近的遊樂中心。打聽之下，知道了原來是有人做了檢疫隔離回來，因為親人死亡、突遭橫禍而陷入恐慌，就放火燒了屋子，以為這樣可以徹底消滅鼠疫。這類頻繁發生的縱火行為很難制止，而在強烈風勢的助長下，它往往讓整個街區都陷入危險。雖然有人舉證說明了有關當局所做的房屋消毒就足以消除任何感染源，但這樣的舉證卻沒人相信，後來政府不得不立下一條嚴厲懲罰無知縱火行為的法令。無疑地，讓這些不幸的人畏懼的並不是坐牢，而是所有的居民都知道坐牢等於是死刑，因為市立監獄裡的死亡率非常高。當然，大家會這麼想並非沒根據。理由很明顯，鼠疫似乎特別看中那些一向過團體生活的人，像是軍人、修士，和囚犯。雖然在監獄裡有些犯人是單獨囚禁的，但監獄還是一個共同生活的團體，證明就是在市立監獄裡的監所管理員和囚犯一樣都有人被鼠疫奪走了性命。從鼠疫高高在上的目光來看，上至典獄長，下至最卑微的囚犯，每個人都被判了刑，也許這是第一次在監獄裡人人受到絕對公平的對待。

政府當局試著以贈勳給因公殉職的監所管理員，以示他們與囚犯之間地位有差別，但這做法卻解決不了問題。由於戒嚴令已經頒布，所以從某個角度看，這些監所管理員可以說是動員而來的軍人，在他們死後追封軍功勳章也是理所當然的。但是雖然囚犯並沒提出任何異議，軍方卻對此深深不以為然，他們很有理由認為這會使得公眾搞不清楚動章頒授的原則，這是很令人遺憾的。當局採納了他們的意見。這時大家認為最簡單的解決辦法就是頒授給殉職的監所管理員抗疫勳章。但是對那些已經獲頒軍功勳章的，也就不能再要回來了，而軍方還是持原來的看法。另一方面，抗疫勳章有其不足，因為要得到這動章在鼠疫期間實在不足為奇，所以它並不能像軍功勳章一樣有鼓舞士氣的效果。結果就是人人都不滿意。

還有，獄政當局不能像修道院那樣管理人員，更不能像軍方管理軍隊那樣。事實上，城裡僅有的兩個修道院，裡面修士都暫時分散開來，分別住到一些信徒家中。同樣地，只要情況允許，一連一連的士兵也都離開營區，住進學校裡，或是公共建築物裡。就這樣，這疾病本來是要被圍困的居民團結一心的，它卻在同時打散了傳統的團體，使得成員都處在孤立狀態中。這些在在造成了恐慌。

在這種情況下，我們可以想見，於狂風吹襲之下，在某些人心裡必定也引發了熊熊大火。城門有好幾次在夜間遭到了攻擊，但是最近的一次攻擊的人配備了武器。暗夜裡傳來交火的聲音，有幾個人受了傷，幾個人在逃。城門加強了守衛，攻擊活動很快就歇止下來。然而，這就足以在城裡掀起了一股叛變的風潮，引發了一些暴力場面。一些因火災或因公共衛生問題而關閉的房子遭到了搶劫。老實說，誰也不敢斷定這些行為是出於預謀。大部分時候，突如其來的一次時機會讓一些原本很體面的人做出備受指責的行為，而且旁人總會立刻效尤。譬如，有些發狂的傢伙會當著因住屋失火而痛苦地愣在那裡的屋主的面衝進失火現場。看屋主沒任何反應，本來圍觀的人也隨著第一批衝進去的人進入火場，於是在映著火光的陰暗街道上，只見許多黑影在肩上扛著各種物品和家具四處奔逃，這些黑影在就要熄滅的火焰映照下一個個都扭曲變形。就是這些事故使得政府當局不得不把這個鼠疫肆虐的情況等同於戒嚴狀態，並嚴格採行戒嚴法。有兩名小偷因此被槍決。但這是否就嚇阻了其他人，實在很難說，因為每天死這麼多的人，處決兩個人不過像是落在大海中的一滴水，根本沒人注意。說實在的，這類的事件後來還是常發生，而且政府當局似乎坐視不管。唯一讓所有居民感到震驚的措施是宵禁。從晚上十一點鐘起，全城都陷入黑暗，成了一座死氣沉沉的石頭城。

在月光下，城裡呈一直線排列的白牆、筆直的街道，沒有半點樹影，也聽不見行人的腳步聲，或是狗的吠叫。這時候，這個死寂的大城只不過是一堆毫無生氣的大石塊的聚集，其間有些靜默的雕像，或是被遺忘的善人，或是古代的大人物，他們從此困在青銅裡，也就只有他們試著以石製或鐵製的臉孔讓人追想已見衰頹的人類形象。這些雕工平庸的雕像矗立在濃雲密布的天空下、在沒有人的氣息的十字路口，他們顯得粗野而無情，並象徵著我們已進入了的那個凝然不動的世界，或至少象徵著我們已來到鼠疫的最後階段，也就是陵墓，在那裡鼠疫、石塊和黑夜使一切聲音止息。

但是，黑夜也深植在所有人的心裡，我們的市民在聽說了關於殯葬或真實或傳說的種種事宜之後，更加添他們心裡的憂慮。這裡有必要談一談殯葬的事，對這一點，敘述者感到很抱歉。他很清楚別人會就這一點指責他，但是他唯一能證明他談這些是有理的，就是在鼠疫期間一直有死人要埋葬，而且就某方面來說，敘述者也和所有的市民一樣不得不操心殯葬之事。總之，這並不是他對這類的儀式感興趣，相反地，他偏好的是活人的社會，舉例來說，到海邊游水。不過，到海邊游水早就被禁止了，活人的社會鎮日擔憂的是遲早要對死人的世界讓步。這是顯而易見的事實。我們當然可以蒙住眼睛不去看這個事實，拒絕這個事實，但顯而易見的事實是一股可怕的力量，它最後總會壓過一切，取得勝利。譬如，在需要埋葬您所愛的人的時候，您又怎麼能拒絕讓他入土？

在這裡，葬禮一開始就有一個特點，就是處置迅速！所有的程序都簡化了，而且一般而言，葬禮再沒有任何排場。病患過世時，親人都不在身邊，守喪的儀式也被取消，因此那些在夜間死去的人都得孤獨地度過長夜，那些在白天死去的人都要立即下葬。當然會把死訊通知家屬，但是在大部分時候，家屬是無法前來的，因為他們曾和病人一起生活，這時正因檢疫而被隔離。如果家屬沒和病人住在一起，他們也只能在規定的送葬時間到達醫院，陪同已經洗淨、入殮的屍體到墓園去。

假設這樣的程序是發生在里厄醫生負責的輔助性醫院裡，那情況又會是如何。這所由學校改建的醫院，在主建築物後方有個出口。在走道邊一間堆放雜物的庫房裡停放著許多棺木。家屬甚至在走道上見到一具已經蓋了棺的棺木。立刻，一切細節從略，直接進行重要的手續，就是讓一家之長在文件上簽字。接著就把棺木抬進一輛汽車裡，這汽車或者是真正的靈車，或者是由大型救護車改裝而成。家屬坐上計程車（在這時還允許營業），飛快從外圍公路趕往墓園。到了城門口，警察攔下送葬隊伍，在官方通行證上蓋個章。沒有這個章，就不可能抵達我們的市民所稱的「最後的歸宿」。警察蓋好章後，會閃開一邊，讓汽車出城來到一塊墓地上，墓地裡還有許多墓穴等著填滿。一名神父在那兒等著屍體，因為教堂裡的追思儀式已經被取消。在禱告聲中，從車上抬出棺木，用繩子捆住，拉出來，滑進墓穴，撞到了墓穴底部。神父揮動著他的灑聖水器。這時候鏟下第一鏟土，土泥從棺蓋上彈跳起來。救護車已經先離開了，以便噴灑消毒水，消毒車子。一鏟一鏟的土泥鏟在棺木上，聲音越來越低沉，在這時候家屬就又坐進計程車。他們在十五分鐘後便回到了家裡。

就這樣，一切的確是以最快的速度，並且把風險減到最低的方式進行。至少在一開始時，這種處置自然會冒犯家屬。但是在鼠疫期間，是不可能考慮到家屬情緒的：為了效率，一切都得犧牲。儘管一開始時這種處置方式讓市民深感痛苦——因為希望葬禮能辦得體體面面的心願比我們想像的來得更普遍——但到了後來，幸好，物資補給的問題變得更棘手，居民的注意力便轉向了和他們更切身的層面上。如果要吃飯，便得排長龍，辦手續，填表格，於是大家再也沒有時間去想周遭的人在什麼情況下死去，也沒時間去想自己有一天會怎麼死。就這樣，本來應該是壞事的物資匱乏，後來卻成了好事。就像我們在前面所見的，如果鼠疫不再蔓延，一切事態是不會太差的。

到後來，棺木越來越稀少，裹屍布也不足，就連墓園裡的墓穴也不夠用。必須重新想辦法。一樣是出於效率的考量，最簡單的辦法就是時同時埋葬幾具棺木，並一起舉行喪葬儀式，必要時讓救護車從醫院到墓園之間多來回幾趟。至於里厄所屬的那間醫院，在這時還有五具棺木。一等這些棺木裝滿，救護車就會將它們載走。在墓園裡，從棺木裡取出鐵青色的屍體，再把屍體放在擔架上，擱在特別裝設起來的棚子底下。用過的棺木噴灑上殺菌劑，再載回醫院，必要時再重複幾次這樣的過程。這個流程走得很順，省長很滿意。他甚至對里厄說，歷史記載的鼠疫事件說到黑人手推載著死人的小推車去下葬，這時的情況顯然比這記載好得多。

里厄說：「嗯，同樣是下葬，但我們會登記在資料卡上。顯然有進步。」

儘管在流程上取得進步，但現在的措施讓人感到不快，所以省政府不得不禁止家屬參加葬禮，只允許他們來到墓園門口，而且這還不是公開允許的，因為最後的幾次葬禮，事情起了點變化。在墓園的盡頭，有一塊除了幾棵乳香黃連木之外就光禿禿的空地，空地上挖出了兩個大坑。一個坑埋男屍，另一個坑埋女屍。從這一點來看，相關當局還是尊重禮俗的，只是到了後來，為情勢所迫，最後這一點的廉恥也不見了，下葬時只男男女女混成一堆，亂七八糟地埋，一點也顧不得體統。幸好，這場混亂只出現在鼠疫的最後階段。在我們做報導的這個時期，男女仍分別埋在不同的坑裡，省政府也很看重這件事。在這兩個大坑底部堆著厚厚的一層生石灰，生石灰冒著煙，蒸騰著。在大坑坑邊，同樣的生石灰堆得像座小山，冒出來的氣泡就在流動的空氣中破裂開來。等救護車運輸完畢，大家就把成排的擔架抬到大坑邊，讓除去衣物、微微蜷曲的屍體一一滑落到坑底，大致上仍呈一具一具排列整齊，在這時候先覆上一層生石灰，然後再鏟上泥土，但是泥土只覆蓋到一定高度，以便留下位置給新來的。第二天，就請家屬來，在記錄簿上簽名，這顯示了人還是有別於其他動物，譬如狗。以後還是可以就記錄簿查核人口。

這一切的程序都需要有人辦理，而人手總是瀕臨不足。很多護士、掘墓人本來是正式人員，後來只能靠臨時雇佣，其中有不少人也死於鼠疫。不管預防措施做得多完善，總有一天會被感染。但是仔細想來，最讓人訝異的是，在整個鼠疫期間，都不缺乏人手來做這些事。最危急的時期是在疫情到達高峰期之前不久，難怪里厄醫生在此時憂心忡忡。無論是管理人員，或是他所稱的做粗活的，人手都很不足。不過，從鼠疫真正地席捲全城開始，這嚴重的疫情卻帶來了便利，因為它使得整個經濟生活陷入癱瘓，許許多多的人因此失業。在大部分情況下，管理人員雖然還是很難招募，卻很容易找到人做粗活。事實上，從這時候起，大家對陷入窮困的擔憂大過於對鼠疫的害怕，尤其，薪水是看冒多少風險而照比例發放，風險越高，領的錢越多。衛生機構擁有一張求職者的名單，只要一有開缺，他們就錄用名單上頭幾名的求職者，除非在此期間這些求職者也成了缺額，不然他們是不會不來應聘的。這也就是為什麼一直很猶豫讓或是終身囚禁、或是短期坐監的犯人來做這類工作的省長，終能避免採行這極端的辦法。只要失業的人源源不絕，他就可以再看看情況。

一直到八月底，我們的市民好歹可以體面地進入他們最後的歸宿，就算排場不夠，但至少還是井然有序，政府當局也因盡到責任而覺得安心。但是我們現在必須提前敘述一下後來發生的事，以便報導最後所採取的步驟。從八月起，疫情的發展相對平穩，但是累積起來的死亡人數遠遠超過了我們小小墓園所能容納的數量。就算拆掉墓園的部分圍牆，將死者埋在相鄰的地方也沒用，必須趕快找到其他辦法。政府當局先是決定在夜間進行埋葬，這麼一來就可以免去某些儀式禮節。在救護車裡可以把屍體越堆越多。在宵禁以後，有些在夜間違反規定出現在外圍街區的遊蕩的人（或是因工作所需而出現在此地的人），他們有時會遇到白色救護車急速駛過，低沉的鳴笛聲在深夜空蕩蕩的街上迴響著。屍體匆匆被丟入墓坑裡。屍體還沒落坑，一鏟一鏟的生石灰就已經落在他們的臉上，然後泥土一蓋，他們就沒名沒姓地被掩在越挖越深的墓坑裡。

然而，在一段時間以後，當局不得不另想辦法，開拓墓地。省政府下了一道命令，徵用永久出租墓地，將已經埋葬的人挖出來送往火葬場焚化。不久，因鼠疫而喪生的人也都被載往火葬場。這時便不得不啟用位於東城門外的一個舊火化爐。城門的守衛也因此更往外移，一位市府職員建議使用電車來運送屍體——這電車過去是沿著海岸的峭壁行駛的，現在則廢棄不用——這個建議讓政府當局的工作變得簡便許多。為了改裝電車，掛車和車頭的座椅都被拆掉，並把路線改為通往火化爐，這樣火化爐便成為電車的終點站。

在夏季尾聲，以及秋雨連綿的時期，每天夜裡都可見到沿著海濱峭壁行駛的沒有乘客的奇怪電車。居民到最後終於搞清楚這是怎麼一回事。儘管有巡邏隊的巡守，不准任何人進入峭壁地帶，還是常常有一小群一小群的人潛入俯瞰海灘的岩石堆裡，在電車經過時把鮮花拋進車廂中。載著鮮花與死者的電車顛簸而過的聲響一直在夏夜裡迴盪。

總之，在剛開始幾天的清晨，東邊城區的上空總是浮著一股令人作嘔的濃煙。根據全體醫生的看法，這個難聞的氣味並無礙市民的健康。但是東邊城區的居民認為鼠疫會因此從天而降，紛紛威脅要離開此區。當局只好以一套複雜的方式疏散濃煙，讓它改變方向，居民這才不再抗爭。只有在颳大風的日子會從東邊傳來濃重的味道，大家這才想起現在景況不同以往，鼠疫之火每天晚上吞噬著向它進貢的人。

這是鼠疫引發的最極端的後果。但幸好後來的情況沒有變得更糟，因為大家這時心裡在想當局的處置、省政府的措施，甚至火化爐的消化量是不是已經無法支應情勢。里厄知道相關當局曾打算以更徹底而絕望的方式來解決問題，譬如把屍體丟入大海。他想真要這麼做的話，藍色大海會處處飄著遺骸。里厄也知道，要是統計數字繼續上升，不管再有效率的組織都應付不了情況，大家只能死成一堆，暴屍街頭，省政府卻束手無策。到時候在城裡的廣場上將會看到垂死之人抱著理所當然的仇恨之心，以及愚蠢的希望，緊緊地攀住活人。

就是這一類的事實或是畏懼心理讓我們的市民意識到他們是遭到放逐的，並被迫與親人分離。就這件事，敘述者很遺憾這沒有什麼真正精彩的事可做報導，譬如說來個鼓舞人心的英雄，或是有什麼壯烈的行為，就像古老的傳說裡常見的那樣。這是因為再沒有什麼比災殃更缺乏戲劇性的了，由於大災難為期頗長，所以往往是非常單調的。根據經歷過大災難的人的回憶，在鼠疫中過日子最可怕之處不是像熊熊燒起殘酷的大火，而比較像是不斷遭到踐踏，在途經的道路上一切都被踩得粉碎。

不，鼠疫和震撼人的影像是毫不相關的，而在鼠疫一開始時里厄醫生卻深深被這樣的影像糾纏。鼠疫起先是如政府部門行事一般謹慎小心、無懈可擊、運作良好。在這裡要做個補充是，敘述者一直都是力求客觀，以不違背事實，尤其是不違背他自己的想法。他幾乎從不採取藝術的手段來添飾他所敘述的事實，只除了要使前後說法一致才會這麼做。正是出於求客觀的精神，他現在才會說這時期最普遍、最深刻的痛苦就是和親人分離的痛苦，而且也才會認為在鼠疫進行到這個階段時，實在有必要重新對此誠誠實實地做一番描述，也因此不得不承認，這種分離的痛苦在這時候已失去了它的悲愴感人的一面。

我們的市民，至少是那些最受這種分離之苦折磨的市民，是不是能夠適應這時的景況？要說他們能夠適應，其實並不完全接近事實。更正確的說法應該是，不管是在精神上或肉體上，他們都等於是形銷骨立。在鼠疫一開始時，他們都還清楚記得分隔兩地的親人的樣貌，並深深懷念著。但是儘管他們還明確地記得他的音容笑貌，在事後回想起他曾經在某一天很開心，但是他們很難想像從此在遠方的心上人在他們思念他的此刻正在做什麼。總之，在這階段，他們雖然有記憶，想像卻不足。到了鼠疫的第二階段，他們連記憶都丟失了。並不是說他們遺忘了心上人的樣子，而是——結果還是一樣——他們失去了心上人的肉身實質，他們在自己身內感受不到他的存在。最初幾個星期，他們怨恨自己所愛的成了幽影，後來還發現這個幽影變得更加無血肉，就連記憶中最後一絲顏色也沒了。時日一久，他們再也想像不到他們曾享有的親密時光，也想像不到過去曾有個伸手即可觸探的人生活在他們身邊。

從這個角度來看，他們都進入了鼠疫的狀態裡而受制於此，在這狀態裡越是平庸，就越顯得有效力。誰都沒有了高尚的感情。每個人都只感受到單調平凡的情感。我們的市民說；「到了該結束的時候了」。他們會這麼說，是因為在發生災殃之時期望大家的痛苦趕快過去是很正常的事，也因為他們真的希望這一切快快落幕。但在說這句話時，他們已沒了一開始的那種火氣，或是那種乖戾，這麼說只是出於還算明晰卻微弱無力的理性。剛開始幾個星期的那種粗蠻的衝力，後來便化為一種沮喪情緒，但我們不能說這種情緒是逆來順受，而應該說是某種暫時的接受現狀。

我們的市民不得不調適自己，就像人家說的一樣，他們適應了環境，因為他們也沒有其他辦法。當然，他們還擺出受痛苦的姿態，但痛苦已不再那麼尖銳。但像是里厄醫生這種人卻認為這才是真正的不幸，習慣了絕望比絕望本身更糟糕。之前，這些和親人分離的人還算不上是真正的不幸，在他們的痛苦裡仍有一絲亮光，而現在這絲亮光卻熄滅了。這時，我們可以看到他們佇立街角、坐在咖啡館裡，或是在朋友家，他們或心平氣和，或心不在焉，眼裡流露著百無聊賴的神情，因著這些人，整座城像是車站候車室。那些還有工作的人，他們做事的步調和鼠疫的步調一樣，小心翼翼又低調不張揚。所有的人都變得很謙遜。這是第一次，那些和親人分離的人不再排斥談起遠方的人，他們以大家共通的語言來陳述，以對待疫情統計數字的態度來察看他們分居兩地的處境。在此之前，他們堅決不願把自己的痛苦和集體的痛苦混為一談，現在他們則接受了這件事。他們沒有了記憶、沒有了希望，只能活在當下。實際上，一切對他們而言都成了當下。我們不得不說，鼠疫奪走了愛情，甚至友誼。因為愛情需要有一點未來，而我們所有的人都只剩當下。

當然，這一切都不是絕對的。因為縱使每個和親人分離的人都真的走到這個地步，我們也得要說，每個人的腳程並不一致，再說，一旦到了這地步，瞬間迸發的回憶、倏忽清明的意識會讓這些人比先前更敏感、更痛苦。有些人在某些時候會為了消磨時間而做一些鼠疫結束後的計畫。有時候他們突然有所感觸，會意料不到地被某種莫名的嫉妒心理嚙咬。有些人會突然在一星期的某幾天裡甩開昏沉的狀態，變得生氣勃勃，這裡的某幾天指的當然是星期日和星期六下午，因為當親人在身邊時，這時候就是他們習慣做某些事的日子。或者是，有些人在一日將盡之時會被某種憂鬱的心理所攫，警示了往事回憶又要在腦海裡重現——但這倒不一定真的會發生。對信徒來說，傍晚時分是查驗自己心靈的時刻，但對沒什麼可查驗的囚犯或遭受放逐的人來說，這是個艱難的時刻。在這個時刻，他們像是虛懸起來一樣，緊接著就落入遲鈍無力中，他們又被關進了鼠疫的牢獄裡。

大家都已明白，處在這樣的境地裡就得放棄個人私事。而在鼠疫剛發生時，讓大家最放不下的是切身的小事，根本一點也不在乎別人的存亡，每個人的生活經驗都僅限於自身。但在這時候事情卻相反，他們也關心起別人關心的事，他們的想法也和大家共通，甚至就連他們的愛情也成了最抽象的概念。他們任由鼠疫擺布，以致有時候他們只期望能夠在睡夢中夢見、能夠突然發現自己腦中想的是：「腹股溝淋巴結炎，快快結束吧！」但是他們早已沉睡，整整這段時間等於是長長睡了一大覺。滿城盡是醒著睡覺的人，只有少少幾次在深夜裡舊傷口突然綻開來才會讓他們清醒一下，才在這剎那間避開了他們的境遇。在突然驚醒過來的時候，他們在迷茫中觸探著還略略發炎的傷口，一瞬間他們又感覺痛苦難當，在痛苦之中還浮現了所愛的人哀愁的面容。天一亮，他們又回到災殃中，也就是回到了常規的生活中。

有人會問，這些和親人分離的人都是什麼模樣？答案很簡單，他們沒什麼特別的模樣，或者可以說，他們就和所有的人一個樣，一副大家普遍都有的樣子。這個城市的青春騷動與安寧平靜，在他們身上也可見到。他們不再評斷是非曲直，取而代之的是沉著冷靜。例如，我們會發現他們當中最聰明的也裝著和大家一樣看報紙、聽廣播，尋找鼠疫就要結束的證據，抱著虛幻不實的希望，或者是看著因無聊而打著呵欠的記者隨手寫的一篇報導，而陷入沒有根據的恐慌裡。其他的人不是喝著啤酒就是忙著治療病人，不是懶洋洋就是精疲力竭，不是忙著把資料卡分類就是隨興地聽聽唱片。大家不分軒輊。換句話說，他們不再挑挑揀揀。比較優劣的價值判斷都被鼠疫消弭了。這可以從大家在買東西時再也不計較衣服或是食物的品質就可看出。不管是什麼，一律概括承受。

最後我們可以說，那些和親人分離的人再也沒有剛開始那種保護了他們的奇怪特權了。他們失去了愛情中的自私心理，由此而來的好處也沒有了。至少，現在情況很明朗，這場災殃關係到了所有的人。我們每個人都處在城門口的槍響裡、都處在注記了我們生與死的戳章裡、都處在火災與資料卡裡、處在恐怖與各種手續裡（為我們不體面的死亡做登記）、處在可怕的濃煙與救護車無情的鳴笛裡，我們都像遭受放逐的人一樣，默默等著那讓人欣喜若狂的久別重逢與平安無事的日子到來。我們的愛情當然一直都在，然而它卻沒有了作用，讓人難以負荷，毫無生氣，就像罪或刑罰一樣讓人困頓無力。愛情只成了一種再沒有未來的忍耐，一種執拗的等待。從這個角度看，我們有些市民的態度會讓人想到城中四處食品店門口排起的長龍。同樣的逆來順受，同樣的堅忍不拔，既看不到盡頭也不抱幻想。如果要描述那些與親人分離的人的狀態，就得把這種心理再增強一千倍，因為這是另一種飢餓，它能把一切都吞吃了。

不管在哪種情況下，要正確設想城中那些與親人分離的人的心情，就必須再提一提那餘暉滿天、塵埃滿地的恆久不變的傍晚景象。在這個沒有樹木的城市裡，男男女女都會在此時來到街上。因為，怪的是，這時在仍有陽光照射的露天座上能聽到的不是城市慣有的車聲、機械聲，而是腳步聲和低沉的人聲嘈雜。在悶熱的天空中，那由鼠疫的呼嘯聲有節奏地帶起的千百個人痛苦地不斷原地踏步的沉悶腳步滑動聲漸漸充滿全城。一晚又一晚，這種聲音無比忠實，也無比愁悶地具體展現我們盲目的執拗情緒。而這種執拗情緒在我們心裡取代了愛情。

第四章

到了九月、十月間，鼠疫還是壓制了整個城市。既然現在說的是原地踏步，那麼在疫情沒完沒了時，成千上萬的人就持續好幾個星期在原地踏步，坐困愁城。濃霧、熱浪、大雨接連從天而降。成群自南方飛來的椋鳥和斑鶇，靜默無聲地從高空繞彎而過，避開了奧朗城，就好像帕納盧神父在描述瘟疫時提到的那支長矛正呼呼作響地在屋頂上揮舞，嚇得這些鳥也不敢飛近。十月初，傾盆大雨橫掃街道。在這段時間裡，除了這種原地踏步之外，再也沒發生什麼嚴重的事。

這時，里厄和他的一些同伴都感覺到自己疲倦不堪。事實上，志願防疫隊的成員再也無法承受這種勞累。里厄醫生意識到這一點，是因為他察覺他同伴和他自己漸漸都有一種漠不在乎的奇怪心理。譬如，這些人在以前都會十分關切所有涉及鼠疫的事，但現在，他們對此卻都不加理會。不久前，在藍貝爾住的旅館裡安置了一所檢疫隔離病院，被指定為這間病院臨時負責人的藍貝爾完全能掌握在這裡做觀察的人數。他十分清楚自己制定的那套系統的細則，一旦發現檢疫的病人突然有染患鼠疫的跡象，立刻就將他們送進醫院治療。血清應用在檢疫病人身上會產生哪種效果的種種統計，也深深刻在他腦海裡。但他說不出每個星期鼠疫造成了多少人死亡，他真的不知道疫情是越來越嚴重，或是有所縮退。無論如何，他還是希望能很快離城。

至於其他人，他們日日夜夜只埋頭在工作中，既不讀報，也不聽廣播。如果有人向他們宣布了一項成果，他們會做出感興趣的樣子，但實際上他們只是心不在焉地隨便聽聽，就好像在戰場上那些修築工事的士兵，早已累得精疲力盡，他們只求不懈怠地完成日常工作，卻一點也不在乎是要決戰一番，或是終會有停戰的一天到來。

雖然格朗繼續在鼠疫期間做必要的統計工作，他卻沒有能力指出整體的結果。和顯然不容易累倒的塔魯、藍貝爾、里厄不同，格朗的身體一向沒有很好，而他竟累積了三份工作：市政府職員、里厄的文書，和他自己夜間的創作活動。看得出來他一直處於疲勞的狀態，但是他會以兩、三個計畫來鼓舞自己，像是在鼠疫過後至少要休息一個星期，並趁這段休息時間，要積極把他正在做的這件讓人「脫帽致敬」的事做完。他也會突然變得柔情滿懷，在這時候，他很樂意跟里厄說起珍娜，想她這時候人會在哪裡，想她會不會在看到報紙的消息時想起他。里厄有一次就發現自己竟然以最平淡的聲調跟格朗談起他自己的妻子，這種事他到目前為止從來沒做過。他妻子發來的電報老是報平安，而不確定實情的他決定直接發電報給他妻子在療養院裡的主治醫生。主治醫生回報說她病勢加重，並保證他們會盡一切能力不讓病情惡化。他起先並沒把這消息告訴任何人，而他自己也不明白他為什麼會向格朗和盤托出，唯一的解釋就是他累了。原來是市政府職員在向醫生提到珍娜以後，問起了他的妻子，里厄這才回答了他。格朗說：「您也知道，現在這種病很容易痊癒的。」里厄點點頭，只說感覺兩人分離得有點久了，如果他陪在妻子身邊，說不定可以幫她戰勝病魔，而現在她一定覺得很孤單。然後他就不再作聲，對格朗的提問只是支吾過去。

其他人的處境也大致相同。塔魯還比較能撐得下去，但是從他的筆記來看，即使他好奇心的深度並沒減損，但是從廣度來看，它的多樣性多少不如前。在這整個時期，他顯然只注意寇達爾。自從旅館改為檢疫隔離病院之後，塔魯就住進了里厄醫生家。他幾乎不太聽格朗或醫生在晚上談論抗疫的成果，往往立刻把話題拉到他所關心的奧朗城的日常瑣事上。

至於卡斯特勒，在他來跟里厄醫生說血清已經準備好了的那一天，他們決定了要在歐東先生的小男孩身上做第一次試驗——小男孩剛住進醫院，里厄看他情況覺得希望渺茫。在里厄告知卡斯特勒最新的統計數字時，里厄發現他這位老朋友在扶手椅上睡沉了。卡斯特勒平時一臉和氣，神情嘲諷，表現得永遠年輕，但在這一刻突然鬆懈下來，還有一絲口水從他微張的口裡流出來，顯出一副精力耗盡、老態畢露的樣子，看著他這一張臉，里厄心中不禁泛起一陣酸楚。

每當他心裡變得柔軟的時候，里厄就意識到自己是累了。他控制不住自己善感的心。大部分時候他的心是牢牢打了結的，堅硬而乾枯，但是有時候情感還是會爆發出來，連他自己也無法收拾。他唯一的應對之道就是讓自己堅硬起來，並把結打得更緊一點。他很清楚這是他能繼續這麼做的好辦法。其他的，他沒有太多虛幻不實的想法，即使還有些幻想，也都被疲勞奪去了。因為他深知，在瘟疫看不到盡頭的這個時期，他扮演的角色不再是治癒病人，而是診斷病人。他真正的職責是發現、觀察、描述、紀錄，然後判定病人沒救了。有些病患的妻子會抓住他的手哀嚎：「醫生，求您救他一命！」但是他的工作並不是救人性命，而是下令隔離。那些人臉上流露出怨恨的情緒，但是怨恨又有什麼用？有一天有個人對他說：「您沒心沒肺。」但實情不是如此，他是有心有肺的。他能夠忍受每天二十個小時看著原本該活下去的人死去，靠的就是他的心。也是靠著它，他才能日以繼夜地堅持下去。他的心只夠他做到這樣。這樣的心怎麼夠救人性命呢？

不，他整天所做的不是救援，而是提供資料。當然，這並不能稱為職業。但是畢竟，所有這些因面臨浩劫而擔驚受怕的人誰還顧得了自己是不是還從事什麼職業呢？真是幸好還有疲勞這回事。要是里厄精力還充沛的話，那股到處飄散的死亡氣息一定會讓他更多愁善感。但要是每天睡眠不足四個小時，我們是不會多愁善感的。我們只會該怎麼做就怎麼做，也就是說只會照章行事，那醜惡又嘲弄人的照章行事。而其他人，像是那些沒救了的人，他們也有這種感覺。在鼠疫發生以前，大家把醫生當作是救星。只要服三粒藥丸、打一針就能治好病。這時大家會挽著他的手臂，沿著走廊送他出門。這會讓人因受到恭維而飄飄然，但是這很危險。到了現在，事情正相反。醫生得帶著士兵一起到病人家，他們必須用槍托叩門，家屬才來開門。為了不讓他們帶走病人，陷入恐慌的家屬真想強行拉扯醫生，就像強行將全人類和他們一起拉入死亡之途。啊！人真的是不能沒有其他人，而且醫生也和這些不幸的人一樣束手無策，他同樣也應該得到別人的憐憫，因為在他離開這些不幸的人時，他總是抱著憐憫之心。

在這漫長無盡頭的日子裡，這至少是在里厄醫生心中翻攪的想法，而且在這想法裡還交織著他與妻子分離的孤獨心情。他也看見了他同伴臉上反映出這些想法。但是疲勞最危險的後果是，它會漸漸在那些繼續和災殃抗爭的人身上生出一種並不是說對外在事件、對別人感受漠不在乎的心態，而是一種放任自己漫不經心的態度，因為他們會儘量避免那些不見得是必要的舉動、避免那些看來是自己能力不及的事。也就這樣，這些人越來越常忽略他們自己制定的衛生守則、忘記他們該在自己身上消毒的規定，有時甚至沒做預防傳染的措施，就跑到肺部感染了鼠疫桿菌的病患家裡去，因為他們是在最後一刻才接到通知說要趕去那裡，他們再也沒有力氣先到救護站去注射必要的針劑。真正的危險也就在這裡，因為和鼠疫做抗爭使得他們更易受到鼠疫的感染。總之，他們是存心賭一賭運氣，而運氣是沒人賭得來的。

不過，城裡有一個人似乎不覺得累、也不覺得沮喪，甚至還對自己的景況很滿意。這個人就是寇達爾。他照樣還是和人保持距離，同時也和每個人維持關係。不過，他看中了塔魯，只要塔魯時間允許他就會去和他見面。這一方面是因為塔魯對他的狀況知道得很清楚，再方面也是因為塔魯會很熱絡地接待他這個靠年金過日子的人，從不怠慢。塔魯真可說是個奇蹟，因為不管他工作多麼繁重，他總是和和氣氣，對人關懷備至。即使某幾天晚上他累得精疲力竭，到第二天他還是活力充沛。寇達爾就曾對藍貝爾說：「我和他很談得來，因為他近人情。他向來很瞭解我。」

這也就是為什麼，在這個時期，塔魯的筆記越來越集中在寇達爾這個人身上。塔魯根據寇達爾向他吐露的，或是根據他自己的詮釋，來描繪寇達爾的反應與思維。這篇名為「寇達爾與鼠疫的關係」的記事在他的筆記中占了好幾頁。敘述者認為有必要在這裡做個概括的介紹。塔魯對這位靠年金過日子的人的總體看法可以歸納為下面這句話：「這個人正逐漸變強、變自信。」顯然他是在好心情中逐漸變強、變自信。他對情勢的發展一點也沒有覺得不滿。有幾次，他就在塔魯面前表露他私心裡的想法，說些這一類的話：「當然，事情並沒好轉。但是至少每個人都在同一條船上。」

塔魯補充說：「當然，他和別人一樣受到鼠疫威脅，好就好在他的處境和別人沒兩樣。其次，我確信他並不覺得自己會染患鼠疫。他似乎就是靠著這樣的信念過日子。這個信念一點也不愚蠢，因為一個受到某種疾病或是某種焦慮侵擾的人就不會再受到其他疾病、焦慮的侵擾。他曾跟我說：『您注意到了嗎？我們身上並不會累積多種疾病。假設您生了重病，或是患了不治之症，像是癌症或是肺結核，您是決不會再感染鼠疫，或是斑疹傷寒。這種事絕對不可能。再說，這情況還可以推得更遠，因為您是不會見到癌症病人死於車禍的。』不管這想法是對是錯，它都讓寇達爾心情大好。他唯一擔心的就是和別人隔絕。他寧願和大家一起被圍困城中，也不願一人坐監。有了鼠疫，什麼祕密調查、什麼文件、檔案、密令、即刻逮捕全都不存在了。說真的，城裡再也沒警察，沒有新或舊的罪行，也沒有罪犯，有的只是被鼠疫判了死刑的人等著恣意妄為的鼠疫特別開恩，在這些人當中就包括了警察。」因此，一樣還是根據塔魯的詮釋，寇達爾很有理由以這種寬容、體諒而又自滿的態度來看我們市民憂慮、驚惶的表現，他大可堂而皇之地說：「你們繼續說吧，這我早在你們之前就領教過了。」

「我對他說不和別人隔絕的唯一方式就是要有良心，但這說也是白說，他惡狠狠地看著我說：『這麼一來，人不管和誰都不能相處。』又說：『隨便您愛怎麼說。但是我認為唯一能讓人相處在一起的，就是把鼠疫帶來給大家。看看您周圍的情形就知道了。』的確，我明白他的意思，也知道目前的生活在他是多麼愜意。他怎麼會不知道別人的反應正好和他的相同呢？每個人都試圖讓大家和自己在一起；有時候會殷勤地為迷路的人指路，有時候卻沒好聲氣；人人都奔向豪華的餐廳去，滿意地待在餐廳裡久久不去；每天亂哄哄的一群人在電影院前排長龍，把劇院和舞廳都塞爆，連公共場所也湧入如潮水漫氾的人群；人人都不願與別人接觸，然而對人情溫暖的渴望卻又驅使這人與那人互相接近、這手肘與另一手肘接近、這性器官和另一性器官接近。寇達爾比大家更早領教到這些。除了女人之外，因為他那長相……我猜想，在他覺得有需要去找妓女時，他會克制自己，以免被認為是壞胚子，反過來害了自己。」

「總之，鼠疫讓他得利。這個不甘於孤獨卻孤獨的人，鼠疫成了他的同謀。沒錯，鼠疫顯然是同謀，而且是個樂在其中的同謀。鼠疫參與了他所看到的一切，像是那些驚惶的人的迷信、莫名的恐懼、敏感而易怒；這些人那種想要儘量少談鼠疫，卻不停地談論此話題的怪癖；這些人得知鼠疫這種病是以頭痛開始，這時他們只要有一點點頭痛就變得蒼白無血色，慌亂無主張；還有這些人反覆無常的心理、隨時發作的脾氣，使得他們會把別人的遺忘當作是冒犯，或者會因褲子掉了一顆鈕釦而苦惱。」

塔魯常會在晚上和寇達爾一起出去。他後來在筆記裡敘述了他們在傍晚或深夜裡是如何走入黑壓壓的人群，摩肩接踵地融進黑黑白白的大街人潮裡，大街上，每隔一段距離才有一盞光線微弱的路燈，他們兩人就這樣隨著人群熱熱鬧鬧地享樂去，以擺脫陰森冷酷的鼠疫。在幾個月以前，寇達爾在公共場所裡尋找的就是這種豪奢而放蕩的生活，這是他所企盼卻不得滿足的無節制的狂歡生活，而現在整城的人都這麼做。各項物品的價格雖然不斷上揚，大家卻從來沒像現在這樣揮霍金錢，而且在大部分人都缺少生活必需品時，無用的奢侈品卻也前此未有的大量消耗。我們也發現讓人消磨時間的賭場越開越多，而這不過是反映了嚴重的失業現象。塔魯和寇達爾有時候會久久尾隨一對情侶。從前像這樣的情侶會避免讓人看出他們的關係，現在他們則會緊緊相依偎，恣意走過全城，對身邊的人潮視若無睹，只沉浸在他們的熱烈情愛中。見此情景，寇達爾會感動地說：「啊，真有膽量！」在這種群體的狂熱、大膽地公然調情，以及在周圍一片大方給小費的聲響中，寇達爾高興得不得了，說起話來便很大聲。

不過，塔魯認為寇達爾的態度並沒有惡意。他在說「這我早在他們之前就領教過了」這句話時，並不是出於自鳴得意，而是出於他不幸的遭遇。塔魯寫到：「我相信他會漸漸去愛城中這些被囚禁在圍牆和天地之間的人。譬如，他只要有機會，就會向他們解釋鼠疫沒那麼可怕。他曾經告訴我：『您會聽到他們說，鼠疫過後，我要做這，鼠疫過後，我要做那……他們不安安穩穩過眼前的日子，而偏要拖累自己，讓日子不快活。他們甚至沒意識到自己在鼠疫中是得了好處。我難道能說，等我被捕以後，我要做這做那。被捕是個開端，而不是結束。當鼠疫……您想知道我的看法嗎？他們日子難過，因為他們不願順由事情發展。我知道我在說什麼。』」

塔魯又寫到：「他的確知道自己在說什麼。他看透了奧朗人的矛盾心理，他們一方面因為亟需人情溫暖而彼此接近，另一方面又因為戒心而彼此保持距離。大家都很清楚鄰人是不可信任的，他會在你不知情的情況下把鼠疫傳染給你，趁你不備讓你受害。要是我們像寇達爾一樣花時間在同伴之間找出可能的警方眼線，那麼我們就能瞭解這種心情。我們會十分體諒像這樣的一些人，這些人認為鼠疫會在旦夕之間攫住他們、會在他們慶幸自己安然無恙之時突然降臨。儘管這種事不無可能，寇達爾還是會在大家惶惶不可終日之時安然自處，因為他早在大家之前就領教過這個了。所以我認為他不會像其他人那樣感受到這種處在不確定中的殘酷折磨。總之，他和我們這些還未死於鼠疫的人一樣，很清楚他的生命、他的自由是隨時會被摧毀的。但是既然他自己已經體會過這種恐懼，他認為現在輪到其他人來品嘗這一滋味也是很正常的。更確切地說，恐懼在這時候由大家分擔，就不會像他獨自一人承擔時那樣重重壓著他。他錯也就是錯在這一點。也就是因為這一點，他比別人更難瞭解。不過，也正因如此，他比別人更值得我們去瞭解。」

最後，塔魯的筆記寫到了一件事，它正好能說明寇達爾和鼠疫患者同時都有一種奇怪的心理狀態。這件事大致可以傳達出這個時期的艱困氛圍，因此敘述者認為它很重要。

他們曾經一起到市立歌劇院看一齣歌劇《奧菲斯與尤瑞迪絲》。是寇達爾邀請塔魯去的。這個劇團是在春天鼠疫剛發生時來到城中演出的。被困在城中的劇團在和歌劇院達成協議後，不得不每週搬演一次這齣歌劇。就這樣，幾個月以來，我們的市立歌劇院每個星期五都會傳出奧菲斯旋律悅耳的哀歌和尤瑞迪絲微弱無力的呼求。然而，這齣戲一直極受觀眾的歡迎，總是非常賣座。寇達爾和塔魯坐在票價最高的大廳前座，周圍盡是城中最高尚、優雅的人士。這些人在入座時總是故意吸引人的目光。在耀眼的幕前燈下，當樂團默默調音的時候，只見漸漸清晰的人影從一排座位走到另一排座位上，在經過別人座位前優雅雅地彎身鞠躬。在口吻溫文的低低交談聲中，大家又恢復了幾個小時以前在陰暗街上行走時所沒有的那種自信平穩。一旦講究起服飾，便能趕走鼠疫。

在演出第一幕時，奧菲斯收放自如地唱著哀歌，幾名穿著長衫的女子在一旁文雅地議論奧菲斯不幸的命運。接著奧菲斯以小詠歎調吟詠他的愛。全場觀眾的反應在熱烈中帶著平和。幾乎沒有人注意到奧菲斯在唱第二幕時有樂譜上沒標的顫音，而且在他向冥王泣訴時，他情感的表現有點過了頭。他有些動作做得一蹭一蹭的，但是就連歌劇行家也把這種失誤看做是個人風格的展現，認為這使得他的詮釋增色不少。

要等到第三幕奧菲斯和尤瑞迪絲二重唱時——也就是在尤瑞迪絲在她的情人眼前消失時——觀眾席裡才有些驚奇的反應。好像這位歌者等的就是觀眾這浮躁的表現，也或者更應該說是，好像來自大廳的嘈雜確認了他所感覺的，於是穿著古裝的他決定在這一刻張開兩臂、兩腿，以滑稽的步伐走向舞台前的腳燈，然後倒在田園景致的布景下，這布景從來不符合故事設定的情節，但在觀眾眼中這是第一次以可怕的方式不符合情節。在此同時，樂團也停止了演奏，坐在大廳的觀眾紛紛站起來，開始慢慢往外走，起先是安安靜靜的，就像是在彌撒結束後走出教堂，又像是在看過逝者後走出停屍間一樣。女人們都拉拉裙子，頭低低地離開，男人則挽著伴侶的手，不讓她們撞到走道上的折疊式座席。但是大家的動作漸漸加快，原來的低聲耳語也轉成喧譟。人群湧向出口，刻不容緩地想擠出去，最後大家叫著、嚷著，互相推來推去。這時才從座位上站起身來的寇達爾和塔魯，看著這一幕彷彿他們當時生活的景象：鼠疫扮成了動作奇特的丑角降臨在舞台上，而這時在大廳裡的那些豪奢之物都成了無用的廢物，譬如被遺忘在角落的扇子、落在紅色椅子上的花邊織品。

九月剛開始時，藍貝爾很勤奮地跟著里厄一起工作。他只在要和龔扎勒斯以及那兩個年輕人見面時，請了一天假。他和他們約在男子高中大門前。

這天中午，龔扎勒斯和記者看著那兩個年輕人笑著走過來。他們說上次運氣不好，然而這也是預料中的事。總之，這星期不是輪到他們守衛。必須耐心等到下星期。一切重新開始。藍貝爾說，他們講得沒錯。龔扎勒斯建議下星期一再碰個面。不過這一次，要把藍貝爾安排在馬歇爾和路易家。「你和我約個時間。如果我沒出現，你就直接到他們家去。我們會跟你說他們住在哪裡。」但是馬歇爾或是路易在這時候說，最簡單的辦法就是立刻帶他去他們那兒。要是他不挑剔，他們家有足夠四個人吃的食物。這樣，他就知道他們的住處了。龔扎勒斯說這是好主意。四人便往港口走去。

馬歇爾和路易住在海濱城區的盡頭，靠近通往峭壁的城門。這是一間西班牙式的小房子，厚厚的牆，木窗板上了漆，房間樸實無華而陰涼。這兩個年輕人的母親是笑容可掬、滿臉皺紋的西班牙老太太。她用米飯招待他們。龔扎勒斯很訝異，因為城裡早就缺了米。馬歇爾說：「住在城門邊自然有辦法。」藍貝爾又吃又喝。龔扎勒斯說他真是個好哥兒們，而記者心裡只想著他還得在城裡待一個星期。

事實上，他又等了兩個星期，因為守衛的值班改成一輪為兩星期，以減少值班班次。在這兩個星期裡，藍貝爾奮力工作，一刻不停歇，可以說從清晨埋頭工作到夜晚。他總是夜很深才睡覺，睡得很沉。本來是遊手好閒的他一下子投入了耗盡體力的工作，使他幾乎再無幻想、再無精力。他很少跟人談到他要逃出城的計畫。唯一一件值得注意的事是，在等了一個星期後，他告訴里厄前一天晚上自己第一次喝醉。從酒吧出來以後，他忽然感覺到腹股溝腫了起來，就連擺動兩臂也有困難。他心想這是鼠疫。他唯一能有的反應——這反應他和里厄在後來都覺得沒道理——就是跑到城內高地的一個小廣場去，從那裡雖然看不見大海，但是可以看見比較開闊的天空，他就在那裡高聲吶喊他妻子的名字，聲音迴盪在城牆之上。回到家以後，他發現自己身上並沒有任何感染的徵兆，便對自己剛剛突如其來的衝動感到有點羞愧。里厄說他明白在這種情況下是會這麼做的。他說：「不論如何，事情發生時，我們是會想這麼做。」

在藍貝爾正要離開的時候，里厄突然說：「歐東先生今天早上跟我提到您。他問我是不是認識您。他對我說：『請您提醒他，別和走私的那幫人走太近。人家已經注意到他了。』」

「這話是什麼意思？」

「意思是說，您要加緊進行。」

藍貝爾握著醫生的手，說：「謝謝您。」

他走到門口突然又回頭。里厄注意到，從發生鼠疫以來，藍貝爾臉上第一次帶著笑。

「您為什麼不阻止我逃出城？您有的是辦法。」

里厄以慣有的姿勢搖搖頭，說這是藍貝爾自己的事，他既然選擇了幸福，里厄他就沒有什麼理由反對。就這件事，他覺得自己沒能力判斷什麼是好，什麼是壞。

「以現在的情勢，您為什麼會跟我說要加緊進行？」

這時輪到里厄笑了。

「也許是我自己也很想為幸福做點什麼吧。」

第二天，他們什麼也沒再談，只是照常一起工作。接下來那個星期，藍貝爾總算住進了那間西班牙式的小房子。那家人在客廳裡為他安置了一張床。由於那兩個年輕人不會回家用餐，也由於他們請他儘量別出門，所以藍貝爾只好單獨跟和老太太守在家裡。有時他會和她談談話。老太太很瘦，但人很機靈。她穿著一身黑，一頭乾乾淨淨的白髮，棕色的臉上滿是皺紋。她常默不作聲，當她看著藍貝爾時，眼裡總是堆滿笑意。

有一次，她問他，難道不怕把鼠疫傳染給他妻子。他認為是有這個風險，但到底機率很低，而如果他待在奧朗城裡，他們有可能被迫永遠分居兩地。

老婦人笑著問：「她人很好？」

「很好。」

「她漂亮嗎？」

「我想是。」

她說：「啊，所以囉，就是為了這個原因。」

藍貝爾思索了一下。大概就是為了這個原因，但不可能只是為了這個。每天早上都會去做彌撒的老婦人，問他：「您不相信天主嗎？」

藍貝爾坦承他不信。老婦人又說就是為了這個原因。

「您有道理，應該去和她相聚，否則，您還有什麼指望？」

其他時間，藍貝爾只能在塗著灰泥、光禿禿的四堵牆內團團轉，摸著釘在牆上的幾把扇子，或者是數著桌毯上垂掛著幾個羊毛小球流蘇。晚上，那兩個年輕人回了家。他們除了說時機還沒到以外，就不太說什麼。用過晚餐後，馬歇爾彈吉他，大家一起喝著一種有茴香味的酒。藍貝爾一副若有所思的模樣。

到了星期三，馬歇爾一回家就對藍貝爾說：「明天半夜十二點就可以走了。您做好準備。」另外兩個和他們一起值班的，一個得了鼠疫，另一個因為平時和他同住一個房間，所以也被隔離起來。因此在這兩、三天裡，馬歇爾和路易單獨守衛。當天夜裡，他們要去打點最後一些細節。第二天就可能走得了。藍貝爾謝謝他們。老太太問：「您高興嗎？」他口裡說高興，心裡卻想著另一件事。

第二天，天氣陰沉，濕氣很重、很悶熱。在疫情上只有壞消息。不過，那位西班牙老太太仍然很鎮靜。她說：「世上有太多罪孽，所以這是必然的！」藍貝爾和馬歇爾、路易一樣都打赤膊。儘管如此，汗珠還是不停從肩膀、胸前冒出來。在窗板緊閉、半明半暗的屋子裡，他們的胸脯都呈褐色，泛著光澤。藍貝爾只在屋裡打轉，一句話也不說。在下午四點鐘的時候，他突然穿起衣服，對大家說他要出門一趟。

馬歇爾說：「當心，就是今天午夜了。一切都安排好了。」

藍貝爾到里厄家去。醫生的母親告訴他，能在城內高地的醫院找到里厄。在醫院崗哨前，始終有一群人在那兒逗留。一名凸眼的士官說：「走開！」人群走動了起來，但只是兜著圈子轉。汗流浹背的士官對大家說：「這裡沒什麼好等的。」大家心裡也是這麼想，但儘管天氣燠熱難當，他們還是賴著不走。藍貝爾向士官出示通行證，士官向他指了指塔魯的辦公室。辦公室的門朝著庭院。他和剛從辦公室裡出來的帕納盧神父錯身而過。

這間骯髒的白色小辦公室充滿了藥味、濕床單的氣味。坐在黑木辦公桌後面的塔魯捲起了襯衫袖子，正用手帕擦流到他臂彎上的汗水。

他說：「您還沒走？」

「嗯。我想跟里厄談一談。」

「他在大廳裡。不過要是沒他也能把事情擺平的話，最好就別找他。」

「為什麼？」

「他太操勞了。我能幫他省一點事，就幫他省一點事。」

藍貝爾看著塔魯。塔魯瘦了，他累得雙眼迷離，臉色發黑。他寬闊的肩膀也駝了起來。這時有人敲門，一位戴著白色口罩的護士走進來。他在塔魯辦公桌上放了一疊資料卡，隔著口罩，只悶悶說了一聲：「六個」，然後就出去了。塔魯看著藍貝爾，把資料卡展成扇形，拿給記者看。

「這些資料卡真好看，不是嗎？唉，其實一點也不好看。這些是昨天夜裡過世的人。」

他皺著眉頭。他把資料卡收攏起來。

「我們現在能做的，就是統計人數。」

塔魯站起來，扶著桌子。

「您很快就要走了吧？」

「今晚，十二點。」

塔魯表示，他聽了很高興，還要藍貝爾好好照顧自己。

「您是真心這麼說嗎？」

塔魯聳聳肩，說：

「以我的年紀，當然都說真心話。撒謊太累了。」

記者說：「塔魯，我很抱歉，我想見見里厄。」

「我知道。他比我更有人性。走，我帶您去見他。」

藍貝爾困窘地說：「不是這樣。」他沒再往下說。

塔魯注視著他，突然向他微笑起來。

他們穿過一條小走道，走道的牆面漆成了淡綠色，泛著宛如魚缸的光線。他們一走到雙重玻璃門前，就看見玻璃門後有人影晃動，塔魯讓藍貝爾走進一間小房間，四周盡是櫃子。他打開其中一個櫃子，從滅菌器裡拿出兩個脫脂紗布口罩，把其中一個遞給藍貝爾，請他戴上。記者問這可有作用，塔魯回答沒作用，但是這會讓別人安心。

他們推開了玻璃門。門內是一間寬敞的大廳，儘管天氣很熱，窗戶還是緊緊密閉。牆壁高處有一台空氣清淨機隆隆地發出聲音，清淨機的弧形風葉在兩排灰撲撲的病床上方攪動著渾濁而過熱的空氣。四面八方傳來了或低沉或尖銳的呻吟聲，這些聲音終而化為一股單調的哀鳴。幾個穿著白色罩衫的人映著從裝有鐵欄杆的高高窗口射進來的強烈光線，慢慢地在這大廳走動。藍貝爾在這炙熱的大廳裡熱得很難受，他差點認不出里厄來。這時里厄醫生俯身在一個呻吟的病人前。他正在切開病人的腹股溝，有兩名護士各站在病床一邊，抓著病人叉開的腳。他抬起身子以後，把手上的儀器扔進由助手端著的一個盤子裡，然後靜靜地站了一會兒，看著這個正在包紮的病人。

塔魯走進前來，里厄問他：「有新的進展嗎？」

「帕納盧答應取代藍貝爾到隔離病院工作。他已經做了不少事。現在就剩重新組織第三勘查小隊，補藍貝爾的缺。」

里厄點點頭。

「卡斯特勒已經準備好第一批血清。他提議做一次試驗。」

里厄說：「啊！這很好。」

「還有，藍貝爾在這兒。」

里厄轉過身子。他看到記者，口罩上的兩隻眼睛瞇了起來。

他說：「您怎麼來了？您人應該在別的地方。」

塔魯說，他今晚半夜走。藍貝爾補了一句：「原則上是這樣。」

他們每次一說話，紗布口罩就會鼓起來，嘴巴周圍會變濕潤。這使得他們的談話有點不真實，就像幾尊塑像在交談。

藍貝爾說：「我有話跟您說。」

「我們待會兒一起出去。請到塔魯的辦公室等我。」

不久，藍貝爾和里厄坐在里厄車子的后座。開車的是塔魯。

塔魯在發動汽車時說：「快沒汽油了。明天我們得用走的。」

藍貝爾說：「醫生，我不出城了。我留下來跟你們在一起。」

塔魯什麼都沒表示。他繼續開車。里厄似乎累得恢復不過來。

他低著嗓子問：「那她呢？」

藍貝爾說他再三考慮過了，說他還是相信他所相信的，但要是他離開，他會覺得羞愧。這會讓他在愛他留在城外的妻子之時感到不自在。但里厄挺起身子，以堅定的口吻說，這想法太荒謬，他沒必要因為選擇幸福而羞愧。

藍貝爾說：「話是沒錯，但要是只顧及個人的幸福，那就會感到羞愧。」

一直沒作聲的塔魯這時說，要是藍貝爾想分擔市民的災難，他就會沒時間享受個人的幸福。必須在這兩者之間做抉擇。塔魯說這話時，眼睛一直看著前面，沒有轉頭看其他兩人。

藍貝爾說：「問題不在這裡。我向來認為自己是外地人，和你們毫無瓜葛。但是現在我見到了我所見到的，我知道不管我願不願意，我都是這城裡的人。這件事和我們每個人都有關係。」

沒人開口回他的話。藍貝爾似乎忍不住了，又接著說：

「再說，你們都很清楚這一點！不然你們在這醫院裡做什麼？你們難道選擇了放棄幸福嗎？」

塔魯和里厄都不答腔。大家沉默了好一會兒。車子快開到醫生家時，藍貝爾才又用更有力的聲調重複他剛剛最後一個問題。里厄轉身面對藍貝爾。他費力地挺起身子，說：

「原諒我，藍貝爾。我不知道怎麼回答您。不過既然您想留下來，我們就一起努力吧。」

車子突然急閃向一邊讓他打住了話頭。然後他看著前方又接著說：

「天下沒有任何事物值得我們拋下自己所愛的。然而我自己也一樣拋下了所愛，一點也不知道為什麼。」

他把身子往後一靠，靠在墊子上。

他無力地說：「這是個事實，如此而已。讓我們記住它，然後承受種種後果吧。」

藍貝爾問：「什麼後果？」

里厄說：「啊！我們不可能在治病的同時，知道為什麼我們拋下所愛。就讓我們儘快治癒病人吧。這是最急迫的事。」

塔魯和里厄給藍貝爾看他負責勘查的那個區段的地圖，這時塔魯看看手錶。時間是午夜。塔魯抬起頭來，正好和藍貝爾四目相對。

「您通知他們了嗎？」

記者避開了他的注視，費力地說：

「來見你們以前，我已經跟他們留了話。」

卡斯特勒的血清在十月的最後幾天做了一次試驗。事實上，這是里厄最後的希望。如果試驗失敗，那麼他相信整座城都會淪入鼠疫魔掌中，只能聽任它或是繼續肆虐好幾個月，或是沒有任何理由地自行劃下休止符。

就在卡斯特勒上門拜訪里厄的前一天，歐東先生的兒子病倒了，他們一家人因此要進檢疫隔離病院。不久前才離開那裡的歐東太太，只得又做第二次隔離。預審法官很遵守頒布的法令，他一發現孩子有病徵，立刻就派人請里厄來。里厄到了以後，歐東夫婦正站在孩子的床邊。他們支開了女兒。生病的男孩人正虛弱，所以任由醫生檢查，沒有哼哼唧唧。醫生抬起頭來，恰好和預審法官四目相對，他也看見了站在法官身後的歐東太太臉色蒼白。她用手帕摀著自己的嘴，瞪大眼睛看著醫生的一舉一動。

法官冷冷地說：「就是那個病，對吧？」

里厄回答：「嗯。」他又轉頭看著男孩。

歐東太太的眼睜瞪得更大了，但她一直沒作聲。法官也沉默著。過了一會兒，他用更低沉的聲音說：

「那麼，醫生，我們就照規定辦事。」

里厄避開歐東太太的目光。她還是一直用手帕摀著嘴。

里厄有點遲疑地說：「如果我能打個電話，事情很快就能安排好。」

歐東先生說他帶他去打電話。不過醫生轉頭對歐東太太說：

「我很抱歉。您應該準備一些衣物。您知道是些什麼。」

歐東太太似乎愣住了。她看著地面。

她點點頭說：「好。我這就去準備。」

里厄在離開以前，忍不住問他們是不是還有什麼需要。歐東太太還是靜默地看著醫生。但這次是法官避開了目光。

他說：「沒什麼需要的。」然後他嚥下一口口水，說：「不過請救救我的孩子。」

隔離起先不過是一種形式，後來里厄和藍貝爾將它編整得非常嚴格。特別是，他們要求同一家庭的成員要一個一個分別隔離開來。如果有個家庭成員在不知不覺中感染鼠疫，那就不該讓疾病有擴散的機會。里厄把理由解釋給法官聽，法官也認同他的說法。然而，法官和他太太在分離時互看的神情，使醫生感覺到這一分離讓他們方寸大亂。歐東太太和她女兒可以住在由藍貝爾管理的隔離病院裡。但是對預審法官，那裡已沒有位置，他只能住到省政府在市立體育場籌備的隔離營，隔離營的帳篷都是向路政局借來的。里厄向他表示歉意，但是歐東先生說，規定是人人要遵守的，他一定服從。

至於小男孩，他被送進了輔助性醫院，在一間原是教室的病房裡，每間病房擺了十張床。經過了二十幾個小時後，里厄判定小男孩已經無望。小小的身體任由病魔侵蝕，完全沒反應。幾個隱隱作痛的小小腹股溝淋巴結腫塊才剛形成就使得他瘦弱的四肢關節無法動彈。他早已被病魔打敗了。這也就是為什麼里厄想到要在他身上試用卡斯特勒的血清。當天晚上，在用過晚餐後，他們花了很長的時間接種，孩子卻一點反應也沒有。第二天一大早，大家都到小男孩身邊來觀察這次決定性試驗的成效。

從昏沉中甦醒過來的孩子抽搐著在被單裡翻來覆去。里厄、卡斯特勒和塔魯從清晨四點鐘就守在孩子旁邊，一步一步地觀察著他的病勢加劇或有所緩和。站在床頭邊的是塔魯，身材魁梧的他顯得有點佝僂。站在床尾的是里厄，在他一旁的卡斯特勒則坐著讀一本舊書，表面上神情非常平靜。隨著原本是教室的病房裡的天光越來越亮，其他人也來了。首先來的是帕納盧神父，他站在塔魯對面的床頭，背靠著牆。他臉上明顯帶著痛苦的表情，而且他最近幾天的勞苦在他潮紅的前額刻下了皺紋。接著，約瑟夫．格朗也來了。這時是早上七點鐘。這位市政府職員為他氣喘吁吁表示抱歉。他說他只能待一會兒，也許大家已經能掌握這孩子的病況。里厄什麼話也沒說，只讓他看看孩子。這時孩子閉著眼睛，臉都變了形，用盡最後力氣死咬著牙，身體動也不動，只有頭顱在沒有枕套的長枕上左右來回轉動著。等室內終於通明的時候，便看得見教室盡頭依舊掛在原地的黑板上還寫著沒擦乾淨的方程式。這時候，藍貝爾也來了。他靠在隔壁病床的一端，掏出了一包菸。但在看了孩子一眼之後，他又把菸收進口袋裡。

一直坐著的卡斯特勒，從眼鏡上方看著里厄，說：

「您有他父親的消息嗎？」

里厄說：「沒有。他在隔離營。」

孩子呻吟著，醫生使盡力氣握著床桿。他一直看著這個突然變得僵直的小病人。小病人又咬緊牙關，縮著肚子，慢慢伸開了手腳。他蓋在軍毯下赤裸的小小身體散發出羊毛味和汗酸味。孩子漸漸放鬆下來，把手臂和雙腿收攏在床中央，閉著眼睛，不說話，呼吸顯得較急促。里厄和塔魯四目交會，但塔魯轉開了目光。

他們早就見過孩童喪命，因為從幾個月以來，災殃是人人有份的，但是他們還從來沒有像今天早上這樣，一分鐘一分鐘地看著孩子受痛苦。當然，看這些無辜的孩子受到痛苦的折磨，從來是件讓人憤慨的事。但是至少直到這時為止，這憤慨可以說是抽象的，因為他們從來沒有這麼長時間正面逼視無辜孩童的垂死掙扎。

至於孩子，他就好像胃被啃了一樣，又把身體弓起來，哼哼唧唧呻吟著。他就這樣久久地縮著身子，一會兒發抖，一會兒痙攣，全身不停地顫動，就好像他瘦弱的骨架禁不住鼠疫的強風吹襲，並在連續高燒的摧折下斷裂了。強風一過，他又放鬆了一些，高燒似乎退了，微微喘息的他彷彿被遺棄在潮濕、發惡臭的沙灘上，這暫時的歇息好像已經讓他進入死神懷抱裡。在熱烘烘的浪潮第三次向孩子襲來時，可怕的火焰燒灼著他，他又退到床的盡頭，縮起身子，踢開被子，死命地擺動著頭。大滴大滴的眼淚從他紅腫的眼皮裡湧出來，流到他青灰色的臉上。在這陣發作過後，他精疲力竭，蜷曲著他瘦骨嶙峋的雙腿、雙手，他的手腳在四十八小時裡肌肉都萎縮了，孩子在被弄得一團亂的床裡擺出一個奇怪的受難十字形。

塔魯俯身看著孩子，用他的大手擦掉孩子臉上的淚水與汗水。好一會兒之前就已經闔上書的卡斯特勒看著孩子。他開口說話，但一句話還沒說完，就不得不咳幾聲，清清喉嚨，才能把話說完，因為他的聲音突然變了調：

「里厄，他早上情況沒有緩和點，是嗎？」

里厄說對，不過這孩子撐得比一般人還要久。似乎癱靠在牆上的帕納盧神父，這時聲音低沉地說：

「要是他免不了一死，他會比別人受更多的苦。」

里厄突然轉向帕納盧神父，開口想說些什麼，但話還是沒說出口，誰都看得出來他極力控制自己。他把目光移到孩子身上。

病房裡光線非常明亮。在另外五張床上，有人騷動著、呻吟著，不過似乎一致都不怎麼張揚。在病房另一頭，唯一一個在叫喊的病人每隔一會兒就發出小小的呼叫聲，聽來更像是驚愕，而不是痛苦的哀嚎。即使是對病人來說，他們再也不像剛開始時那麼恐懼鼠疫了。現在反而可以說是接納了這個疾病。只有這孩子還拼著全力搏鬥。里厄時不時量著孩子的脈搏，這麼做與其說是出於必要，還不如說他是為了擺脫自己完全使不上力的無能狀態。他一閉上眼睛，就感覺到孩子的躁動已和他的熱血沸騰交融在一起。這時他和這受盡折磨的孩子渾然成為一體，於是他用自己完完好好的全部力氣撐住這孩子。但是他們兩人才交融了一分鐘，彼此的心跳就協調不起來，孩子從他身邊滑閃而去，他白費了力氣。他放下孩子瘦弱的手腕，站回他原來的地方。

在塗著石灰的牆上，陽光從玫瑰紅轉為橙黃。在玻璃窗外，燠熱的早晨已經開始蒸騰。大家幾乎沒聽見格朗說他要先離開，一會兒再過來。每個人都等著。還是一直閉著眼睛的孩子似乎平靜了一點。他兩隻手變得像爪子一樣，輕輕摳著床著兩側。他的手往上移，搔著膝蓋附近的床單，突然他打彎雙腿，把大腿蜷在肚子上，然後動也不動。這時候，他第一次睜開眼睛，看著站在他面前的里厄。在他那張雙頰凹陷、凝結成土灰色的臉上，嘴巴張了開來，而且幾乎立刻發出了一聲長長的尖叫，就連他呼吸也沒影響到這叫聲的音調，這時整個病房突然充滿單調、刺耳而非人的抗議聲，這聲音彷彿是所有的人一起發出來的。里厄咬咬牙，塔魯轉頭他顧。藍貝爾走近床邊，站在卡斯特勒一旁，卡斯特勒闔起了攤開在他膝蓋上的那本書。帕納盧看著孩子因病而變得污穢的小嘴，它發出了那種在各個鼠疫的年代會發出的叫聲。他跪了下去，在一片嘈雜的哀叫聲中，能聽見他以有點滯悶但清晰的聲音說：「天主，救救這孩子。」他這一舉動，大家都覺得來得很自然。

但是孩子繼續叫喊，他身邊的其他病人也躁動不安。在病房另一頭發出驚愕聲的那個病人並沒停止他的叫喊，他甚至還加快了節奏，直到變成真正的尖叫，而其他人也哀叫得越來越響亮。病房裡一陣滔滔不絕的哀鳴淹沒了帕納盧神父的祈禱聲，而緊緊抓著床桿的里厄閉上了眼睛，深深感到疲累又反感。

他一睜開眼睛，就看見塔魯站在他身邊。

里厄說：「我必須走了。我再也受不了這一幕。」

但是其他病人卻突然間靜默了下來。這時醫生發現孩子的叫聲變弱了，而且越來越弱，直到完全停止。在他四周，哀鳴聲又起，但是低沉多了，就像是這場剛告終的搏鬥遙遠的回音。因為這場搏鬥已經告終。卡斯特勒走到床的另一邊，他說：都結束了。孩子張著嘴，但不再發出聲音，他靠在一團亂的被單裡，身體縮得小小的，臉上還有淚痕。

帕納盧走到床邊，做了個祈福的手勢。然後他攏起長袍，從中間的走道走了出去。

塔魯問卡斯特勒：「又要重新開始嗎？」

老醫生搖搖頭。

他笑容僵硬地說：「也許吧，但他畢竟已經撐了很久。」

然而，神色衝動起來的里厄腳步急促地走出病房，所以在他經過帕納盧神父身邊時，神父不免伸出手攔下他。

他對醫生說：「得了，醫生。」

仍然衝動不已的里厄轉向神父，粗暴地對他說：

「啊，這個孩子至少是無辜的！這您也很清楚！」

然後他就轉頭走了，在帕納盧神父之前跨出了病房的大門，走到學校院子的盡頭。他坐在一張長凳上，旁邊是幾棵沾滿灰塵的小樹。他擦擦流進他雙眼裡的汗水。他真想大喊大叫，以便解開那摧磨著他的心的死結。熱氣慢慢籠罩在無花果樹的枝葉間。早上蔚藍的天空迅速泛起一層白靄，這使得空氣變得更悶熱。里厄任由自己閒坐在長凳上。他看著樹枝、天空，呼吸慢慢變正常，疲勞也漸漸消除。

他背後響起一個聲音，說：「幹嘛那麼生氣對我說話？我一樣也受不了那一幕啊！」

里厄轉向帕納盧神父，說：

「這是真的，請原諒我。但是疲勞會逼瘋人。在這城裡我有時候只想起而反抗這不公不義。」

帕納盧神父低聲說：「我瞭解。這的確是很讓人憤慨，因為這超過了我們容忍的限度。但是說不定我們該去愛我們不能瞭解的事物。」

里厄一下子站起來，狂熱、有力地看著帕納盧神父，搖搖頭說：

「不，神父。我對愛的觀念和您不同。我到死都拒絕去愛那讓孩子遭折磨的事物。」

帕納盧神父臉上泛起一道痛苦的陰影。

他悲傷地說：「啊！醫生。我剛剛體會了天主的恩慈。」

但是里厄又落坐在長凳上，再次覺得疲倦，不過他以溫和的口吻對神父說：

「我知道，我並沒有您的信仰。但是我不想和您討論這個。有某件事將我們聯合在一起，我們一起為此工作，這超越了褻瀆天主或敬畏天主的問題。只有這件事才重要。」

帕納盧神父在里厄身邊坐下。他顯得有些激動。

他說：「對。您也是為了人類的救贖而工作。」

里厄擠出一絲笑容。

「人類的救贖，對我來說這字眼太過龐大了。我沒看得那麼遠。我只對人的健康感興趣，健康優先。」

帕納盧神父遲疑了一會兒，說：

「醫生。」

但他沒往下說。他額頭上也開始流下汗珠。他低聲地說：「再見。」在他站起身時，眼中泛著光。他正要走的時候，思索了一會兒的里厄也站起身，他跨步走到帕納盧神父旁邊，說：

「還請原諒我，我下次不會再發火了。」

帕納盧神父伸出手來，悲傷地說：

「不過，我並沒有說服您。」

里厄說：「那又怎麼樣呢？您很清楚，我痛恨的是死亡與疾病。不管您願不願意，我們在一起工作是為了忍受它們並戰勝它們。」

里厄又握了握帕納盧神父的手。

醫生目光避免看他，說：「您看，現在就連天主也無法拆開我們了。」

自從帕納盧神父加入志願防疫隊以來，他從未離開醫院和鼠疫出沒的地方。他和救護人員同進同出，站在他認為自己應該據有的位置上，也就是第一線。他見多了死亡的場面。雖然他注射了血清，原則上應該是可以保護他，但他也並不是沒想到自己生命可能遭受危險。表面上，他一直很鎮靜。但是從他久久看著一個孩子死亡的那天開始，他的態度就改變了。從他臉上看得出來他越來越緊繃。在他笑著跟里厄說，他這時正在準備一篇短論，題目是「神父能請醫生看病嗎？」時，里厄感覺這應該是一篇更為嚴肅的文章，只是帕納盧神父沒明說。醫生表示他有興趣瞭解他這篇論述的內容，帕納盧神父對他說，他要在為男性信徒做彌撒時做一次講道，藉這個場合，他至少可以陳述自己的幾個觀點。

「醫生，我希望您來參加。這主題您應該有興趣。」

神父做第二次講道的那一天颳著大風。老實說，這次信眾來得沒那麼踴躍，和上次講道一比，座席空得多了。這是因為這類的活動對我們市民來說已經不是新鮮事，沒了魅力。在這艱困時期，就連「新鮮事」這個字都失去了意義。然而，對大部分的人來說，當他們沒完全拋棄他們信仰上的義務，或是當他們不參加宗教儀式，而私生活過得並不放蕩之時，他們會用一些不太理性的迷信來取代一般的宗教活動。他們寧願配戴一些具有保護作用的勳章或是聖羅克護身符，而不願上教堂做彌撒。

我們可以拿市民無度地迷信預言的事來做例子。其實，在春天時，就有人等著鼠疫隨時會結束，大家都深信鼠疫不會拖下去，因此沒有人想到問問別人它到底會持續多久。但是隨著時間過去，大家開始害怕這個災難不會有盡期，在此同時。人人都只有一個希望，就是願鼠疫快快結束。就這樣，大家紛紛傳播各種來自占星術士的預言，或是天主教教堂聖人的啟示。城裡的印刷商很快就發現他們可以從這個熱潮中撈點好處，便大量印製出版當時流傳的預言和啟示。在他們發覺群眾的好奇心是無止境的時候，他們就更進一步在市立圖書館裡找這類資料，然後印製銷售。從史籍裡再也找不到資料時，他們就請記者憑空杜撰，至少在這一點上，這些記者和過去幾個世代的記者一樣有能力。

有些預言、啟示甚至在報紙上連載，大家讀得津津有味，就像在沒有鼠疫的年代貪讀報上連載的羅曼史一樣。有些預言是根據一些古怪的計算而編造出來的，這些計算憑藉的是鼠疫發生的年代、死亡人數，和鼠疫持續的月數。有些則是比較歷史上數次的大鼠疫，指出彼此相似之處（預言把這稱為「常數」），然後以同樣古怪的計算，得出有關這次鼠疫應有的啟示。不過最受到大眾歡迎的無疑是那種以《聖經．啟示錄》式的語言寫成的預言，它預示了一連串的事件，這些事件很可能會在奧朗城中應驗，而且這些事件很複雜，可以容許各式各樣的解釋。古代的預言家諾斯特拉達姆士和聖奧蒂爾就成為大家日常請示的對象，而且請示總是有成果。所有的預言、啟示都有個共同點，就是它們總能撫慰人心。唯獨鼠疫一直讓人難以安然。

這些迷信就這樣取代了我們市民的宗教信仰，這也就是為什麼帕納盧神父在教堂講道時只有四分之三的座席坐了人。講道的那天晚上，當里厄到達時，從教堂入口處的活動門灌進來的一股風在信徒席間流竄。就在這寒冷而靜默的教堂裡，里厄坐在全由男性教徒組成的聽眾當中，看著神父走上講道台。神父這次講道的口吻顯得比上次更溫和、更深思熟慮，聽眾也多次注意到他講起話來有些遲疑。還有一件不尋常的事就是，他談話中不再用「你們」，而用「我們」。

然而，他的聲調越來越堅定。他提醒大家說，從幾個月以來鼠疫就與我們同在，現在我們對它更瞭解了，因為它多次坐在我們桌旁，坐在我們所愛的人的床頭、走在我們身邊、等著我們到工作場所上班，因此現在我們也許可以更聽得懂它不斷跟我們說的話，這些話在一開始由於來得突然，我們沒能聽得進去。帕納盧神父上次在同一地點講的道仍然是真確的——至少他自己有這樣的信念。但是，他當時所想、所講的也許不夠仁慈——就像我們每個人都難免會如此——他現在為此捶胸懊悔。不過有一點始終是真的，就是不管任何事情總有值得記取之處。對基督徒來說，最嚴酷的考驗仍能讓他得到好處。沒錯，基督徒在這種特殊情況下應該找尋的就是這種好處，他應該知道這種好處是怎麼來的，以及怎麼才能找到它。

這時候，里厄周遭的人都調整坐姿，好讓自己安穩地坐在長凳的扶手之間，並儘可能讓自己坐得更舒適。教堂入口處的一扇活動軟墊門輕輕開闔著。有人起身拉住門。這陣騷動讓里厄分了心，沒怎麼注意聽又開始講道的帕納盧神父說了什麼。神父說的大概是不該去解釋為什麼會發生鼠疫，而應該試著去看我們可以從中學習到什麼。里厄只含混地把神父的話理解為，這件事沒什麼好解釋的。帕納盧神父再次提高聲調宣講時吸引了里厄的注意力。神父說，在天主看來，有些事情我們可以解釋，另外有些事情卻無法解釋，這世上當然有善有惡，我們通常可以清楚地分辨善惡。但是在惡裡面，我們就很難進一步做分別。譬如說，分別必要的惡和不必要的惡。譬如說分別下地獄的堂璜和孩童的死亡之間的惡。因為放蕩的人被雷擊斃是應該的，但我們無法理解為什麼孩童要受痛苦。事實上，世上再沒有什麼比孩童受苦，以及由這種痛苦引發的恐怖更重要的了，再沒有什麼比找出引發這痛苦的原因更重要的了。在其他的生活層面，天主給了我們便利，因此可以說，宗教在平常時候是一無可取的。但是在這時候，事情恰好相反，祂將我們逼到高牆腳下，讓我們走投無路。我們被鼠疫之高牆所困，只得在死亡的陰影下找尋此事帶給我們的好處。帕納盧神父甚至放棄使用可以讓他輕省攀過這堵高牆的講法。他大可以說天國永恆的至福會彌補這些孩童所受的苦，但事實上，神父並無法確定這件事。其實，又有誰能夠保證永恆的至福可以補償人類在一刻間所受的痛苦呢？能這麼保證的人，肯定不是基督徒，因為耶穌基督的肢體和靈魂都曾受過痛苦。不，面對孩童受苦的問題，忠於十字架的釘刑是個象徵的神父還是左右為難，他仍處在攀越不過去的高牆之下。他無所畏懼地向這天來聽他講道的人說：「兄弟們，關鍵的時刻已經到了。必須全然相信，或是全然不信。但是你們當中可有人敢全然不信？」

里厄才在想帕納盧神父就要落入異端，神父就以有力的聲調接著說，全盤接受這個飭令、這個純粹的要求，就是基督徒享有的好處。這也是基督徒的德行。神父知道他下面所要提的德行有其過分之處，會讓很多習慣於更寬容、更傳統的道德觀點的人感到震驚。但是鼠疫時期的宗教信仰勢必和平時的宗教信仰不同，要是天主希望我們的靈魂在幸福時期能夠得到安息和快樂，那麼祂更願我們的靈魂在這異常艱困的時期承受更多的要求。在今日，天主賜福給祂的受造物，讓他們處在災殃之中，以便他們不得不去尋找、去承擔這個至高無上的德行，就是要不就全然相信，要不就全然不信。

在上個世紀有個不信神的作家宣稱他揭穿了教會的祕密，就是煉獄根本不存在。他的意思是並沒有所謂的中間地帶，只有天堂和地獄；我們是會得到天堂的救贖或是到地獄受刑罰，這要看我們自己選擇的道路。但根據帕納盧神父的意見，這是異端邪說，只有持自由思想的不信教的人才會持這樣的論點。因為煉獄是存在的。但是想必會有某些時期我們不能太過期望只會進煉獄熬煉，在某些時期不能說有所謂可饒恕的輕罪。所有的罪都是死罪，凡是無動於衷都是犯罪。這也就是說，要不就有罪，要不就無罪。

帕納盧神父停頓了一下，里厄在這時聽得更清楚門外的風聲加大了。神父就在這時也說到，他所提到的這種全盤接受的德行，要是從平常狹義的層面來解釋是無法瞭解的，這並不是一般的逆來順受，甚至也不是勉為其難的謙卑，而是一種自居卑下，這種自居卑下是心甘情願的。見一個孩童受痛苦會讓我們的精神、心靈感到羞辱。但這也就是為什麼必須走進這種痛苦裡。但是這也是為什麼——帕納盧神父向信眾表示他以下要說的，並不是那麼輕易說得出口——我們必須要這痛苦，因為天主要這痛苦。只有這樣基督徒才會在其他出口都封閉之時義無反顧地把這條所選擇的道路走到底。為了避免落入全然不信中，他選擇全然相信。就像那些在各處教堂中的善良婦女，她們在聽說腹股溝淋巴結腫塊是身體排出感染的自然管道時，紛紛說道：「天主啊，讓我也有淋巴結腫塊吧」，基督徒也會像這些婦女一樣，懂得把自己交托給天主，以天主的旨意為依歸，即使祂的旨意是難以理解的。我們不能說：「這個我瞭解，但那個我不能接受」，我們應該投身天主給了我們的那個不可接受的事物之中，這麼做正是為了讓我們堅持自己的選擇。孩童的痛苦是我們苦澀的食糧，但要是沒有這個食糧，我們的靈魂就會因精神上的飢餓而失喪。

通常在帕納盧神父暫停時，信眾就會發出輕輕的嘈雜聲，而這次嘈雜聲才起，神父就出乎意料地大聲開講，他代替信眾提出這樣一個問題：那我們該有什麼樣的表現？他料想，大家就要說出「宿命論」這個可怕的字眼。但如果大家讓他在「宿命論」之前加上「積極的」這個形容詞的話，他是不會畏懼這個字眼的。他要再說一次，我們當然不可模仿他曾經說過的那些阿比西尼亞基督徒。我們甚至也不可像那些患鼠疫的波斯人一樣，他們把舊衣服扔到那些由基督徒組成的防疫隊身上，大聲呼求天主把鼠疫傳給這些不虔誠的人，因為這些人想要戰勝天主賜予的疾病。但是從另一方面來說，我們也不可模仿開羅的教士，在上世紀發生鼠疫時，他們為了避免感染，便在授上聖體時用小夾子把聖體送進信徒又濕又熱的嘴裡。那些患鼠疫的波斯人和開羅的教士同樣都犯了罪孽。因為前者無視於孩童的痛苦，反之，後者卻屈從於人類害怕痛苦的心理。上述這兩種情況都迴避了真正的問題。兩者都沒聽到天主的聲音。不過，帕納盧神父還要提一提其他的例子。根據編年史家的記載，馬賽在發生大鼠疫時，梅爾西修道院的八十一名修道士到最後只有四人倖存。在這四名倖存者當中，有三人離開修道院逃命去了。當時的編年史家都只這麼記載，寫得更詳盡一點並不在他們工作職份內。但是帕納盧神父在讀到這個的時候，他整個心思都在那個沒逃命的修道士身上，他不顧身邊有七十七具屍體，尤其不顧有三名修道士逃了命，還是一個人留了下來。神父用拳頭捶著講道台，大聲吶喊：「兄弟們，我們應該效法那個留下來的修道士！」

問題並不在於我們要拒絕做些防範措施，在一個因遭受災殃而陷入混亂的社會裡，是有必要採取得宜的措施，以維持秩序。道德學家要我們屈膝求饒，並放棄一切，這種話我們決不該聽從。我們只要在黑暗中摸索前行，力圖做些好事也就對了。至於其餘的，我們只要順其自然，聽憑天主的安排，不尋求個人的解決辦法，即使是面對孩童的死亡也一樣。

帕納盧神父這時提到了在馬賽發生鼠疫期間的一位重要人士——貝勒君斯主教。他提到在瘟疫行將結束時，這位主教在用盡一切方法救人之後，認為自己再也無計可施，便教人在他房子周圍砌了圍牆，然後帶著食糧把自己關在屋裡，以避免被傳染；而原來拿他當偶像的居民，卻因極度的痛苦而一反常態地對他惱火起來，紛紛將屍體堆在他屋外，要讓他得鼠疫，他們甚至把屍體丟進圍牆裡，以確保他必然會遭到感染。在最後一刻變得懦弱的主教以為自己和死亡的世界隔離了起來，沒想到死人卻直接從天而降。所以，我們應該相信在鼠疫的汪洋中並沒有可棲身的島嶼。沒有，並沒有中間地帶。我們必須接受這令人憤慨的事，因為我們必須在恨天主與愛天主之間做出抉擇。而誰敢選擇恨天主呢？

帕納盧神父下了最後的結論，說：「兄弟們，天主的愛是艱難的愛。它要求我們要完全獻身，輕賤肉身。但是只有這種愛才能抹除孩童的痛苦與死亡，只有這種愛才能讓死亡成為必要，因為我們是不可能瞭解死亡的，我們只能要它。這就是我想和各位分享的艱難的一課。這樣的信仰在人的眼中是殘酷的，在天主眼中卻是關鍵的，大家應該逐步接受這樣的信仰。我們應該提升到和這可怕的信仰齊高的地步。在到達頂峰時，一切都會混同起來，一切等量齊觀，這樣真理才會從表面的不公平之中湧現。在法國南部的許多教堂裡，死於鼠疫的人沉睡在祭壇的石板下，神父們就在他們的墓上講道，他們宣揚的精神也就這樣從這些骨灰裡迸發出來，骨灰裡還有些死去的孩童。」

在里厄正要走出教堂時，一陣狂風從半開半闔的門裡灌進來，直接撲打在信徒的臉上。它把雨水和潮濕街道的氣息帶進了教堂，使人在還沒離開前就預見了城市的面貌。有一位老神父和一位年輕執事走在里厄醫生前面，他們的帽子幾乎要被風颳走。老神父在風中照樣不停地評論著帕納盧神父的講道。他稱讚帕納盧神父的口才，但擔心他思想過於大膽。他認為這次講道表現出來的是帕納盧神父憂慮的心理，而不是他的力量，而以帕納盧的年紀來說，作為神父的他是不該憂慮的。低著頭擋風的年輕執事表示他和帕納盧神父走得很近，他知道他的思想為什麼會有這樣的變化，還說他的論文比這次講道還來得大膽，想必教會是不會許可他出版的。

老神父說：「那麼，他的觀點到底是怎樣？」

他們兩人走到了教堂前庭，這時一陣狂風大作，讓年輕執事說不出話來。當他能開口時，他只是說：

「要是神父去找醫生看病，那就是自相矛盾了。」

里厄向塔魯轉述了帕納盧神父講道的內容，塔魯聽了以後說，他認識一位神父因為在戰爭時看見一個年輕人失去雙眼而喪失了信仰。

塔魯說：「帕納盧神父說得有道理。當一個無辜的人失去雙眼時，基督徒或是應該喪失信仰，或是接受雙眼失明。帕納盧神父不願意失去信仰，他要堅持到底。這就是他要表達的。」

塔魯這個見解能不能闡釋，帕納盧神父在後來的不幸事件中所做的讓周遭的人無法理解的行為呢？我們就有待以後來判斷了。

在講道過後幾天，帕納盧神父就忙著搬家。在這時候，由於疫情益發嚴重，城裡也興起一股搬家的風潮。同樣地，塔魯不得不離開旅館，搬到里厄醫生家去，神父也不得不離開修會原先分配給他的公寓，搬到一位沒染上鼠疫的虔誠老太太家去。在搬家時，神父覺得自己更加疲勞、更加憂慮不安。因為這樣，老太太就沒那麼崇敬他了。原來是老太太很熱絡地對他宣揚聖奧蒂爾的預言，神父卻大概是因為疲勞而稍微表現出不耐煩的樣子。這惹惱了老太太。儘管神父後來做了許多努力，以便老太太對他至少不反感，卻是徒勞無功。他已經讓她留下了壞印象。每天晚上，他在回到他那間充滿花邊針織品的房間之前，總是看見她背對著他坐在客廳，她只頭也不回地、冷冰冰地對他說：「晚安，神父」。就在像這樣的一個夜晚，神父在上床睡覺時，感覺到頭暈目眩，他覺得從他的手腕和兩鬢就要釋放出連日以來潛伏在他體內的高燒。

接下來發生的事都是根據老太太的說法。一天早上，她和平常一樣早起。過了好一會兒之後，她發現神父沒離開房間，心裡很詫異，她猶豫許久以後終於決定去敲他的門。她發現他仍躺在床上，一夜沒睡。他覺得氣悶喘不過來，臉色感覺比平時更潮紅。根據老太太的說法，她很委婉地跟他說不妨去看看醫生，他卻粗暴拒絕了這個提議，這讓她覺得很遺憾。她只能走出房間。稍後，神父按了鈴，把老太太找來。他為自己的壞脾氣向她致歉，並表示他不舒服並不是因為感染鼠疫，他並沒有任何鼠疫的徵兆，這應該只是暫時的疲勞。老太太以敬慎的態度告訴他，她提議他去看醫生並不是擔心他患了鼠疫，她並不是顧及自己的安全，她的安全是交在天主手中，她只是在意神父的健康，她覺得自己對他的健康負有一些責任。見神父沒再說什麼，她為了盡自己的義務，又提議神父去看醫生。神父還是拒絕，但他向她解釋了一番，只是這些解釋在她聽來相當含糊。她只聽懂了神父拒絕看醫生是因為這不符他的原則。她覺得這真是難以理解。她最後的結論是，高燒已經燒得她這位房客頭腦不清了，她能做的只是為他送上花草茶。

既然遇上了這種情況，老太太依然決定要盡自己的義務，於是每兩個小時探望生病的神父一次。最讓她吃驚的是，神父一整天都非常毛躁。他不斷踢開被單、蓋上被單，老是把手放在自己發潮的額頭上，常常起身咳嗽，但那咳嗽聲像是被掐住了喉嚨，沙啞又帶痰，彷彿強用蠻力咳出來一樣，宛如無法從他喉嚨深處逼出那讓他窒息的棉花團。發作過一陣之後，他讓自己往後倒在床上，精疲力竭。最後，他又半坐了起來，直直往前方看了片刻，和剛剛的毛躁比起來，這時的聚精會神顯得更加激昂。但是老太太仍然猶豫著要不要不顧她房客的意願去請醫生來。但這也可能只是單純的發高燒，雖然樣子看來很可怕。

不過，到了下午，她試著和神父說說話，但神父只能含含糊糊地回答她。她又提出建議。這時神父坐起身，他雖然呼吸有困難，但仍明確地表達了他不要請醫生。老太太決定等到明天早上要是神父不見好轉，她就要打去漢斯多克新聞社每天在廣播上重複十幾次的那個電話號碼。盡責的她打算在夜裡去探訪她的房客，照料他。但是在晚上，她在給他送去花草茶以後，本想稍稍打個盹的她卻真的睡著了，一覺到清晨。她趕緊跑去他房間。

神父躺在床上，動也不動。他前一天潮紅的臉變成了蒼白無血色，由於他的臉很飽滿，所以看來更明顯。神父凝視著懸在他的床正上方的那盞小小的彩色珍珠吊燈。老太太一進門，他就轉頭看她。根據老太太的說法，他這時好像受了一整夜的折磨，已失去了所有反抗的力氣。她問他覺得怎樣樣。她注意到他以一種出奇冷漠的聲調說，他很不舒服，他不需要醫生，只要按照規定把他送去醫院就是了。嚇壞了的老太太趕緊跑去打電話。

里厄在中午趕來。他在聽了老太太的陳述之後，只是回答她，帕納盧神父要求送醫是對的，但恐怕有點太晚了。神父對里厄醫生也是一樣的冷漠。里厄檢查他的身體，但並沒發現任何鼠疫的症狀，既沒有腹股溝淋巴結腫塊，也沒有肺部感染鼠疫桿菌的現象，只有肺部感到窒悶、梗塞。總之，他的脈搏很微弱，整體病勢危急，幾乎是沒希望了。

里厄對帕納盧神父說：「您沒有任何鼠疫的主要症狀。不過病情很可疑，因此我必須將您隔離起來。」

神父笑得很古怪，就像是出於禮貌一樣。但他不作聲。里厄出去打電話，然後又回來病房。他看著神父，輕聲說：

「我會待在您身邊。」

神父感覺比較有元氣，他把目光轉向醫生，眼裡似乎又充滿了熱力。然後他開口了，但他發音非常困難，讓人沒辦法知道他說這話是不是帶著哀傷。

他說：「謝謝。但是修道士是沒有朋友的。他把一切都交托給天主了。」

他請人把掛在床頭的十字架拿給他。他把十字架拿在手中，注視著它。

在醫院裡，帕納盧神父一句話都不說。他就像個物品般任人擺布，做各種治療，但他一直把十字架緊緊握在手中。然而神父這個病例仍然難以判別是不是鼠疫。里厄心中還是有疑慮。這像是鼠疫，又不像是鼠疫。最近一段時間以來，鼠疫似乎樂得讓醫生難以下診斷。但是以帕納盧神父的例子來說，他後來的病情顯示了不確定是不是鼠疫一點也不重要。

他高燒不斷。咳嗽的聲音也越來越沙啞，整天折磨著病人。到了晚上，神父終於咳出了那個窒息他的棉花團。它呈鮮紅色。帕納盧神父即使發著高燒，眼神還是一樣冷漠。到第二天早上，人家發現他身體半露在床外死了的時候，目光裡也沒有任何表示。他資料卡上寫著：「病情可疑。」

這一年的萬聖節和往年大不相同。當然，天氣是符合時令的。它忽然起了變化，把遲來的秋天暑氣一掃，一下子涼爽了起來。就像前些年一樣，一陣陣冷風不停吹襲著。大朵大朵的雲從天際飄過，在屋宇上投下了陰影，在雲朵飄過以後，十一月沒熱度的金色陽光又重新著照耀這些屋宇。有人開始穿起雨衣。大家注意到街上這種發亮的橡膠布雨衣出奇得多。原來是報紙上寫到在兩百年前法國南部發生大鼠疫時，醫生會穿上以防水布製成的衣服來保護自己不受感染。因此人人都希望擁有一件可以免疫的防水衣，一些店家便趁此機會出售這些囤積在倉庫裡已經不流行的衣服。

儘管有這些季節已經變了的徵兆，墓園裡卻仍然極度冷清。過去在這個時候，電車上滿是淡淡的菊花清香，眾多婦女會到親人下葬的地方，在墓前獻上花朵。萬聖節這一天原是我們試著補償逝者長長幾個月以來被孤立、被遺忘的境遇。但是今年，沒有人願意再想起逝者，因為大家想他們已經想得太多了。大家再也不會帶著稍稍的遺憾、滿滿的悲傷來看他們了。大家再也不會一年一次來到墓前向逝者致意，表示自己並沒有拋棄他們。他們現在成了大家想要遺忘的入侵者。這也就是為什麼今年的萬聖節有點被人敷衍過去了。根據寇達爾的說法（塔魯發現他講話越來越愛挖苦），現在每天是萬聖節。

事實上，在火葬場裡焚化鼠疫的火越燒越暢快。一天又一天過去，死亡人數也的確沒有增加。鼠疫似乎輕鬆無礙地來到了頂點，它就像個勤勉的公務員一樣，每天準確、規律地執行它殺戮的工作。根據權威人士的看法，而且從原則上來看，這是個好徵兆。譬如，根據鼠疫進展而畫出來的曲線圖原本不斷地往上攀升，但這時卻呈橫向的停滯狀態，對李察醫生來說這很讓人感到欣慰。他說：「這曲線圖很好，好極了。」他表示鼠疫已經到達了他所稱的「平台」狀態。從此以後，疫情只會漸漸走下坡。他把功勞歸於卡斯特勒新研製出來的血清，前不久，這些新的血清應用在幾個病人身上時獲得了原本沒預想到的成功。老卡斯特勒並沒否認李察的話，但他表示我們其實沒辦法預測疫情，因為從鼠疫過去的歷史中可知道，它時而會出乎意料地再次猖狂起來。很久以來，省政府就希望能夠安撫大眾不安的心理，但是由於疫情嚴重，一直無法辦到，而這時他們便提議召集所有醫生來做個匯報，不料李察醫生卻正好就在疫情穩定的「平台」時期死於鼠疫。

面對這樣的情況，省政府無疑非常吃驚，但是這個例子畢竟並不能說明什麼，只是省政府一下子落入悲觀失望中，立場轉變之輕率就像當初抱持著樂觀的態度一樣沒來由。至於卡斯特勒，他只儘可能細心的準備他的血清。總而言之，城裡每個公共場所都已經改建為醫院或是檢疫站，如果說省政府沒有改建，那是因為得留下一個地方作為集會場所。但是一般而言，由於在這個時期鼠疫疫情相對顯得穩定，里厄醫生設立的醫療組織還足以支應，因此身心都已疲累得不堪負荷的醫生和助手也就不必擔憂還要付出更大的心力。他們只要按照規律地工作，雖然這工作可以說是超人的工作。原先已有的感染肺部的鼠疫，這時候更傳播到城裡各個角落，就像一陣風在胸腔裡燃起了一場火災一樣。常因此大吐血的病人往往更快喪命。隨著這種新型的鼠疫出現，現在感染力可能更強。說真的，就這一點，專家的意見總是相左。然而，為了安全起見，醫護人員繼續戴起消毒紗布口罩。總之，乍看之下，疫情似乎已經蔓延開來。但由於腹股溝淋巴結炎的鼠疫病例減少，兩相加減，總數維持不變。

然而，糧食供應不足的問題與日俱增，使得大家心裡又滋生了新的不安。囤積居奇的事時有所聞，商人們以高價出售市場上缺乏的基本食品。窮苦人家的處境因此非常困難，而富有人家卻幾乎樣樣不缺。鼠疫不分貴賤地傳染給大家，這原本可以加強我們市民的平等感受，但實情卻是相反，因為出於自私的心理，鼠疫反而讓大家更加尖銳地感受到不平等。當然，在死亡面前，大家是一律平等的，但卻沒人要這樣的平等。那些餓肚子的窮人更加懷念鄰近的城市和鄉村，在那裡日子過得自由自在，而且麵包並不貴。因為在這裡吃不飽，他們便有一種不太理性的想法，就是認為當局應該放他們離開。以致於城裡流傳著這樣一句口號：「不給麵包，就給自由。」這句話有時寫在牆上，有時在省長走過時有人對著他這麼叫喊。這句語帶諷刺的口號引發了幾次示威遊行，雖然遊行很快被制止，但大家都知道事態嚴重。

各家報紙當然是遵守官方的指示，大肆宣傳疫情樂觀的訊息。照報紙的說法，城裡當前的情況是全城居民臨危不亂，是「冷靜、鎮定的感人楷模」。但是在一個封閉起來的城市裡，什麼事都無法保密，沒有人會相信「楷模」之說。要對所謂的冷靜、鎮定有個清楚的概念，就只要到隔離場所，或是到當局所組織的隔離營去看看就知道了。由於敘述者當時被召喚到別處去，對那裡的景況並不瞭解。所以這裡就只能引用塔魯的筆記。

事實上，塔魯在他的筆記裡寫到了他有一次和藍貝爾去訪視市立體育場的隔離營。體育場離城門很近，一邊朝著有電車通行的大街，另一邊則是荒地，這荒地一直延伸到這城市所在的高原邊緣。體育場四周是水泥高牆，只要在四個出入口設下崗哨，被隔離在裡面的人便很難脫逃。同樣地，水泥高牆也阻擋了外面的人好奇窺探這些被隔離的不幸者。不過，那些被隔離的人一整天聽著看不見的電車經過，每當他們發現電車發出更響的隆隆聲，就知道這時是上班或下班時間。他們因此意識到自己被排除在外的日常生活就在幾公尺外繼續著，而水泥高牆隔開了這兩個世界，這兩個世界的差別遠比居住在兩個不同的星球來得大。

塔魯和藍貝爾選在一個星期日的下午來到體育場。龔扎勒斯那位足球員也陪著他們一起來。龔扎勒斯是藍貝爾找來的，在記者的勸說下，他最後答應接下輪班看守體育場的工作。藍貝爾要介紹他和隔離營的主管認識。龔扎勒斯在和塔魯、藍貝爾見面時，就向他們表示，在鼠疫發生之前，星期日下午正是他要穿上球衣進行比賽的時候。現在所有的體育館都被徵用，比賽已經不可能了。他這時真的是完全無所事事，就連樣子看起來也是如此。這也就是他會接受這個工作的原因之一，但他有個條件是他只在週末值班。這天的天氣半陰半晴，龔扎勒斯抬頭看看天色，很遺憾地表示這種不下雨、不悶熱的天氣正適合足球賽。他竭力回想更衣室裡松節油的氣味、搖晃不穩的看台、在黃褐色球場上顏色鮮豔的球衣、中場休息時有如千針萬刺刺激著乾渴喉嚨的冰涼檸檬水或汽水。此外，塔魯還寫下了，在他們走到體育場的一路上，這位足球員在城郊高低不平的馬路上不停地把小石頭當足球踢。他試著把小石頭踢進陰溝蓋的孔洞裡。每踢進去一顆，就大喊：「一比零」。他抽完菸以後，就把菸蒂往他面前一吐，然後試著用腳去踢還沒落地的菸蒂。快到體育場時，有幾個孩子在玩球，他們把球朝塔魯等三個人踢過來，這時龔扎勒斯準確地把球踢還給他們。

他們終於走進了體育場。看台上滿滿是人。運動場上擺放著好幾百個紅色帳篷，遠遠就可看見帳篷裡有床具和包袱。看台保留了下來，以便天熱或下雨的時候，被隔離在裡面的人可以避一避。不過，他們得在黃昏時回到帳篷內。在看台下裝設了淋浴間，過去的球員更衣室則改建為辦公室或是醫務室。大部分被隔離的人都在看台上。有些在運動場邊徘徊，有些蹲在他們的帳篷前，用空茫的眼神來回看著一切。在看台上，很多人斜斜攤坐著，彷彿在等什麼。

塔魯問藍貝爾：「他們白天都做些什麼？」

「什麼都不做。」

的確，幾乎所有的人都晃著兩隻手，什麼也不做。這麼多人齊聚在這裡卻顯得出奇安靜。

藍貝爾說：「剛開始幾天，在這裡誰和誰也合不來。不過時間一久，他們就越來越少說話。」

根據塔魯的筆記，他瞭解被隔離在這裡的人的心情。剛開始時，他見到他們擠在帳篷裡，整天沒事幹，就只忙著聽蒼蠅嗡嗡叫，或是忙著搔癢。在有人願意聆聽他們的心聲時，他們就大聲傾洩自己憤怒或是害怕的心情。但是自從隔離營收容了過多的人以後，願意聆聽的人就越來越少。這時也就只好默不作聲，彼此互相提防。的確有一種猜疑的心理從灰濛濛卻明晃晃的天空上落下來，籠罩著這個紅色的隔離營。

沒錯，每個人臉上都露出了猜疑的神色。他們既然被分別隔離開來，必然是有理由的，因此他們就顯現出那種既害怕又思索著其中緣故的表情。塔魯看到的每個人都是目光茫然，每個人似乎都因和過去的生活隔離開來而承受了痛苦。由於他們不能老是想到死亡，他們便什麼也不想。他們是處在恆常的假期中。塔魯寫道：「但最不幸的是，他們被人遺忘了，而且他們自己也知道這件事。認識他們的人忘了他們，因為這些人忙著想其他的事，這也是可以理解的。至於那些愛他們的人也忘了他們，因為這些人想盡辦法要把他們弄出隔離營而把自己搞得精疲力竭。由於一心只想著要讓他們脫離隔離營，以致反而忘了他們本人。這種情況說來也很正常。到最後，我們發現沒有人能夠真正地想到別人，即使是在疫情最險惡的時候。因為真正地想到某個人，是要分分秒秒不停地想，不被別的事物所分神，不管是家務事、亂飛的蒼蠅、三餐，或是身上發癢。但是總會有亂飛的蒼蠅，身上總會發癢。這也就是為什麼日子過得如此艱難。他們這些人是知道這一點的。」

隔離營主管朝著他們三個人走過來，並對他們說，歐東先生想要見他們。他先把龔扎勒斯帶到他辦公室，然後引著塔魯和藍貝爾到看台的一個角落，歐東先生獨自坐在一旁，他一見到他們來，便站起來迎接。他始終做同樣的打扮，脖子上還是帶著硬領。塔魯注意到他鬢角的毛髮比從前豎得更直，他一邊的鞋帶也鬆開了。法官顯得很疲憊，而且他連一次也沒正面看和他說話的人。他只說很高興見到他們，他請他們向里厄醫生道謝，謝謝他為他所做的一切。

其他的人都默不作聲。

法官停頓了一下說：「我希望菲利普沒有受太多苦。」

這是塔魯第一次聽到法官提起他兒子的名字，塔魯明白有些事已經起了變化。太陽落到了地平線上，陽光從兩朵雲中間斜斜映照在看台上，將他們三個人的臉染成了金黃色。

塔魯說：「沒有，沒有，他真的沒有受太多苦。」

在他們三人離開時，法官繼續朝著太陽那邊看。

他們去向龔扎勒斯說再見，他正看著看守的輪班表。足球員笑著跟他們握了握手。他說：「至少我又找回了更衣室。這總是好的。」

不久，在隔離營主管要陪同塔魯和藍貝爾走出體育場時，看台上傳來一陣沙沙沙的巨響。然後，那些平常用來宣布比賽結果或是介紹球隊的擴音器，這時用帶著鼻音的聲音廣播說，隔離的人必須回帳篷去，要發放晚餐了。大家慢慢離開了看台，拖著腳步回到帳篷裡。在他們都回到帳篷安頓好以後，來了兩輛車站裡常見的電動車，載著兩只大鍋子，穿梭在帳篷間。大家伸出手臂，去拿兩只大鍋子裡的大湯杓，然後把鍋子裡的食物裝進兩個便當盒裡。電動車又啟動了，來到下一個帳篷分發食物。

塔魯對隔離營的主管說：「這真科學。」

隔離營的主管握了握他們的手，志得意滿地說：「對，這很科學。」

時候已近黃昏，天空上不見一片雲。一股柔和的光線籠罩著隔離營。在寧靜的夜晚裡，湯匙和盤子的碰撞聲從各處響起。在帳篷上方有蝙蝠飛來飛去，但不一會兒就消失無蹤。牆外，電車在軌道道岔上嘎嘎作響。

塔魯在跨過大門時，喃喃地說：「可憐的法官，我們得為他做點什麼。但是該怎麼幫助一名法官呢？」

⁂

在城裡還有許多像這樣的隔離營，但敘述者出於謹慎、也出於沒有直接的消息來源，便無法多說什麼。他唯一能說的就是，這些隔離營的存在、從那裡散發出來的人的味道、黃昏時擴音器的高聲廣播、圍牆的莫測高深，以及大家對這些被摒棄的地方的恐懼，這一切都重重壓在我們市民的心口上，使得大家更加惶恐、更加不安。和行政當局的摩擦、衝突層出不窮。

到了十一月底，早晨變得很冷。滂沱大雨沖刷著馬路上的鋪石，也洗淨了天空，街道閃閃發亮，天上也露出了無雲的純淨天空。每天早晨，柔軟無力的太陽照耀著全城，陽光雖然燦亮，卻沒有熱力。但是，近傍晚時，空氣又變得暖和起來。塔魯便選在這個時節和里厄醫生談談心。

一天，在晚上十點左右，累了長長一整天的塔魯陪著里厄醫生去診視患哮喘的老頭。在舊城區的屋宇上方有星光閃爍。一陣微風無聲地吹過陰暗的十字路口。塔魯和里厄從安靜的街上走進了喋喋不休的老頭家。老頭告訴他們，城裡有些人不同意行政當局的做法，說油水總是落到同一批人手中，這總有一天會出事的。老頭搓著手說，很可能會爆發衝突。在醫生為他做治療的時候，他還是不停地評論時事。

他們聽見屋頂上頭有人走動的聲音。病人的妻子發現塔魯很好奇聲音是從哪裡來的，便向他們解釋鄰居有些婦女會到頂樓平台上去。她也告訴他們，從那上面望出去景色很宜人，各幢房子的屋頂平台往往是相連在一起，所以街區的婦女不必出門就能和隔壁人家閒話家常。

患哮喘的老頭說：「喏，上去看看吧。那裡空氣好。」

他們發現屋頂平台上只擺著三張椅子，並無人影。從一頭望去，窮目之所及，可以看見平台向遠處延伸，最後和一個岩石狀的深暗色物體靠在一起，原來這物體就是第一座山丘。從另一頭望去，穿過幾條街和隱沒不見的港口，可以看見地平線，那裡海天交融，悸動閃爍，難以分辨。他們知道在遠處即是懸崖，那邊還有一道他們不知道光源是什麼的微光規律地忽明忽滅。原來那是航道上的燈塔。從今年開春以來，燈塔持續運作，指引船隻繞道轉向其他港口。被風掃過的天空，明淨異常，星光點點，燈塔遠遠傳來的微光時而像一道銀色的光塵掠過。清風帶來了一股香料與石頭的氣息。四下一片寂寂。

里厄坐下來，說：「天氣真好。就好像這裡從來沒發生過鼠疫一樣。」

塔魯背對著他，遠眺大海。

他頓了一會兒才說：「嗯，天氣真好。」

他走過來坐在醫生旁邊，端詳著他。燈塔的微光在天空裡閃現了三次。一陣餐具碰撞聲從街道深處傳到他們耳中。屋子有一扇門砰的一聲。

塔魯以一種很自然的聲調說：「里厄，您從來沒想要打聽一下我是什麼人嗎？您把我當朋友看吧？」

醫生回答：「是的。我把您當朋友看。但是到現在為止，我們都沒有時間彼此多瞭解。」

「嗯，那我放心了。您願不願意我們這時候來談談自己？」

里厄以微笑代替了回答。

「那麼，我就告訴您……」

在幾條街之外，似乎有一輛汽車在潮濕的石板路上久久滑行。汽車開走了，之後，從遠處傳來了幾聲含糊的驚呼聲又打破了寂靜。接著，塔魯和里厄又處在一片寂寂中，只有天空和星光籠罩著他們。塔魯站起身來，走到平台邊的矮牆上坐下，面對著里厄。里厄一直窩在椅子裡。在夜裡，塔魯只是映襯在星空中的一個龐然的剪影。他講了很久的話，以下是他談話的概要：

「里厄，我就簡單說說吧。在我來到這個城市和遇上這次鼠疫以前，我就已經經歷到鼠疫之苦。可以說我跟大家都一樣。但是有些人並不知道自己處於鼠疫中，或是覺得這情況並不差，也有些人知道情況，並且想要從中脫困。我就是那種一直想要脫困的人。」

「我年輕時，思想純真，也就是說沒有半點思想。我不是那種會自尋苦惱的人，在我人生剛開始的時候一切穩穩妥妥。無論我做什麼都很成功，我頭腦也不錯，而且頗受女人青睞。如果我有什麼憂慮，也是來得急，去得快。有一天，我開始思考了。現在……」

「我應該跟您說，我不像您這麼窮困。我父親是檢察長。這是個好職位。不過他天生是個好人，從來不擺架子。我母親人很單純、很低調。我向來很愛她，不過我不想談這件事。我父親情真意摯地撫育我，他甚至試著想要瞭解我。他曾有過外遇，我現在可以確定這一點，但是我並不因此而氣惱。他的行為表現一切都很合宜，沒人覺得他有什麼不恰當之處。簡單說，他並沒什麼特出之處，而現在他已經過世了，我覺得，他生前雖不像是一個聖人，那麼至少他也不是一個惡人。他介於聖人與惡人之間，就是這樣而已。他是那種會讓人適度對他懷有感情的人，而且這種感情歷久不歇。」

「不過他有一個特色是，拿『謝克斯火車時刻表』當他的床頭書。這並不是因為他很常旅行，才看火車時刻表——他只會在假期時到布列塔尼去，他在那裡有間小別墅。但他可以準確地告訴您，從巴黎到柏林的火車發車時間和抵達時間、從里昂到華沙中途的換車時間，還能精確告訴您各大首都之間距離多少公里。您有辦法說該怎麼從布里昂松到霞慕尼去嗎？即使是火車站站長都會搞混路線。但我父親對這些可如數家珍。他幾乎每天晚上都在做練習，豐富他這一方面的知識。他對自己這一點頗為得意。我也從中得到了樂趣，於是時時問他問題。當我在『謝克斯火車時刻表』裡查核他的回答，並發現他沒弄錯時間時，我就很高興。這個小小的練習讓我們兩個人關係更親近，因為我是他的聽眾，他很珍惜我的好意。至於我，我覺得他在火車時刻表上表現的這種才能並不輸給其他的才能。」

「我有點想到哪兒說到哪兒，對於這個老好人我有可能太過看重他了。因為到最後，他對於我所下的決心只有間接的影響力。至多只是提供了我一個機會。事實上，在我十七歲那年，我父親請我到法庭上聆聽他的判決。這天審理的是刑事法庭的一起重大案件，他認為自己會表現得很好。我心裡也認為，他要藉著這個儀式來喚醒年輕人的想像力，以驅策我繼承父業。我答應出席，一來是因為這會讓我父親開心，再來也是因為我很好奇他在法庭上會有什麼表現、會說什麼話，我想看看他不同於在家中的樣子。此外，我並沒有多做他想。我向來以為，法庭裡的情況就像七月十四日的閱兵典禮，或是像頒發獎章一樣自然而不可避免。對法庭，我只有非常抽象的概念，而這一點也沒讓我覺得不安。」

「那一天，我唯一留下印象的就是那個罪犯。我認為他的確是犯了罪，至於是什麼罪，那一點也不重要。但是那個神情可憐、毛髮棕紅、看上去只有三十來歲的矮個子似乎決意要承認他犯下的罪，他對自己所做的一切，以及對他自己即將接受的懲罰顯得非常驚恐，以致於不多久我的目光全被他吸引過去。他像是一隻在強烈燈光照射下而驚惶不已的貓頭鷹。他的領結歪向一邊，他咬著他右手手指甲……總之，我不再多說什麼，您當然可以理解他是個活生生的人。」

「但我是在突然間意識到這一點的。在這之前，我只是用『被告』這種簡單的類別來想他這種人。我不能說我在這個時候忘了我父親，但是似乎有什麼東西緊緊箍住了我的肚子，使得我的注意力全集中在這個被告身上。我幾乎什麼也沒聽見，我感覺到人家要處死他，殺了他這個活生生的人。有一種盲目而頑固的強烈本能像浪潮一樣將我推到他那一邊。只有在我父親宣讀起訴書時，我才清醒過來。」

「穿上紅色法袍讓我父親變了一個樣，他不再是老好人，也不再是深富感情的人，他嘴裡只不停吐出長長的句子，就像吐出毒蛇一樣。我明白了他要奉社會之名判處這個人死刑，他甚至要求砍掉他的腦袋。的確，他只說了一句話：『這顆人頭應該落地』。但是說實在的，這句話和直接要求判死刑差別並不大。反正結果是一樣的，因為他最後還是讓他人頭落了地。只不過取下人頭的工作人並不是由他執行。我一直聽著這個案件直到它結束，只是我對這個不幸的人懷著一種使人暈眩的親切感，而這種感覺是我父親從來沒有的。然而我父親按照慣例是會出席最後的行刑——這個行刑時刻講得文雅一點是最後一刻，但實際上這應該稱為最卑鄙的謀殺時刻。」

「從這一天開始，我就對『謝克斯火車時刻表』十分反感。從這一天開始，我就非常憎惡法庭、死刑和處決。發現我父親曾多次出席這種謀殺，我很震驚，而且我發現在那一天他會特別早起。沒錯，在這種時候他就會調調鬧鐘。我不敢把這件事告訴我母親，但我在那時時期仔細觀察了我母親，我瞭解到在我父母之間已經沒有感情，她過著清心寡欲的生活。我那心裡想，這使我原諒了我母親。後來我明白了我沒什麼好原諒她的，因為她結婚以前生活很窮困，是窮困讓她學會了逆來順受。」

「您想必是等著我跟您說我立刻就離開了家。不，我又在家裡待了好幾個月，也就是將近一年的時間。但是我心裡很痛苦。一天晚上，我父親又在調鬧鐘，因為他第二天要早起。當夜我完全睡不著。第二天，他一回家，我就已經離開了。我得說我父親派人來找我，我去見了他，但什麼都沒解釋，我只是平靜地告訴他，要是他逼迫我回家，我就自殺。天性溫和的他最後終於接受我離家，但是他長篇大論了一番，說我想獨立過活是很愚蠢的（他就是這麼理解我的離家，但我也沒指出他說得不對），他還對我千囑咐萬囑咐，一邊說著一邊忍住真誠的淚水。後來，隔了很久以後，我會定期回去看我母親，這時當然也會遇見他。我想，這樣的關係對他也就足夠了。對我來說，我並不懷恨於他，只是心裡有點哀傷。他去世以後，我把母親接走，要是她仍健在，她一定還和我住在一起。」

「我花這麼多時間描述起初的這段經歷，是因為這是一切的開端。接下來我會說得比較快了。離開富裕的生活後，我在十八歲時體會到了什麼是貧窮。為了餬口，我做了千百種工作。我算混得不錯。但是我在意的是死刑。我想要把我虧欠於那個毛髮棕紅的貓頭鷹的還給他。因此我曾經像人家說的那樣投身於政治。總之就是我不想成為鼠疫患者。我以為我所處的社會是建立在死刑之上，因此和這樣的社會抗爭，就是和謀殺抗爭。我曾經這麼認為，別人也曾經這麼對我說，因此，這樣的想法大致是對的。於是，我就和我所愛的一些人，而且至今一直愛著的人，站在同一陣線。我久久堅持著這樣的立場。後來無論在歐洲哪個國家發生抗爭，我都無役不與。這些就不說了。」

「當然，我知道，我們有時也會將人判處死刑。但是有人告訴我，為了未來不會再有殺人的事件，處死幾個人是有必要的。從某個角度來看，這是對的，但是終究，我很可能已經不能再接受這類的說法了。有件事很確定，就是我動搖了。但是我想到了貓頭鷹，我也就讓自己堅持下去。直到有一天我親眼目睹了一場處決（那是在匈牙利），童年時讓我頭暈目眩的那種感覺又一次讓已成年的我視線模糊起來。」

「您從來沒見過槍決的場面吧？沒有，那是當然的。列席的人通常是受邀而來，旁觀的群眾則是事先經過選擇的，以致您對處決的印象只停留在圖像上、書本上的描寫：一條蒙住眼睛的帶子、一根柱子，以及遠處幾名士兵。不，事實才不是這樣呢！您可知道執行槍決的士兵距離犯人只有一公尺半？您可知道如果犯人往前走兩步，槍管就會頂著他的胸膛？您可知道在這麼短的距離，士兵把槍口直指犯人的心臟，以他們斗大的子彈，就會打出一個可以把拳頭伸進去的大洞？不，您不會知道這些的，因為沒有人會陳述這些細節。對鼠疫患者來說，對事實麻木無知來得比生命更神聖不可侵犯。我們不該不讓這些老實人做個麻木無知的人。只有沒格調的人會讓老實人不做個無知的人，而大家都知道，格調就是不堅持。而我從那時以來就沒睡好覺、沒法麻木。這些事讓我倒胃口，我總是不斷地堅持，也就是說不斷地思索這件事。」

「這時我瞭解到：在這麼多年的時間裡我以為自己全心對抗著鼠疫，卻沒想到我自己一直就是個鼠疫患者。我發現我自己該間接對千百個人的死負責，我甚至促成了這些人的死亡，因為我支持了必然引發這死亡的行動與原則。其他人似乎並不因此而覺得不安，至少他們從來不會自動談起這件事。這事卻讓我哽咽，激動得說不出話來。我和他們在一起，但我卻是孤單一人。有時在我表達心中的顧忌時，他們卻跟我說必須思索的是其中的利害關係，他們常常給我一些大道理，強迫我吞下我吞不下去的東西。但是我回答他們，那些鼠疫大病患，也就是那些穿紅色法袍的人，他們對這些事也有一番大道理，要是我接受鼠疫小患者不可抗拒的理由，和其不得不然的情況，那麼我一樣也無法拒斥那些鼠疫大患者的理由。他們向我表示，如果要說穿紅色法袍的人的行事是對的，那麼最好的辦法就是讓他們獨攬判刑的權利。但是我心想，要是我們讓步一次，以後就得讓步到底，沒有理由再爭回自己的立場。我覺得歷史也證實了我的想法，今天各自為了捍衛自己的理念全都在比賽誰殺最多人。所有陣營的人全都發狂地進行謀殺，而且他們也只能這麼做。」

「不過，不管怎樣，我在意的並不是與人論理，而是那個棕紅毛髮的貓頭鷹，是法庭上那骯髒的程序，那些患鼠疫的人的骯髒之口向一個鍊著鎖鏈的人宣告他被判死刑，並為他的死辦好一切手續，而他只能日日夜夜陷在垂死的苦惱中，他只能睜著眼睛，等著被謀殺。我在意的是那個胸口的大洞。我心想，至少在我自己把問題弄清楚以前，我拒絕以任何一個理由──您聽見了！──以任何一個裡由支持這種令人作嘔的殘殺。是的，在把問題看得更清楚以前，我決定採取這種盲目的頑固態度。」

「從那以後，我並沒有改變。我一直覺得很羞愧，羞愧自己也曾經是殺人兇手，儘管是間接的，儘管是出於善意。隨著時間過去，我發現即使是那些比別人善良的人在今日也不免要殺人，或是任由別人殺人，因為這就是他們處身其中的邏輯，而且我們活在這世界也會因一些舉動而導致別人死亡。是的，我仍然覺得羞愧，我意識到了這件事，就是我們全都處在鼠疫中，我因此失去了內心的平靜安和。到今日我還是藉由試著瞭解每個人，藉由讓自己不成為別人的死對頭，來尋求我內心的平靜安和。我只知道為免成為鼠疫患者，該做的事就要做，而且也只有這樣我們才可望得到平靜安和，或者即使沒得到平靜安和，也能好好地死去。只有這麼做能夠舒緩大家的痛苦，如果說這還拯救不了他們，至少能讓他們少受到傷害，有時甚至能讓他們好過一點。這也就是為什麼我一概拒絕所有會使人死亡的事，或是拒絕為使人死亡的事進行辯護，不管這死亡是直接引發或間接引發的，不管這死亡是有理或無理。」

「這也就是為什麼這場瘟疫並沒有讓我學會什麼，它唯一讓我學會的就是和您一起為此而戰。我知道（是的，里厄，我非常瞭解人生，這您也看得出來）根據可靠的科學資訊，每個人身上都帶著鼠疫，因為沒有人，真的，沒有人是不受到鼠疫感染的。所以我們必須不斷地注意自己，免得一不留神，就把氣呵到別人臉上，把病菌傳給他。只有病菌是自然天生的。其餘的，像是健康、正直、純潔，都是意志的作用，而且這種意志是永遠不該停止作用的。那些幾乎從來不將病菌傳染給別人的老實人，他們總是儘可能不要漫不經心。而這種從不漫不經心是需要意志力的，還必須永遠處於緊張狀態！是的，里厄，當個鼠疫患者是很累人的事。但是不當鼠疫患者更是加倍累人。這也就是為什麼大家都很疲累，因為在今日每個人都有點感染了鼠疫。但也就是因為這樣，不願再當鼠疫患者的某些人實在是筋疲力竭，只有死亡能讓他們得到解脫。」

「從現在開始，我知道我自己對這個世界已無價值可言。從我放棄殺人的那一刻起，我判自己永遠遭受放逐。現在，創造歷史的是其他人。我也知道我再也不能評斷這些人。要當一個合乎理性的殺人兇手，我其實是沒有資格的。這當然不是一個優點。但是現在，我願意像這時的自己這樣，學會謙虛。我只想說，在塵世上有災殃、有受害者，應該儘可能拒絕和災殃站在一起。對您來說，這道理也許有點簡單。我不知道它是否簡單，但我知道它是真確的。我曾聽說過許多幾乎讓我頭昏腦脹的大道理，這些大道理也足以讓其他人暈頭轉向，使他們同意謀殺。我瞭解到所有人類的不幸都源自於不把話說清楚。於是我決意讓自己說話、行事都不含糊，好讓我自己走在正道上。因此我說這塵世除了災殃和受害者之外，就再沒有其他。要是在說這句話的同時，我自己成了災殃，那麼至少這並不是我自己樂意的。我力圖讓自己做個無辜的殺人兇手。您看，這可不能說是奢望吧。」

「當然，還應該有第三種人，就是真正的醫生。但是事實上，真正的醫生很少見，我們應該很難見到。這也就是為什麼我決定無論如何都要站在受害者這一邊，以便減少損害。置身於受害人之間，我至少可以尋求該怎麼到達第三種人的境界，也就是內心平靜安和。」

塔魯說到最後，便晃著他的腳，輕輕踢著平台。沉默一陣之後，醫生略微抬起身子，並問塔魯是否該怎麼走向通往平靜安和之道。

「嗯，就是同情心。」

從遠方傳來了救護車兩聲鳴笛聲。剛剛顯得含糊的驚呼聲，現在都齊聚在城市的邊緣，靠近多石的山丘。這時還有一陣類似爆炸的聲響。然後又是一片寂靜。里厄看到燈塔的光又閃了兩次。微風似乎越來越強勁，同時從海上吹來了一股帶著鹽味的風。他們現在清楚地聽見沖擊著懸崖的海浪低沉的呼呼聲。

塔魯直率地說：「總之，我感興趣的是怎麼才能成為聖人。」

「可是您又不信天主。」

「問題就在這兒。我們能不能是個不信天主的聖人，這是我今天遇到的唯一一個具體的問題。」

突然，從剛才傳來叫聲的方向射來了一道微光，一陣模糊不清的嘈雜聲隨著風傳來，傳到了塔魯和里厄的耳中。微光隨即暗了下去，而在平台邊緣遠遠的那頭只剩一片泛紅的光線。就在風勢暫歇的時候，可以清楚地聽見有人在叫喊，緊接著是射擊聲，和人群的喧鬧。塔魯站起身，傾聽著。這時四下寂寂。

「城門口又打起來了。」

里厄說：「現在已經結束了。」

塔魯喃喃地說，這永遠不會結束，還會有受害者，因為事理就是如此。

醫生回答：「也許吧，但是您也知道，我覺得自己是和輸家站在一起，而不是和聖人同一邊。我想我一點也不喜歡英雄主義和聖人之道。我感興趣的是當一個人。」

「是的，我們追求的是同一件事，但我沒您那麼有抱負。」

里厄認為塔魯是在開玩笑，他看了他一眼。但從天邊透來的微光中，他看到的是一張憂傷而嚴肅的臉。重新颳起了一陣風，里厄感覺風吹得自己的皮膚溫暾暾。塔魯打起精神，說：

「您想，為了慶祝我們的友誼，我們該做些什麼？」

里厄說：「就看您想做什麼。」

「下海游泳。即使是對未來的聖人來說，這也是種高尚的娛樂。」

里厄面帶微笑。

「拿我們的通行證，可以去防波堤。說來，如果我們只活在鼠疫中，那就太愚蠢了。當然，一個人得為受害者而奮戰。但是如果他什麼都不再愛，那麼奮戰又有什麼用？」

里厄說：「沒錯。我們走吧。」

不久之後，他們把汽車停在港口的柵欄前。月亮升起了。乳白色的天空在四處投下淡淡的暗影。在他們身後是屋宇密集的城市，從城裡吹來了一股溫熱而帶病的風，將他們兩人驅向海邊。他們把通行證拿給一名守衛看，守衛仔仔細細檢查著。他們過了檢查哨，穿越了堆滿大木桶的土堤，在酒味和魚腥味中，往防波堤的方向走去。在快要抵達前，碘和海藻的氣味顯示了大海就在不遠處。緊接著他們就聽到了波濤響動。

在防波堤的大消波塊下，大海輕輕嗚嗚，在他們爬到消波塊上時，看見大海如天鵝絨那般稠密、像野獸的毛皮那般柔軟、光滑。海水時而漲起、時而落下，節奏緩慢。大海這平靜的呼息使得水面上忽隱忽現地泛起油亮亮的光。在他們面前，夜色漫無邊際。里厄手指碰觸著凹凸不平的岩石，全身充滿了一股奇異的幸福感。他轉向塔魯，他猜想神情平靜而凝重的塔魯同樣也充滿這種幸福感，但是這種幸福感並不能讓他忘卻一切，就連世上的殺戮也忘不了。

他們脫下衣服。里厄第一個跳進海裡。他先是覺得水很冷，但是當他浮出水面時，卻感覺水是溫的。他以蛙式游了幾下之後，他知道今晚海水是溫的，這溫熱是秋天的大海從地面上吸取了儲存了好幾個月的夏天熱氣造成的。他規律地游著。雙腳拍打著海面，在他身後留下了一陣陣翻騰的水沫，海水沿著他的手臂流到了他的雙腿。他聽到重重的一聲噗通聲，他知道是塔魯也跳入了水中。里厄浮躺在水上，面對著滿月和滿天的星光，一動也不動。他緩緩呼吸。然後他聽見越來越清楚的拍打水面的聲音，這聲音在安靜、寂寥的夜空中顯得格外響亮。塔魯游了過來，不一會兒就聽見他的呼吸聲。里厄轉過身，游到他朋友的旁邊，並以同樣的節奏游著。塔魯游得比他快，里厄加快了速度。在幾分鐘的時間裡，他們以同樣的節奏、同樣的力道往前游，孤獨地遠離世界，終於擺脫了城市與鼠疫。里厄先停下來，他們兩人慢慢往回游，有那麼一會兒他們遇見了一股冰冷的水流。這股出其不意的冰冷水流，讓他們兩人在回程都加快了速度，什麼話也沒說。

他們穿上衣服，一聲不吭地離開海邊。不過，他們兩人志同道合，並都對這個夜晚留下了甜美的回憶。當他們遠遠看見城門的守衛時，里厄知道塔魯心裡和他想的一樣，就是鼠疫剛剛把他們兩人遺忘了一會兒，這很好，但現在一切又要重新開始。

是的，一切又要重新開始，沒人會被鼠疫忘記太久的。在十二月時，鼠疫又在我們市民的肺裡燒灼了起來，它又使得火葬場忙忙碌碌，使得隔離營中無事可做的人增多，它以一種斷斷續續的步伐耐心地不斷往前邁進。有關當局本來是指望寒冷的天氣能止住它的蔓延，然而鼠疫卻跨過了初冬的嚴寒，一點也沒有停歇的跡象。還是必須等待。但是等太久以後也就不再等了，全城的人過著沒有未來的日子。

至於里厄醫生，那天晚上他短暫經歷的平靜安和與友誼也已經消逝無蹤。這時又設立了一家醫院，里厄整天只忙著救治病人。但是他注意到在這個階段的鼠疫，雖然越來越多的肺部感染的病例，但是病人似乎也更能跟醫生配合。他們不再像剛開始時那樣消沉、那樣瘋狂，現在他們對自己的利益有比較清楚的認識，他們會要求一些對自己最有益的東西。他們不斷要水喝，每個人都想要裹得暖暖的。儘管里厄醫生還是一樣疲累，但在這種情況下，他比較不覺得那麼孤單。

十二月底左右，里厄收到還在隔離營裡的預審法官歐東先生寫來的一封信，信上表示他隔離已經超過了規定的時間，而行政部門卻找不到他進隔離營的日期，因此他還被關在裡面，但這顯然是個錯誤。不久前離開了隔離病院的歐東太太向省政府提出抗議，但是省政府只是說他們從來沒出過錯，就打發了她。里厄請藍貝爾出面解決這件事。幾天後，歐東先生就上門拜訪醫生。隔離營方面的確是出了錯，里厄有點氣惱。但是變瘦了的歐東先生舉起他柔弱無力的手臂，字斟句酌地說，每個人都可能犯錯。醫生只覺得他有點變了。

里厄說：「法官先生，您接下來要做什麼？有案件等著您處理呢。」

法官說：「喔，不，我要請幾假一陣子。」

「的確，您是該休息。」

「不是這樣的，我是想回隔離營去。」

里厄很訝異，說：「但您才從那裡出來。」

「我話沒說清楚。有人告訴我，在隔離營裡有志願的管理人員。」

法官稍稍轉動了一下他圓圓的眼睛，並用手撫平他一綹翹起來的頭髮……

「您知道，我在那兒應該會有事做。而且說來愚蠢，這樣我會覺得和我兒子沒離得那麼遠。」

里厄看著他。歐東先生那雙嚴酷而不帶感情的眼睛是不可能在突然間變柔和的，但是它們迷濛了起來，失去了它原有的金屬光澤。

里厄說：「當然，既然您希望如此，我就來辦這件事。」

醫生果真辦好了這件事。一直到耶誕節，這座被鼠疫圍困的城市如常過著日子。塔魯也泰然自若地繼續出現在各處。藍貝爾也告知醫生，在兩名年輕守衛的協助下，他私底下有管道能夠和他妻子通信。他時而會收到她寫來的信。他請里厄也利用他這個管道，里厄接受了。幾個月以來，這是里厄第一次寫信，他非常困難地下了筆。他已經遺忘了書面的文字。信送了出去。但遲遲沒有回音。至於寇達爾，他現在正發達，他小小的投機買賣讓他發了財。不過，格朗在這年底節慶期間卻過得不太好。

這一年的耶誕節與其說是福音的節慶，不如說是地獄的節慶。沒有燈光照明的商店裡都空無一物，櫥窗裡只有假的巧克力或是空盒子。電車裡載滿了臉色陰沉的乘客，一點也沒有過去耶誕節的氣氛。從前這個節日，不管是富人、窮人，都是家人團聚的日子，而今年卻只有少數特權人士來到污穢的店鋪後間，付出無比高昂的代價買些物品，獨自享受一些讓人覺得羞恥的樂事。教堂裡不再有感恩的言詞，而是充滿了悲泣。在這個死氣沉沉而冷得凍人的城市裡，有幾個孩子在奔跑，因為他們還不懂瘟疫對自己的威脅。但是沒有人敢向他們說過去的天主是帶著禮物來的，祂雖然如人類的痛苦一般古老，卻像青春的希望一樣新鮮奇妙。現在在大家的心裡只有一種古老、無生氣的希望，這種希望甚至不任憑人往死亡邁進，而只讓人頑強地活下去。

耶誕夜，格朗沒來赴約。里厄很擔心，第二天一大早就到他家去，但並沒找到他。每個人都聽醫生說了這件事。在十一點左右，藍貝爾到醫院來告知里厄，他遠遠看見格朗在大街上遊蕩，臉色有異樣。然後格朗就不見了。里厄醫生和塔魯開車去找他。

中午時，天氣寒冷，里厄走下汽車，遠遠看見了格朗。格朗幾乎把臉貼在一個櫥窗上，看著裡面製作粗糙的木雕玩具。這位老公務員臉上串串淚珠不斷流下來。里厄見他流淚，心中大受震盪。他明白格朗為什麼掉淚，這讓他自己也感覺到一陣心酸。他還記得這個傷心的人和珍娜定情時的情景，那時在賣耶誕禮物的商店前，她忘情地倒在他懷中，跟他說自己很開心。一定是珍娜她那清脆的聲音橫跨了多年的時光又傳到格朗耳中，即使是處在這艱困的時期。里厄知道這個流淚不止的老人這時正在想什麼，他想的和格朗一樣：這個沒有情愛的世界像是死亡的世界，但總有這麼一個時刻，大家會厭倦了監獄、工作、鬥志，而希望回到心上人的身邊，尋回柔情。

這時，格朗從櫥窗反射的影像中看見了里厄。他轉過身來，靠在櫥窗上，看著醫生走近，眼淚還是不停地流。

他說：「啊，醫生！啊，醫生！」

里厄一句話也說不出來，只是向他點點頭，表示自己明白他的心思。格朗的憂傷他能體會，不過這時讓他心頭中燒的是憤怒的情緒，因為在看到有人受痛苦時，每個人都會有這樣的感受。

他說：「唉，格朗。」

「我想找個時間寫封信給她，讓她知道……讓她能夠過得幸福，而不感愧疚。」

里厄有點粗暴地拉著格朗往前走。格朗幾乎是任由他推拉，一邊還結結巴巴地擠出幾個句子：

「鼠疫實在拖得太久了。我真想聽天由命，這是必然的。啊，醫生！我看來很平靜。但我其實得費好大的勁才能讓自己看起來正常。而現在，這已經超過我所能承受的。」

他沒再往下說，四肢不斷打顫，雙眼呆滯。里厄拉起他的手。他的手很燙。

「該回家了。」

但是格朗從他身邊跑開，往前跑了幾步就停下來，然後張開手臂，身體忽前忽後地晃動著。他繞著自己打轉，摔倒在冰冷的人行道上，仍然不停流著的淚水弄髒了他的臉。遠處有幾個行人看著這一幕，突然停下腳步，不敢走近前來。里厄只得把老人扶起來。

格朗回到自己床上以後，卻覺得呼吸困難。他的肺部受到了感染。里厄思索了一會兒。他想，老公務員並沒有親人，何必把他送到隔離病院呢？他自己和塔魯會照料他……

格朗的頭深深陷在枕頭上，臉色發青，眼神黯淡。他定睛看著塔魯用木箱拆下來的條板在壁爐裡燃起一點火光。他說：「我的情況不樂觀。」從他燒灼的肺部深處發出了奇怪的劈啪聲，他一說話，那聲音就冒出來。里厄請他別說話了，還說他會痊癒的。病人臉上露出了奇怪的微笑，不一會兒又露出溫柔的神情。他費力地眨眨眼睛。「要是我能康復，我向您脫帽致敬，醫生！」但話才說完，他立刻就陷入衰竭。

幾個小時後，里厄和塔魯發現病人半坐在床上，里厄從病人臉上見到病情惡化之快，心中非常驚愕。但這時病人頭腦顯得非常清楚，他立刻就以異常低沉的聲音請他們把他放在抽屜裡的稿子拿給他。塔魯把稿子給了他，他看也不看，緊緊把它揣在懷裡。接著他把稿子遞給醫生，以手勢表示要他念一念。這稿子不厚，只有五十來頁。醫生翻了一下，意識到裡面寫的只是同一個句子不斷地重騰、修訂，增增刪刪地讓句子更豐富，或是更樸素。五月、女騎士、林中小徑……等詞語不斷以各種方式排列組合，進行對比。在這稿子裡也有作者的注記，有時這些注記出奇得長。但是在最後一頁的結尾，有一句寫得很端正的句子，墨跡仍很新鮮：「我親愛的珍娜，今天是耶誕節……」在這個句子上頭以工整的筆跡寫著他那個著名的句子的最新寫法。格朗說：「請念吧。」里厄就念了起來。

「五月一個晴和的早晨，一位苗條的女騎士騎在一匹華麗的栗馬上，走在繁花盛開的樹林小徑裡……」

老人以熱切的聲音說：「這樣好不好？」

里厄垂著眼睛，沒看他。

老人躁動起來，說：「啊！我就知道，晴和、晴和，這個字用得不準確。」

里厄握住了他擱在被子上的手。

「算了，醫生。我沒有時間了……」

他痛苦地挺起胸口，忽然大喊著說：

「燒了它吧！」

醫生猶豫著，但格朗以可怕而又痛苦的聲調再次下命令，里厄不得不把稿子丟進火幾乎熄滅了的壁爐裡。房間一下子亮了起來，短暫的熱氣也讓房間變暖了。當醫生又走回格朗身邊時，病人把頭轉了過去，臉幾乎碰到了牆壁。塔魯望著窗口，彷彿讓自己置身事外。里厄在幫格朗注射血清之後，對塔魯說，格朗恐怕過不了今夜。塔魯表示自己可以留下來照顧他。醫生同意了。

格朗即將死去的這個想法煩擾了里厄一整夜。但是第二天一早，里厄發現格朗坐在床上，和塔魯說著話。他高燒已經退了，現在唯一的症狀是全身疲累。

公務員對醫生說：「啊，醫生！我錯了。不過，我要重新開始寫。我什麼都沒忘記，您等著瞧吧。」

里厄對塔魯說：「再觀察一陣子。」

但是到了中午，一切都沒變化。到了晚上，已經可以把格朗看做是得救了。里厄一點也不明白怎麼會有這樣起死回生的奇蹟。

然而幾乎在同一時候，有人給里厄帶來了一名在他看來是無望了的女性病患，這病人一到，里厄就將她安置在醫院裡。這名年輕女孩到的時候正發著譫狂，所有的徵兆都顯示她肺部感染了鼠疫。但是第二天，高燒退了一點。醫生還以為她這情況跟格朗一樣，只是早晨病情暫時緩和，根據一般的經驗，這可能不是好兆頭。然而到了中午，她並沒有再發燒。晚上，她只增高了一點點溫度，到了第三天，燒就完全退了。年輕女孩雖然很虛弱，但可以在床上自在地呼吸。里厄對塔魯說，她得救完全是在意料之外。但是這個星期在里厄醫生的部門中已經有四起類似的病例。

這個週末，患哮喘的老頭在家裡接待了里厄醫生和塔魯。他神情很是激動。他說：「這下可好，牠們又跑出來了。」

「什麼又跑出來了？」

「唷，老鼠啊！」

自從四月起，就沒人再見過死老鼠。

塔魯問里厄：「鼠疫又要重頭開始了嗎？」

老頭搓著手。

「看牠們奔跑，真讓人開心！」

他曾經見到兩隻活生生的老鼠從大門口跑進他家。也有鄰居告訴他，他們家也出現了老鼠。在某些人家的屋梁上，已經幾個月沒聽見的老鼠騷動聲又響了起來。里厄等著每個星期一公布的統計數字。數字顯示了鼠疫有減緩的跡象。

第五章

儘管鼠疫出其不意地減緩下來，我們的市民還是不敢高興得太早。過去的幾個月，在他們越來越渴望能夠擺脫鼠疫的同時，卻也學會了謹慎對待這件事，他們漸漸也習慣了不指望在短期內看到鼠疫告終。然而，人人嘴裡都傳說著有人死裡逃生的這種新狀況，這不免讓他們心裡暗暗抱著希望。其餘的就顯得不太重要了。新近死於鼠疫的人讓大家心情比較不沉重，因為有件出奇的事，就是統計數字下降了。雖然大家只是暗暗等待健康時代的來臨，還不敢公開期望，但這樣一個時代臨近的徵兆是，我們的市民在這時樂於談論——雖然他們都帶著不在乎的神情——在鼠疫之後如何重拾自己的生活。

大家一致認為過去生活的種種便利一時是找不回來了，因為破壞比重建來得容易多了。大家只認為日常物資的補給會有改善，他們不必再擔心最迫切的問題。但是事實上，這些無關痛癢的談話卻會讓人心生荒謬的希望，荒謬得讓我們的市民有時都會覺得不對勁，便急忙表示，無論如何，鼠疫不會在一夜間銷聲匿跡。

的確，鼠疫並沒在短時間內就消失，但從表面上看，它消失的速度比我們期望得還要來得快。一月初，天氣異常嚴寒，寒意沒有半點消退的跡象，而且冷空氣似乎在城市的上空凝結了起來。然而，天色卻比任何時候都來得湛藍。無比燦爛而沒有熱氣的太陽光線連著幾日籠罩著整個城市。在這純淨的空氣中，鼠疫已經是第三個星期持續呈現頹勢，隨著死於此病的人越來越少，瘟疫似乎也衰竭了。在極短的時間裡，它幾乎失去了前幾個月累積起來的全部力道。本來該被攫走的格朗和里厄那個年輕女孩，卻逃脫了鼠疫的惡勢力掌控，和這情況相仿的是，現在鼠疫在某些街區裡猖獗兩、三天以後卻突然在另一些街區裡消失，在星期一出現了更多受害者之後卻在星期三讓他們幾乎都救回了一命。看鼠疫這樣時而暫時歇止，時而猛撲而來的情況，大家便認為它是因衰弱和疲乏而瓦解了，認為它在失去了控制自己能力的同時，也失去了它有效率地擄去受害者的力道。卡斯特勒的血清忽然一連串救回幾條命，而在這之前情況並非如此。過去醫生採取的種種措施全都不見效果，現在卻突然一一靈驗起來。現在好像是輪到鼠疫遭到圍捕，以前大家對抗鼠疫所使用的不鋒利的武器在它突然變弱下來之後卻顯得銳利非常。不過，鼠疫有時候又會頑強地頂住，盲目地鼓起一股勁奪走了三、四個本來有可能治癒的病人的命。這些人在這次鼠疫中算是倒楣的，在充滿希望的時刻，卻保不住一命。歐東法官的情況就是如此。醫生只得將他從隔離營撤走。塔魯說他運氣不好，但沒人知道這所謂的運氣不好指的是他的死，或是指他生前的狀況。

不過，整體而言，感染的情況在各處都見大幅減少，省政府的公報先是隱約露出微小的希望，後來即公開地向大眾證實他們相信勝利的時刻已經到來，鼠疫已經節節敗退。但我們其實很難說這即是勝利。我們觀察到的僅是鼠疫離開得突然，一如它來時猝不及防一樣。大家用以對抗鼠疫的對策一直沒有改變，在過去這不見成效，而在今天其結果卻讓人喜出望外。大家只是覺得鼠疫把自己弄得精疲力竭，或者說它在達成它的目標之後即自行撤退。可以說，再也沒有它表現的機會了。

然而，城裡的景況卻沒有任何變化。在白天，街上總是安安靜靜的，只有到晚上才又擠滿同樣那些人群，不過人人多了大衣和圍巾。電影院和咖啡館跟從前一樣天天滿座。但仔細看，會發現大家臉上表情輕鬆多了，有時甚至帶著笑容。也就在這時候，我們才意識到在過去街上是沒人有笑臉的。事實上，過去幾個月以來包覆著這個城市的不透明紗罩在這時露出了裂隙，而且每個星期一，隨著廣播電台的消息放送，可以發現這個裂隙裂得更大了，最後大家終於得以暢快呼吸。但這樣的抒解只在私底下進行，還不敢光明正大地展露。在過去，要是聽說有一列火車啟程了、有一艘輪船抵達了，或是重新允許汽車在城裡行駛，那是任誰也不會相信的；但在一月中，若有這樣的消息宣布，則沒有人會訝異。這雖然不是什麼大不了的變化，但是這種細微的差別卻說明了我們的市民現在對消滅鼠疫抱著更大的希望。而且我們可以說，在市民最微小的希望可能成真之時，鼠疫的統轄實際上就已經告終。

然而，在整個一月份，我們市民的反應卻很矛盾。準確地說，他們時而亢奮、時而抑鬱，這兩種情緒交替出現。因此，即使是在統計數字很樂觀的時候，仍然有人試圖逃出城外。這讓政府當局非常訝異，就連城門守衛也倍感意外，因為大部分的人都成功逃脫了。但是事實上，在這時逃脫的人是出於一種天生自然的情感反應。對有些逃脫的人來說，鼠疫讓他們心存懷疑，再也擺脫不開這種心理。他們再也不抱希望。即使疫情已經結束，他們還是根據自己過去的準則過日子。可以說他們這些人是落後於情勢。還有另外一些逃脫的人，特別是那些一直與心愛的人分隔兩地的人，在經過長期的禁閉與沮喪之後，見到希望之風颳起，便點燃了他們的熱情，使得他們更加耐不住性子，控制不了自己。他們不免驚慌起來，尤其在一想到在這麼接近重逢之日的時候，自己卻可能受感染而死去，不僅見不到心上人，甚至長期的煎熬也得不到回報。而這幾個月以來，儘管他們被囚禁、遭放逐，他們都執拗地等待著夜盡天明，而在出現第一道希望的曙光時，卻摧毀了恐懼與絕望無法損害的東西。他們無法依隨鼠疫的步伐，等待最後的時刻到來，而像瘋子似地搶在它前面往前衝。

不過，在這個時候也出現了樂觀的跡象。也就這樣，大家注意到了物價明顯下降。純粹從經濟的觀點來看，我們無法解釋這個現象。種種的困難情況依然如前，城門口照樣維持檢疫隔離的手續，日常必需品的供應也一點沒有改善。因此，我們見到的這個現象純粹是心理上的，就好像到處都反應出疫情減弱，連心理上也不例外。同時，那些過去本來習慣於群居卻因為鼠疫而不得不獨居的人也樂觀了起來。城裡的兩個修道院恢復了舊觀，又開始了群居生活。軍人也一樣，他們重新回到空著的軍營裡，又過起正常的部隊生活。這些雖然是小事，卻意義深長。

在一月二十五日以前，市民都暗暗生活在這種躁動中。這個星期，統計數字大大下降，在和醫學委員會會商之後，省政府頒布了鼠疫可以算是完全剷除的消息。公報上還說，為了謹慎起見，城門仍要關閉兩個星期、各種預防措施還要持續一個月——想必市民一定會贊成這做法。在這段期間，要是發現鼠疫有死灰復燃的跡象，「就必須維持現狀，重新採行預防措施」。然而，所有的人都認為這樣的公報只是官樣文章，並沒有實質的意義，因此在一月二十五日晚上，城裡人人歡天喜地。為了配合這種歡慶的氣氛，省長下令恢復正常時期的照明。在寒冷的純淨天空下，我們的市民成群結隊湧向明晃晃的大街，喧喧鬧鬧，笑聲不絕於耳。

當然，這一夜，有許多房子的窗板還是關著，有許多人家在別人歡鬧時仍保持靜默。不過，在很多因為失去親人而哀傷的人心裡也一樣深深鬆了一口氣，因為他們不必再擔憂其他親人被奪去性命，也因為他們不必再為自己的安危操心。但是在這時候無法分享大家歡慶氣氛的人，無疑就是那些還有親人因鼠疫而住院、自己則待在家裡或是隔離病院裡的人，他們等待著災殃能真正遠離他們，就像遠離了其他人一樣。當然這些人也抱著希望，但只是把它深藏在心裡，在希望成真以前，他們是不會放開心懷的。這種介於垂死與歡喜之間的等待、這種靜默的夜晚，在大家歡慶聲中更顯得殘酷。

但是這些例外的情況絲毫不影響其他人高興的心情。鼠疫無疑還沒結束，而且它還要證明自己並未結束。然而在大家的心裡早就提前了好幾週，讓火車鳴笛行駛在長得不見盡頭的鐵軌上、讓輪船在閃著亮光的海面上破浪前進。雖然到了第二天，大家心情可能會比較平靜，疑慮也可能再起。但是在這時候，整個城市都移動了，拋下那些陰暗、凝止的封閉處所，那曾經奠下石基的地方，最後並帶著倖存者，邁開步子離開了。這天晚上，塔魯、里厄、藍貝爾，以及其他幾個人走在人群之中，他們也感覺到自己整個人飄飄然。在走離林蔭大道一段時間以後，塔魯和里厄來到人跡稀少、窗板緊閉的路上，但他們仍然聽見那歡慶聲遠遠傳來。由於他們太疲倦了，所以無法將那藏在窗板之後的痛苦與遠處大街的歡樂分別開來。甩脫鼠疫的時刻臨近，但這一刻卻是淚水與歡笑同時俱在。

在那歡樂的喧聲更響亮、更肆意的時候，塔魯停下了腳步。在陰暗的石板路上，有個影子輕快地奔跑。原來是一隻貓。這是去年春天以來見到的第一隻貓。牠在馬路中間停了一會兒，猶豫著，舔舔牠的爪子，用爪子搔搔右耳，然後又靜靜奔跑起來，消失在暗夜中。塔魯笑了。那個捉弄貓的小老頭也會高興的。

但是就在鼠疫遠遠離開，回到它那隱匿的巢穴時，城裡至少有一個人對此感到懊喪。這個人就是寇達爾。這是我們從塔魯的筆記中得知的。

說真的，自從統計數字下降以後，塔魯的筆記就變得很奇怪。也許是疲勞的緣故，筆記裡的字跡變得潦草難辨，內容也往往很雜亂，從一個主題跳到另一個主題。再者，這些筆記從來沒有像現在這樣不以客觀敘述為主，而是滿滿的個人見解。也就這樣，在論及寇達爾的長長篇幅中，還穿插了一小段那個捉弄貓的小老頭的事。根據塔魯的說法，鼠疫並沒有讓他不重視這個小老頭，不管是在鼠疫前或鼠疫結束後，他都對他很感興趣，但不幸地，後來小老頭再也吸引不了他，只是這決不能說是塔魯沒誠意。因為塔魯曾經找過他，想再見他一面。在一月二十五日那個晚上過後幾天，塔魯人就站在那條橫向的街道。街貓也都回來了，在光影交錯的陽光下取著暖。但是在小老頭固定出現的時刻，卻只見窗板緊緊關著。接下來幾天，塔魯一樣沒看到窗板打開。於是他下了個奇怪的結論：小老頭或是被惹惱了，或是過世了。如果是被惹惱了，那是因為小老頭認為自己有道理，鼠疫對他造成了損害；但要是他過世了，那麼就得像對那個老哮喘患者一樣考慮一下他是不是個聖人。塔魯並不認為他是聖人，但是認為這小老頭的例子能給人一點「指示」。筆記裡寫道：「說不定我們只能做到近似於聖人，在這種情況下，我們就只能滿足於謙遜而仁慈的魔鬼崇拜。」

在筆記裡除了有對寇達爾的描寫之外，還穿插著各種往往顯得雜亂的記事，其中有一部分提到了格朗，說他現在康復了，重新投入工作，就像什麼事也沒發生一樣；還有一部分提到了里厄醫生的母親。塔魯和這位老太太同住一個屋簷下，他們有時也會聊上幾句，塔魯把這些談話的內容、老太太的態度、她的微笑、她對鼠疫的觀察詳細寫在他的筆記裡。塔魯尤其把重點放在里厄老太太的謙遜態度、她以簡單的句子表達一切的方式，以及她對某扇窗子的偏好。這扇窗子朝著一條安靜的街，傍晚時，她就在窗前坐著，身體略微挺直，兩手安放膝上，目光專注，直到夕照充滿整個房間，使得她在灰色的光線下成了一道黑影，她靜止不動的身影最後漸漸淹沒在黑暗裡。塔魯寫到了她輕輕巧巧地從一個房間挪動到另一個房間、寫到了她的好心腸，雖然她從沒在塔魯面前明顯流露出來，但是塔魯從她所說、所做的處處能辨認這一點。塔魯最後還寫到了，這位老太太不須思考即能明白一切，而且她沉靜、謙遜，不管在什麼光彩之前都可以與之媲美，即使是在鼠疫的光彩之前。寫到此處，塔魯的筆跡歪歪扭扭，變得很奇怪。接下來的幾行字更難辨讀，而就像是要再次證明他已經控制不了自己的筆一樣，他在最後幾句話第一次談到了私事：「我母親過去也是這樣，我喜歡她也有這樣謙遜的美德，我始終想跟她在一起。我不能說她在八年前就已經過世，因為她只是比平常更加不引人注目。當我回頭的時候，她已經不在那兒了。」

這時候該回頭說說寇達爾了。自從統計數字下降以來，寇達爾找了種種藉口，拜訪過幾次里厄。事實上，他每一次都是要里厄推斷鼠疫的趨勢。「您想它會突然之間、沒預警地就銷聲匿跡嗎？」對這一點他很持疑，至少他自己是這麼說的。但是他每每提出同樣的問題，這顯示了他自己信心並不堅定。在一月中時，里厄給他的答覆非常樂觀。但是每一次這些答覆不僅沒讓寇達爾覺得開心，還引起他種種的反應，時而是惱火，時而是沮喪，就依他當時的心情而定。到後來里厄醫生不得不對他說，即使各項統計指標都有好轉的跡象，但最好還是別太早大奏凱歌。

寇達爾表示：「換句話說，我們並不知道鼠疫會不會在哪天又肆虐起來？」

「沒錯，就像病人也可能越來越快痊癒一樣。」

這種隨時可能再起的疫情讓大家都很憂慮，卻顯然讓寇達爾鬆了一口氣。他曾在塔魯面前，和他住的那個街區裡的商人交談，在談話中極力宣傳里厄醫生的看法。的確，大家很輕易就相信了他的話。因為在省政府的公告激盪了人心之後，初嘗勝利滋味的狂熱已經過去了，很多人心裡又開始起了疑心。大家這種惴惴不安的心理卻讓寇達爾寬心不少。但有些時候他也會感到洩氣。他對塔魯說：「是的，城門最後還是會打開來。您看著吧，到時候大家一定會棄我於不顧！」

在一月二十五日以前，大家都注意到寇達爾情緒不穩定。他會在長期設法和他街區裡的居民交好之後，又連著好幾天激烈抨擊這些人。至少從表面上看，他從人群裡抽身而出，並且在一夜之間過著野人般的隱遁生活。餐廳、劇院，還有他常去的咖啡館都見不到他的人影。不過，他也並沒有重拾在鼠疫發生之前他那種有分寸、避人耳目的生活。他完全幽閉在自己的公寓裡，三餐都請附近的一家餐廳送過去。他只有在晚上會悄悄出門一會兒，採買必需品，而一出商店，就快步走向無人的街道。塔魯在這種時候遇見過他幾次，但他總沒辦法讓寇達爾多說幾句話，只會聽見他嘟嘟噥噥地發些單音字。不久，他忽然從這種隱遁狀態跳到熱愛社交的狀態，和人滔滔不絕談起鼠疫，問起每個人的看法，每天晚上又開開心心投入人群中。

在省政府發布公告的那天，寇達爾完全銷聲匿跡。兩天後，塔魯見到他在街頭漫無目的地遊蕩。寇達爾請塔魯陪他到市郊去。這天塔魯覺得特別累，猶豫著要不要答應。但寇達爾一再堅持。他顯得很激動，手勢又多又亂，說話又急又大聲。他問塔魯，省政府的公告是不是真的能讓鼠疫告終。當然，塔魯認為有關當局的公告並不足以讓災殃停止蔓延，不過大家可以合理的揣測鼠疫行將結束，除非另有意外狀況。

寇達爾說：「嗯，除非另有意外狀況。意外狀況總是有的。」

塔魯向他表示，省政府可以說已經預見了可能的意外狀況，因為他們規定城門還要關閉兩個星期。

一直顯得陰沉的寇達爾還是很激動，他說：「他們做得好，因為看事態的發展，省政府的公告很可能說了等於白說。」

塔魯表示這有可能，不過他想最好是認為城門就要開放，生活就要恢復正常。

寇達爾對他說：「好吧，好吧，但您所謂的生活恢復正常是指什麼啊？」

塔魯面帶微笑地說：「電影院裡有新的影片。」

但是寇達爾一點笑容也沒有。他想知道我們是不是可以認為鼠疫並不會改變城裡的生活，認為一切會如以往，也就是說好像什麼也沒發生過一樣。塔魯表示，鼠疫可以說改變了城裡的生活，同時也可以說沒改變這生活，當然，我們市民最強烈的願望是希望一切都沒改變，快快恢復正常生活，因此從這個角度來看，城裡的生活什麼都沒變，但是從另一個角度來看，我們不可能遺忘一切，即使是想這麼做也做不到，鼠疫會留下痕跡，至少這痕跡會留在我們的心靈裡。這個靠年金過日子的人明白宣稱，他對心靈不感興趣，甚至心靈是他最不在意的事。他關心的是，行政組織是不是會有變化，例如，所有的機構是不是會像從前一樣運作。塔魯表示他完全不知情。據他的看法，我們不難想像在鼠疫期間被攪亂的各個機構在重新啟動時會遭到一點困難，一大堆新的問題也會一一浮現，這至少使得過去的各個機構需要進行一次重整。

寇達爾說：「啊！的確很可能是這樣，大家都應該要重新開始。」

這時，他們兩人走到了寇達爾的住家附近。寇達爾顯得很亢奮，極力裝出樂觀的樣子。他想像城裡的生活會恢復正常，抹去它的過去，一切從零開始。

塔魯說：「嗯，說不定您的事也會順利解決。總之，新生活即將開始。」

他們走到了寇達爾家門前。兩人握了握手。

寇達爾越來越亢奮，他說：「您說得對，一切從零開始，這樣很好。」

突然有兩個人從陰暗的走道中冒出來。塔魯只聽到寇達爾問這兩個傢伙要幹嘛。這兩個衣冠楚楚、模樣像是公務員的傢伙問他是不是就是寇達爾。寇達爾低沉地驚呼一聲，就轉身快跑，跑進黑夜裡，那兩個人和塔魯都來不及有反應。塔魯回過神後，問這兩個人有何貴幹。他們態度審慎又有禮地說，他們只是想瞭解一下情況。說著，便沉著地往寇達爾跑去的方向前進。

塔魯回到家以後，就把剛剛的經歷紀錄下來，並立刻提到他很疲倦（從他的筆跡也看得出來這一點）。他接著寫到，他還有很多事要做，但他不能以這個理由來為自己沒做好準備開脫，他並問自己是否真的做好了準備。他最後的回答是，無論是在白天或黑夜，人總有那麼一刻是懦弱的，而他就怕這一刻。塔魯的筆記便在這裡結束了。

第三天，也就是在城門開放的前幾天，里厄醫生中午回了家，心想他等的那份電報是不是已經來了。儘管這幾天以來里厄依然像在鼠疫頂峰時期一樣勞累，但是這種期待完全解脫的心情掃除了他的疲憊。他現在滿懷希望，並為此感到開心。我們不能老是以意志強撐著，不能老是繃得緊緊的，要是能夠從和鼠疫的抗爭中解脫出來，讓感情自然抒發，那是件幸福的事。要是他等的那份電報帶來好消息，那麼里厄也能夠重新開始。他認為每個人都應該重新開始。

他從門房住所前走過。新來的門房把臉貼在玻璃窗上，對他微笑。上樓梯的時候，里厄眼前浮現了門房那張因疲勞與窮困而顯得蒼白的臉。

是的，等抽象的事物都結束以後，他要重新開始，只要能有一點運氣……但是在他打開門的同時，他母親也迎上前來，告訴他塔魯先生狀況不太好。塔魯早上起床以後，一直沒出門，剛剛才又重新躺下。里厄老太太很憂心。

里厄說：「這也許不嚴重。」

塔魯直挺挺躺在床上，他的頭深陷在長枕頭裡，在厚重的被子底下隱約可見他結實的胸膛。他發了燒，頭痛難忍。他告訴里厄，他的症狀很不明確，也有可能是鼠疫。

里厄在檢查了他以後說：「不，現在什麼都不能確定。」

但是塔魯覺得異常口渴。在走道裡，醫生對他母親說，這有可能是鼠疫的初期徵兆。

她說：「啊！這不可能啊，怎麼會是現在！」

她緊接著說：

「把他留在這裡吧，貝爾納。」

里厄思索了一會兒。

他說：「我沒有權利這麼做。但是城門就要打開了。我想，要是你不在這裡的話，我倒是會把他留下，行使我第一個權利。」

她說：「貝爾納，把我們兩個人都留下來吧。你知道我才剛打過新的預防針。」

醫生說，塔魯也打過預防針，說不定他因為過度勞累，而漏打了最後一劑血清，忘了某些預防措施。

里厄走進了書房。當他又回到塔魯的房間時，塔魯看見他手拿著一劑血清。

塔魯說：「啊，我也感染了！」

「不，這只是預防措施。」

塔魯伸出手臂作為回答。里厄久久地為他注射，過去塔魯在其他病人身上也做過這種注射。

里厄說：「晚上再看看情況。」他直直看著塔魯的臉。

「里厄，那隔離呢？」

「現在一點也不確定您感染了鼠疫。」

塔魯勉強擠出笑容。

「這是我第一次見到在注射血清的同時不下令隔離的。」

里厄背過身去，說：

「我母親和我會照顧您。您在這裡會舒服一點。」

塔魯不再說什麼。醫生收拾了針筒，等著塔魯跟他說話，他才要轉過身。最後，他走到床邊。病人看著他。塔魯滿臉倦容，但他灰色眼睛裡仍然透著鎮靜。里厄對他笑了笑。

「能睡就睡一會兒吧。我等一下再來看您。」

他走到門邊，聽見塔魯在背後叫他。他轉頭走到他旁邊。

但是塔魯好像一時不知道該怎麼說才好。

最後，他終於開口說：「里厄，要把實情告訴我。我需要知道。」

「我保證，我會告訴您的。」

塔魯那張大臉扭動了一下，笑了起來。

「謝謝。我不想死，我想努力奮戰。但要是已經輸定了，我也要有個好結局。」

里厄俯身，緊緊抓著塔魯的肩膀，說：

「不，要成為聖人就必須活著。努力奮戰吧。」

這天一早原本很冷，後來就暖和了些，但到了下午，竟猛烈下起了大雨和冰雹。到了黃昏時，天色雖然變得晴朗，卻寒冷刺骨。里厄晚上回到了自己家裡。他連外套也沒脫，就走進他朋友的房間。他母親在一旁打毛線。塔魯似乎一直沒有移動位置，但是他因高燒而慘白的嘴唇顯示了他正與疾病奮戰。

醫生問：「怎麼樣了？」

塔魯聳聳他那露出被單外的厚實肩膀，說：

「就這樣，我輸了。」

醫生俯身看他。他在他炙燙的皮膚下發現了淋巴結揪成了一團一團，他的胸部也發出像是地下打鐵鋪的種種嘈雜音。塔魯的病況很奇特，他身上有兩種不同類型的鼠疫徵兆。里厄挺起身子說，血清還要過一會兒才能發揮它全部的效用。塔魯似乎想說什麼，但是一陣高燒扼住了他的喉嚨，讓他說不出話來。

用過晚餐後，里厄和他母親來到病人身邊落坐。夜幕低垂，塔魯也開始了奮戰。里厄知道和鼠疫黑天使的這場艱困爭鬥勢必持續到清晨。塔魯和鼠疫奮戰最精良的武器並不是他堅穩的膀子和厚實的胸膛，而是他的血液，也就是剛剛里厄以針筒注射時倒流出來的血液，在這血液中有比靈魂更加內在的東西，是任何科學都無法解釋的。而里厄只能看著他朋友獨自奮戰。他能做的就是讓腫囊早一點流出，並打幾劑補針。連著幾個月的失敗讓他學會了衡量這些措施的效果。事實上，他唯一的任務就是創造條件讓這些措施偶然生效，這種偶然性往往是在誘發它時被激引出來。一定要激引出這種偶然性，因為里厄這時面對的是讓他沒了頭緒的鼠疫。它又一次挫敗了我們用來對抗它的種種計謀，它出現在我們料想不到的地方，消失在我們以為它已經扎根的地方，一次又一次讓人吃驚不已。

塔魯身子動也不動地跟鼠疫奮戰著。一整夜，在病魔的襲擊下，他一點也沒有顯得焦躁不安，他只是沉默地以他健壯的身體奮戰不休。一整夜，他連一次也沒有開口說過什麼，他是以這種方式全心投注在戰鬥中，一點也不分神。里厄只能根據他朋友的眼睛來觀察這場奮戰到了什麼階段：眼睛時而閉上，時而睜開，眼皮時而貼著眼球緊閉，時而放鬆，目光時而注視著一件物品，時而回到醫生和他母親身上。每當醫生和他目光交會時，塔魯總是竭力向他微笑。

有那麼一會兒，街上傳來了急促的腳步聲。似乎有人在聽到了漸漸迫近的遠方雷鳴而奔跑起來，雷鳴聲最後化成了雨，落在街上。雨越下越大，不久還參雜著冰雹，劈里啪啦打在人行道上。窗前的帷幔波動起伏著。處在漆黑的房間裡的里厄一度因雨聲分了神，而這時他又凝視著被床頭燈照亮的塔魯。在一旁打毛線的里厄老太太，時不時抬起頭來專注地端詳病人。醫生已經做了所有他該做的事。陣雨過後，房間裡一片寂靜，只是充滿了無影無形的爭戰無聲的喧囂。因一夜無眠而繃得緊緊的醫生彷彿在寂靜之外聽見了輕緩而規律的呼嘯聲——他在整個鼠疫期間都聽見這呼嘯聲。他向母親比了個手勢，要她去睡。她搖頭拒絕。她兩眼發亮起來，接著她仔細檢查她手裡打的毛線，以確定是不是打準了一個針眼。里厄起身，拿水給病人喝，然後又回來坐下。

幾個過路行人趁著風雨暫歇，在人行道上快步走著。他們的腳步聲越來越輕，漸漸消失在遠處。這一夜有晚歸的行人，但沒有救護車的鳴笛，醫生第一次發現這情景和發生鼠疫以前的夜晚很相似。這是從鼠疫中解脫出來的一夜。被寒冷、燈光、人群驅趕的鼠疫，似乎從這城市的陰暗之處逃了出來，躲進了這個暖和的房間，向塔魯那沒有生氣的軀體發動最後的奇襲。災殃不再於城市上空攪擾，但它卻在這空氣凝滯的房間裡輕輕呼嘯。連續幾個小時以來，里厄聽到的就是這呼嘯聲。現在只能等著它在這兒停下來，等著鼠疫在這裡也被打敗。

接近黎明時，里厄俯身看他母親，說：

「你該去睡了，等八點才好接替我。去睡以前別忘了滴點藥水。」

里厄老太太站起身，收拾了她的毛線，然後往床邊走去。塔魯已經閉上了眼睛好一會兒。他額頭上的汗水讓頭髮捲曲了起來。里厄老太太嘆口氣，病人睜開了眼睛。他看見一張慈藹的臉俯在他身上，雖然他持續發著高燒，還是頑強地露出了笑容。但他隨即閉上眼睛。在他母親去睡以後，就只剩下里厄一個人。他坐在母親剛剛坐的椅子上。街上一片寂寂，一點聲響也沒有。在房間裡也開始感覺得到黎明的清冷。

醫生昏昏欲睡，但清晨第一輛駛過的車子響聲把他從昏沉中驚醒了。他打了個哆嗦。他看了看塔魯，意識到他正處於爭戰暫歇之際。病人此時也睡著了。馬車的木輪和鐵輪在遠處滾動著。在窗外，天色仍暗。當醫生走到床邊時，塔魯以沒有表情的目光看著他，就好像他仍在睡夢中。

里厄問：「您睡了一會兒，是嗎？」

「嗯。」

「呼吸順暢一點了吧？」

「是順暢一點。這是不是表示什麼？」

里厄沒作聲，過了一會兒才開口說：

「不，塔魯，這並不表示什麼。您和我一樣很清楚早晨症狀會減緩。」

塔魯點點頭。

他說：「謝謝。請您要一直照實回答我。」

里厄在床邊坐下。他感覺到病人的雙腿又直又僵硬，就像死人的肢體一樣。塔魯的呼吸聲越來越濃濁。

他喘著氣說：「待會兒還會發高燒，對吧，里厄？」

「嗯，不過到了中午，情況就會見分曉。」

塔魯閉上眼睛，似乎是要聚集全身力量。但他臉上出現了一種灰心的神態。他等著再次發高燒，而高燒其實已經在他體內某處翻騰了起來。他再次睜開眼睛時，目光變得遲滯。在他見到里厄俯身向他的時候，眼睛才又亮起來。

里厄說：「喝點水吧。」

病人喝了水，隨即把頭往後倒下。

他說：「這拖得真久啊。」

里厄抓著塔魯的手臂，但塔魯移開了目光，不做任何反應。突然，高燒像是沖潰了他體內某處的堤防一樣，明顯湧向了他的額頭。當塔魯再次把目光轉向醫生時，醫生湊過臉去鼓勵著他。塔魯試著擠出笑容，但緊咬的牙關、被白沫封住的雙唇使得他笑出不來。不過在他僵硬的臉上，雙眼還是閃爍著充滿勇氣的光芒。

早上七點鐘，里厄老太太走進了病人房間。醫生回到他的書房，打電話給醫院，安排別人來代他的班。他也決定了把看診的時間往後延，然後先在他書房的長沙發上躺一會兒。但他幾乎才躺下就起身，又走回塔魯的房間。這時塔魯把頭轉向里厄老太太。老太太坐在他身邊的一張椅子上，佝僂著身子，雙手在腿上交握。塔魯看著她這小小的身影。他那麼聚精會神地看著她，以致她把指頭放在嘴唇上示意他別作聲，並起身關掉了床頭上的燈。但是白日天光很快從窗簾裡滲進來，不久，病人的臉龐就從黑暗中浮現出來，里厄老太太發現病人一直注視著她。她俯身理了理他的長枕頭，在起身時，還把手擱在他濕濡而捲曲的頭髮上。這時她聽見了彷彿從遠處傳來的一聲低沉的聲音向她說謝謝，並說現在一切都很好。在她又坐下來以後，塔魯閉起了眼睛，他精疲力竭的臉上似乎露出了笑容，儘管他雙唇緊閉。

到了中午，高燒的熱度到達頂點。一陣從內而發的劇烈咳嗽讓病人整個身體都抖動起來，甚至開始咳出血來。淋巴結不再腫大，但並未消退，硬得像是螺絲帽，緊緊鎖在關節上。根據里厄的判斷，這時候已經不可能切開淋巴結。在高燒和咳嗽暫歇的時刻，塔魯還不時看著他這兩位朋友。但是不一會兒，他越來越少睜開眼睛，在光線的照耀下，他被鼠疫摧殘的臉龐也越來越慘白。搖撼著他時而驚跳、時而抽搐的身體之鼠疫暴風雨越來越暗沉，再也不照亮他，塔魯慢慢沉陷到這場暴風雨的深處。呈現在里厄面前的從此是一張沒有生氣、沒有笑容的面具。這個曾經和他那麼親近的人，現在卻被鼠疫的長矛刺得千瘡百孔、被這非人的痛苦燒灼、被這從天而降的仇恨之風折磨。他束手無策地看著塔魯沉沒在鼠疫的大海裡。他只能站在岸上，攤著兩手，心受摧折，沒有武器，也找不到辦法來對付這場災殃。最後，他流下了無能為力的淚水，淚水模糊了他的雙眼，以致他沒看見塔魯突然轉身面對牆壁，而且就好像他體內某處有根主弦斷了似的，他發出了最後一聲低沉的呻吟。

接下來的一夜不再是爭戰的夜，而是寂靜的夜。在這個與世隔絕的房間裡，里厄感覺到在這具穿好了衣服的屍體上方盤旋著一股讓人訝異的寧靜氣氛，在多日以前的夜晚，緊接著攻擊城門之後，在好像從來沒發生過鼠疫的頂樓平台上就曾經有過這種氣氛。在那時候，里厄就已經想到了在人死去之後，病床上方就會出現這種寂靜的氣氛。這種莊嚴的歇止到處都是一樣的，在戰鬥之後總會有這樣的寂靜，挫敗的寂靜。但是這時籠罩著他朋友的這股寂靜氣氛卻如此密實，和這座已經從鼠疫解脫了的城市的寂靜氣氛多麼相應。里厄深深感覺到這是一次徹底的挫敗，它讓戰爭劃下中止符，使得和平成為一種無法治癒的創傷。醫生不知道塔魯最後是不是找到了內心的平靜安和，但至少在這時候，他想他自己就像一個母親失去了兒子，或是像一個人埋葬了他的朋友那般，永遠也得不到平靜了。

外面，同樣是寒冷的夜，星光映照在清明、冰涼的夜空上。在半明半暗的房間裡，可以感到寒冷從窗玻璃上滲進來，可以聽到大風在酷寒的夜裡呼號。里厄老太太以她慣有的姿勢坐在床邊，一盞床頭燈照亮了她右側。在房間中央，遠離燈光之處，里厄坐在扶手椅上。他想起了妻子，但是每一次他都克制自己不去想。

在初入夜時，過往行人的腳步聲清晰地迴響在寒冷的夜裡。

里厄老太太問：「你事情全安排好了嗎？」

「嗯，我打過電話了。」

他們兩人默默為屍體守靈。里厄老太太時不時看著她兒子。他在不意間發現她看著自己時，便對她笑了笑。晚間街上又響起熟悉的聲響。儘管當局還沒有正式批准，但街上重新又有車輛往來。車子迅速碾壓過路面鋪石，消失在遠處，隨即又有車駛過來。接著傳來講話聲、呼喚聲，然後又是一片寂寂。一輛馬車達達而過，接著是兩輛電車在轉彎時嘎嘎發出聲響，隱約的嘈雜聲，隨後又是夜晚的風聲。

「貝爾納？」

「什麼事？」

「你不累嗎？」

「不累。」

他知道母親這時候在想什麼，也知道她愛他。但是他也知道愛一個人並不是大不了的事，或者至少，愛總是不夠強大，不足以找到確切的表達方式。就這樣，他和他母親兩人總是默默相愛。總有一天會輪到她死去——或是輪到他——然而在他們一生中，他們卻沒能進一步向對方表達自己溫柔的愛意。同樣地，他曾經活在塔魯的身邊，而塔魯在今晚已經死去，他們也沒來得及真正品嘗到彼此的友誼。就像塔魯自己說的一樣，他已經輸了。但是里厄他呢，他又贏得了什麼？他只是贏在認清了鼠疫，而後來這會成為回憶；只是贏在懂得了友誼，而這在後來也會成為回憶；贏在懂得了溫柔之愛，而且後來有一天這勢必也會成為回憶。所有我們能夠從鼠疫、從人生中贏得的，就是懂得了某些事與回憶。說不定這就是塔魯所謂的「贏了」的意思！

又有一輛汽車駛過。里厄老太太坐在椅子上身子動了動。里厄對她微笑。她對他說，她不累，緊接著又說：

「你應該到山上去靜養。」

「當然，媽媽。」

是的，他要到那邊去靜養一陣子。為什麼不呢？這也是一個可以去那兒回憶往事的好藉口。要是贏了就只是這樣，僅靠著我們懂得的某些事、靠著我們的回憶過日子，而被剝奪了我們所期望的，那麼這樣活著是多麼艱難啊。想必這就是塔魯經歷的，他清楚意識到沒有幻想的人生是多麼貧瘠。不抱著希望，就沒有平靜安和。塔魯認為，我們是沒有權利判任何人的罪，但是他也知道我們總會忍不住判別人的罪，甚至連受害者有時也會成為劊子手。塔魯活在撕裂和矛盾中，他從來也沒體會到是什麼希望。是不是就因為這樣，他希望成聖人，希望在為別人服務時找到平靜安和？事實上，里厄什麼也不知道，不過這一點也不重要。塔魯在他心目中的影像是，他兩手緊握汽車的方向盤，載著他到處去，或是他那現在躺在那兒一動不動的偉岸軀體。一個充滿了生命的熱力，另一個是死亡的面貌，對這兩者的理解也就是懂得了某些事。

大概也就是因為這樣，里厄醫生在早晨接到妻子去世的消息時顯得很平靜。他當時在自己的書房裡。他母親幾乎是跑著給他送來電報，接著她又走出去給送電報的人小費。在她再次走進他書房時，他手裡展著電報。她看著他，他卻固執地看著窗外港口上方燦爛的晨光。

里厄老太太開了口：「貝爾納。」

醫生漫不經心地看著她。

她問：「電報上寫什麼？」

醫生承認：「就是那件事。在八天前。」

里厄老太太轉頭向著窗外。醫生不作聲。然後他告訴他母親不要哭，說他有心理準備，但事實還是很難承受。只是在說這話的時候，他也知道這痛苦來得並不突然。好幾個月以來，尤其是這兩天，是同樣的痛苦持續沒斷過。

在二月一個晴朗的早晨，城門終於在黎明時分開啟了，全城居民、報紙、廣播，以及省政府的公報都高興地迎接這件事。雖然敘述者和有些人一樣，因受到約束而無法投入歡慶活動中，但他還是覺得有必要充當報導者，講述一下城門開放以後的歡樂時光。

歡慶活動整日整夜如火如荼地展開。同時，火車在車站裡開始鳴笛冒煙，從遠洋而來的船隻駛進了港口，對所有那些因長期分離而哀歎不已的人來說，這表示大團圓的日子已經來到。

這時，我們不難想像那折磨我們市民的分離之情發展成了什麼樣子。這一天，進城和離城的火車一樣都載滿了旅客。人人都提早訂購了這天的票，在解除禁令前兩週，每個人都擔心省政府會在最後一刻決定撤銷原來的決定。有些快要抵達奧朗城的乘客，心裡仍不免忐忑，因為他們雖然大致知道親人的命運，但他們卻不曉得其他人與城市變得如何，他們把奧朗城的情況想像得非常可怕。不過，上述這些僅僅適用於那些在分離期間沒因愛情而受煎熬的人。

事實上，那些在城外的熱情的人他們都想著縈繞在心中不去的願望。只有一件事起了變化，就是在他們被放逐離城的期間曾希望時間過得快一點，甚至還拼命加快時間的腳步，而當他們快接近我們這座城市的時候，卻希望時間過得慢一點，當火車開始煞車，就要停下來時，他們甚至期望時間能就此凝止。他們心中有種既模糊難辨又尖銳鮮明的感受：他們這幾個月以來因失喪愛情而遺落的生活，使得他們不自覺地想要獲得補償，也就是想要靠著歡樂時光過得比等待的時光慢兩倍來做補償。那些在月台上或是在房間裡等待情人到來的人——譬如藍貝爾，他妻子早在幾個星期前就得到通知，做好了一切準備，就要動身前來——也都同樣心焦氣躁，同樣慌亂不安。因為他們的情愛、溫柔在鼠疫這幾個月的分離中已經化成了抽象概念。藍貝爾就這樣戰戰慄慄地等待著與他血肉相連的心上人再次重拾情愛與溫柔。

他真希望能變回那個在鼠疫初期時的自己，那時他恨不得一口氣飛奔到城外，急急和他所愛的人相擁。但是他後來知道這是不可能的事。他變了，鼠疫使得他變得心不在焉，雖然他竭盡全力想抵賴這件事，但它卻像心底隱隱的憂慮一樣繼續纏住他。從某個意義來說，他覺得鼠疫的結束得太突然，他沒有心理準備。幸福迅即來到，事情的變化比人所想得還快。藍貝爾意識到他所失去的一切會在剎那間就都尋回來，意識到歡樂會變成炙燙之物，使人無法品嘗其滋味。

此外，每個人的感受都和藍貝爾一樣，不管他們是不是意識到了，因此這裡要講的是大家的情況。雖然在車站月台上，每個人都開啟了個人的新生活，但在他們彼此交換眼神或微笑時，每個人都還有那種過患難與共的團體生活的感覺。然而一見到火車濃煙，他們那種遭受放逐的感覺就突然在使人迷茫的歡樂心情下消散一空。火車一靠站，那往往同樣是從這月台上開始的長久分離就宣告結束，就結束在一剎那間，結束在彼此伸出手臂激動地擁抱，接觸到他們已忘記其滋味的身體的那一剎那間。藍貝爾來不及細看那個奔向他而來的身影，那身影就已經投入他的懷抱中。他張開雙臂摟住了她，把她的頭緊緊埋在懷中，他只看到她熟悉的頭髮，他悄悄流下了眼淚，不知道這眼淚是來自眼前的幸福，或是來自長久壓抑的痛苦，淚水模糊了他的視線，使他無法查驗埋在他臂膀裡的是他夢想多時的妻子，或者相反的，是一個陌生的女子。他要等一會兒才看看他的猜疑是否為真。這時候，他要像他周圍所有其他人一樣相信鼠疫可以降臨、可以遠離，可是人的情意是不會改變的。

情人彼此緊緊相擁，回到了他們自己的家，因戰勝了鼠疫而遺忘了世界還有其他人的存在，遺忘了世上還有不幸，遺忘了那些搭乘同一班車回來卻沒找到親人的人，這些人早已做好心理準備，打算回到家後證實他們所擔心的事，因為他們已經很久沒收到音訊，心裡早就覺得不安。對現在只感受到新綻裂傷口的痛苦的這些人來說、對另外一些這時正思念著死去的人來說，情況就完全不一樣，訣別之苦正達到高峰。對這些母親、丈夫、妻子、情人來說，他們的至愛現在或是埋在無名塚裡，或是已經化成了灰燼。對他們來說，鼠疫依然沒退去，他們再沒有歡喜之心。

但是誰會想到這些孤寂的人呢？中午，太陽驅散了一早就與它抗衡的寒風，陽光不斷灑向這城市。時光似乎暫停了。山丘頂上的砲台持續地在凝止不動的天空下轟轟作響。全城的居民都奔向戶外，以慶賀這一刻，在這一刻，痛苦的時光已經過去，遺忘的時光卻還沒開始。

各處廣場上都有人跳舞。一夜之間，交通流量大幅增加，汽車越來越多，在壅塞的街道上艱困前行。一整個下午，城裡的鐘噹噹噹響個不停，清脆的鐘聲迴盪在蔚藍的天空下、金黃的陽光中。的確，教堂裡充滿了感謝天主的讚禱。但在同時，一些花天酒地的場所也擠得水泄不通，咖啡館的老闆把他們僅剩的酒都賣給了顧客，不去想以後還拿什麼來做生意。在吧台邊，擠滿了許多情緒同樣激動的人，其中也有許多對情侶緊緊擁抱在一起，一點也不在意別人的目光。大家笑鬧成一團。這幾個月以來，他們把生命的熱情積存了起來，人人都把他們心靈之火關小，但在他們得以倖存的這一天，他們把生命的熱力全都傾洩而出。生活要明天才開始，明天才要小心翼翼地過日子。在這時候，各種出身不同的人歡聚在一起，友愛相處。死亡並沒能讓我們實現人與人互相平等，而解脫鼠疫的歡樂卻使這平等成真，至少它持續了幾個小時的時間。

不過，並不是只有這種尋常的歡欣鼓舞的氣氛，譬如，在近黃昏時，那些跟藍貝爾一起擠滿街道的人就往往會以一種平靜沉著的態度來掩飾他們更微妙的幸福感受。事實上，許多戀人、許多家庭看來只是安詳地散著步。事實上，有許多人會以朝聖的心情再一次回到他們曾經受苦的地方。他們要給剛回到城裡的人看看鼠疫所留下的或醒目或隱匿的標記，看看自己過去在鼠疫中的遺蹟。有某些人樂得扮演嚮導，讓自己像是曾經經歷過鼠疫的見多識廣的人，但他們都只談鼠疫的危害，而隻字不提它引發的恐懼心理。這樣的樂趣並無害處。但是還有某些人走的是讓人心頭微微發顫的路線，譬如，一個在回憶中略略陷入焦慮情緒的情人會對他的女伴說：「那時候，就在這裡，我渴慕著你，而你卻不在這兒。」這些滿懷柔情的遊客在此時是很容易辨認的，因為在一片嘈雜聲中，他們邊走邊低聲私語，互訴衷情。他們比十字路口的樂隊更真切地傳達了這種獲得解放的心情。因為這些緊緊相擁的快樂戀人，雖然話不多，卻在這一片喧囂中得意洋洋地表達出他們得之不公的幸福，他們以這種方式表明鼠疫已經結束，恐怖時期已經過去。他們不顧事實，不慌不忙地否認我們曾經活在荒誕不經的世界中，在那世界裡，謀害一個人就像殺死幾隻蒼蠅一樣；他們否認我們曾經歷過這種明確的粗蠻、這種經過算計的瘋狂、這種囚禁的生活——這種囚禁生活帶給人不必顧及過去、未來，而只有眼前一刻的可怕自由；他們否認聞到過那讓活著的人驚愕的死人味道，最後他們還否認我們曾經是被嚇得魂飛魄散的人，在當時，每一天我們有部分的人的屍體會被投入焚化爐中，化為一股濃煙，另一部分的人則只能無能為力地在恐懼中等著輪到自己投入死神的懷抱。

總之，這就是里厄醫生看到的景況。近黃昏時，他單獨一人往市郊的方向走去，周圍是一片鐘聲、砲聲、音樂聲和震耳欲聾的叫喊聲。他必須繼續看診，因為病人是沒有假期的。在晚霞的映照下，城裡飄散著過去那種烤肉和茴香酒的氣味。在他身邊是一張張仰臉望著天空歡笑的臉。一對對男男女女彼此緊緊依偎，臉孔發紅發燙，發出充滿情意的叫聲，顯得非常激動。是的，鼠疫已經結束，恐怖時期也過去了。而這些緊緊相擁的臂膀說明了鼠疫確實讓大家遭受了放逐、承受了分離之苦。

好幾個月以來，里厄在過往行人身上看到的那熟悉如家人的神色，這時他第一次明白了這是怎麼回事。他現在只要看看他周遭的人就懂了。在鼠疫結束時，因為常時的苦難與匱乏，所有的人都已經習慣了放逐者的角色，也就是，首先是從他們的臉孔，後來是從衣著流露出來他們茫然若失、遠離家鄉的神態。從發生鼠疫後，城門關閉以來，他們就過著與世隔絕的生活，失去了能使人忘懷一切苦難的人情溫暖。雖然程度不一，但在城中各個角落，男男女女都渴望著團聚，只是這種團聚對每個人來說性質不同，不過對每個人來說，這在當時也是不可能的事。絕大部分的人都曾經聲嘶力竭地呼喊遠在他方的情人，渴望肉體的溫暖、渴望柔情，或是懷念過去的生活習慣。有些人往往因為不再能透過信件、火車、輪船等尋常的方式和人維持關係，而在不知不覺中因為和朋友斷了聯繫而受痛苦。還有少數一些人，譬如像是塔魯，他們也渴望和他們自己說不出是什麼的東西團聚，這東西在他們眼中是唯一值得渴望的。因為不知道怎麼稱呼這東西，他們有時就把它稱為「內心平靜安和」。

里厄一直在路上走著。他越往前進，周遭的人就越多，嘈雜聲越響，他有種感覺是，他越往前走，他要去的市郊就越往後退。他漸漸與這群嘶叫的人融為一體，他越來越明白這嘶叫意味著什麼，而且意識到他們的叫喊至少有一部分是他自己的叫喊。是的，大家都曾經為艱苦的分離兩地、為不可救藥的放逐、為無可滿足的渴望而一起受苦，不僅是在肉體上受苦，在心靈上也是如此。在成堆的屍體中、在救護車的聲聲鳴響中、在所謂的命運發出的警告聲中、在凝結不去的恐怖氣氛中、在大家內心強烈的反叛中，有一股巨大的響聲不停地擴散，提醒著擔心受怕的人，說他們應該去尋找自己真正的故鄉。對他們所有的人來說，真正的故鄉是在這個讓人窒息的城市之外，是在山丘上那些散發著香氣的荊棘叢中、在大海上、在自由的國度裡、在愛情中。他們想回到這樣的故鄉、回到這樣的幸福中，而對其他的一切都厭棄不顧。

至於這樣的放逐與這種渴望團聚的心理究竟有什麼意義，里厄一點也不明瞭，他還是一直往前走，四面八方都有人推擠他、攔阻他，他就這樣漸漸走到了過往行人比較少的街道上，心裡想著這些事有沒有意義並不重要，只須看到有這種符合大家心中願望的東西就夠了。

他從此知道了符合大家願望的是什麼，而且在剛踏進市郊幾乎無人的路上，他對這一點就看得更清楚了。那些緊緊依戀著他們所擁有的一點點東西的人，一心只想要回到他們充滿愛情的家，對這些人來說，他們的渴望有時會得到滿足。當然，他們當中有些人失去了他們所等待的心愛的人，只好繼續在城中踽踽獨行。還有某些人很幸運，不像有些人那樣遭受了雙重分離的痛苦。那些遭受雙重分離痛苦的人在鼠疫發生之前並沒能一下子和情人建立起感情，後來又在幾年的時間裡盲目地勉強結合，到最後終於由情人變成了怨偶。前面所說的那些還算幸運的人，就像里厄，曾輕易相信時間能解決問題，一念之差，結果成了永別。但是其他人，像是藍貝爾（里厄醫生在早上離開他時還對他說：「勇敢些，現在是您理直氣壯的時候。」），他們就找回了自己以為失去了的情人。至少在一段時間裡，他們會覺得幸福。他們現在知道了，要是有一樣東西是能讓人永遠渴望，而且有時還能得到它，這東西就是人與人之間的柔情。

相反地，對那些求助於超然之物事、那些他們自己也說不上是什麼的人來說，他們並沒有得到符合他們願望的東西。塔魯似乎已經得到了他自己所說的那難能可貴的內心平靜安和，但他是在死亡中得到這平靜安和的，而這時這對他已經沒有用處。在夕陽餘暉中，里厄看到一些人在家門口緊緊擁抱在一起，熱情地彼此凝望，這些人之所以能夠獲得他們嚮往的東西，是因為他們所要求的是自己力所能及的東西。里厄在轉往格朗和寇達爾住的那條街時，心裡想的是，對於那些滿足於世間人而不是上帝的人、對於那些滿足於他那可憐而又沉重的愛情的人，的確應該使他們得到歡樂作為獎賞，或者是至少每隔一段時間就讓他們如此。

這篇報導快到了尾聲。現在該是貝爾納・里厄醫生承認他就是執筆者的時候了。但在說說這整個歷史的最後一些事件之前，里厄醫生至少想要闡明一下他做這番敘述的理由，並讓大家明瞭他堅持以客觀見證人的口吻來記錄的立場。在整個鼠疫期間，他的職業讓他接觸了大部分的市民，並體會到他們的心情。因此由他來報導他所見到的、所聽到的正適合不過。但是他在做這報導時，希望自己能保持一種審慎的態度。一般而言，他儘量不敘述他沒親眼看到的事，對他在鼠疫期間的同伴，他儘量不把他們所沒有的想法加到他們身上。他只取用那些在偶然間落到他手中，或是因不幸事件而落到他手中的資料。

被傳喚來為一項罪行作證的他，就像一位善良的證人那樣表現得極為謹慎。但是在同時，他出於自己正直的心，刻意和受害者站在同一邊；在擁有共同信念的基礎下，他希望跟每個人、跟全城市民站在一起，也就是說愛在一起、痛苦在一起、放逐在一起。也就這樣，他分擔了他們所有的憂慮，他們的景況也就是他的景況。

要做個忠實的見證人，他必須報導事實、文獻記載和傳聞。但是涉及他個人想說的事，像是他的期待、他經歷的考驗，他都得噤口。如果說他還是提到了一些，那目的只是在於想要瞭解、或是想要使人瞭解市民的感受，將他們大部分時候心頭隱約感覺到的東西，儘可能清楚明白地表達出來。說實在的，這種盡力做客觀陳述的努力並沒讓他付出什麼代價。當他試著直接把自己私心裡的想法和成千上萬的鼠疫患者的心聲融合在一起時，他就會想到自己遭遇的痛苦在在都是別人經歷到的痛苦，想到平時在這個世界上痛苦往往是自己獨自承受的，而這時大家卻能同病相憐，這毋寧讓人感到欣慰。在這種情況下，他必須代表全體的市民說話。

但是在這些市民當中至少有一個人，里厄醫生是無法為他發言的。這個人就是塔魯有一天跟他談到的寇達爾：「他唯一真正的罪行是贊同那些使得孩童和成人喪命的事。其他的，我都能瞭解他的作為。唯獨這件事，我只能強迫自己原諒他。」這篇報導正好就以這個愚昧無知的孤獨之人來做結束。

當里厄走出了眾人歡慶的嘈雜大街，轉入格朗和寇達爾住的那條路時，他被警方設置的路障擋住了去路。這出乎他的意料。遠處歡慶的嘈雜聲更襯托出這裡的安靜，他覺得這裡既荒僻又死寂。他出示了證件。

警察說：「醫生，您不能過去。那裡有個瘋子拿槍向人群射擊。不過，您在這兒等等，過一會兒您也許派得上用場。」

就在這時候，里厄看見格朗往他這邊走來。格朗也不知道發生了什麼事。警察也不讓他過去，但他聽說了有人從他住的那棟房子開火射擊。從遠處可以看見最後一絲冷冷的太陽光線將房子的門面映照成金黃色。在房子四周有一片延伸到對面人行道的空曠場地。在路中央，清晰可見一頂帽子和一塊髒布。里厄和格朗遠遠就看到在街道的另一頭也有一道平行的路障，就和擋住他們去路的這道路障遙遙相對。在這道路障後面，還可以看到街區裡的幾個居民快步地走過來走過去。再仔細看，他們也看見了幾名警察拿著槍，躲在那棟房子對面的樓房門後。那棟房子的所有窗板都關著。不過，三樓有一扇窗板半開半闔。街道上悄然無聲，只聽得到市中心傳來時隱時現的音樂聲。

不一會兒，從那棟房子對面的某一棟大樓裡傳出了兩聲槍響，那扇半開的窗板頓時被打裂。然後，又是一陣寂靜。里厄在經過這一整天的嘈雜後，又因為是站在遠處看著這景象，便感覺此刻有點不真實。

格朗突然激動地說：「那是寇達爾的窗子啊！但是寇達爾早就不見蹤影。」

里厄問警察：「你們為什麼開槍呢？」

「我們在耍他。我們正等著載運必要裝備的車子來，因為他向所有想走進那棟房子的人開槍。已經有一名警察中彈了。」

「他為什麼開槍？」

「不知道。那時候有許多人正在街上歡慶。他開第一槍時，大家並沒反應過來。開第二槍時，就有人大叫起來。一個人受了傷。所有的人到處奔逃。那人是個瘋子吧！」

在一片寂靜中，時間似乎過得特別慢。突然，街道的另一頭出現了一隻狗，這是里厄很久以來看見的第一隻狗。這是一隻西班牙獵犬，身上髒兮兮的，牠的主人應該是把牠藏到現在才放出來。這時候，牠沿著牆跑過來。來到那棟房子附近，猶豫了一下，然後一屁股坐下去，轉過身子咬咬背上的跳蚤。警察對著狗吹了好幾次哨子。牠抬起頭，慢騰騰地穿過馬路，去嗅嗅那頂帽子。在同一時候，從三樓響起了槍聲，打中了狗，只見狗翻過身子，四肢猛烈掙扎，最後斜斜倒下，久久抽搐著。警察立刻從對面的大樓裡發射出五、六槍回擊，又把窗板打得稀爛。隨後又是一陣寂靜。這時太陽低垂，陰影開始落向寇達爾的窗子。在里厄醫生身後的街道上，有幾輛車輕輕發出煞車聲。

警察說：「車子來了！」

一些警察背部朝外地從車上下來，他們帶著繩索、梯子，以及用油布包起來的兩包長方形的東西。他們走進了圍繞著這一排房子的街上，在格朗那棟房子的對面停了下來。一會兒之後，大家不是看到而是猜想著在這些房子的門後會有騷動。然後大家等待著。那隻狗倒在暗色的血泊中，已經動也不動。

突然，從警察占據的房子窗口傳出了射擊衝鋒槍的聲響。在連串槍聲中，那扇被瞄準的窗板片片碎裂，只留下一個黑色的大洞，站在原地的里厄和格朗遠遠看去，什麼也看不清。停止了射擊以後，從另一棟較遠的房子裡又有第二把衝鋒槍從另一個角度射擊。子彈很可能打中了窗子的外框，因為其中一顆子彈打掉了一塊磚頭。在同一時候，三名警察跑過街，衝進了那棟房子的大門入口。幾乎在同時，另外三名警察也隨後跟進。衝鋒槍不再射擊。大家仍然等待著。從屋裡傳出了兩聲巨響。然後是一陣嘈雜聲。這時便看到一個只穿著襯衣、不停叫喊的矮個子男人被警察架了出來，雙腳踩不到地。像是奇蹟一樣，沿街所有的窗板同時打開來，窗口擠滿了好奇的人，同時，一群人從屋裡走出來，擠到路障前。不一會兒，大家看到了那個矮個子男人來到了馬路中央，雙腳終於落地，兩隻手臂被警察拽在背後。他叫嚷著。一名警察走到他旁邊，狠狠揍了他兩拳。

格朗結結巴巴地說：「那是寇達爾。他瘋了。」

寇達爾跌坐在地上。只見那個警察又以飛腿踢了寇達爾幾腳。接著一群人亂哄哄地騷動起來，朝著里厄醫生和他的老朋友走過來。

警察說：「走開，別逗留！」

里厄在人群走到他面前時移開了目光。

格朗和醫生在逐漸昏黑的暮色中離開了。原本的沉睡的街區似乎被這事件搖撼得甦醒了過來，偏僻的街道上重新充滿了歡樂人群的嗡嗡鳴響。格朗走到了家門前，便和醫生說再見。他有事要做。但是在他要爬上樓梯的時候，他對醫生說他已經寫了信給珍娜，現在他很開心。接著他又提到了他的那個句子。他說：「我把形容詞全刪了。」

他臉上帶著狡黠的微笑，脫下帽子，行禮如儀地向里厄鞠躬。但是里厄在往患哮喘的那老頭家走去時，心裡只想著寇達爾，以及剛剛打在他臉上那幾拳的悶悶響聲。想到一個犯罪的人說不定比想到一個死去的人更難受。

當里厄來到老哮喘患者家中時，天色已然全黑。在房間裡，聽得到從遠處傳來的慶祝自由的歡聲。性情沒變的老哮喘患者還是一樣在盆裡數著鷹嘴豆。

他說：「他們有道理，是該開心樂一樂。這世界就是有苦有樂。醫生，您那位同事呢？他怎麼樣了？」

這時傳來一陣爆炸聲，但這是和平的聲響，是小孩子在放鞭炮。

醫生在聽診老哮喘患者呼呼作響的胸部時，說：「他死了。」

「啊！」老頭有點愣住了。

里厄補充說：「他得了鼠疫。」

老頭隔了一會兒才說：「嗯，好人都走了。這就是人生。但他是一個知道自己要什麼的人。」

醫生在收拾他的聽診器時問：「您為什麼這麼說？」

「不為什麼。但他那個人不會隨口亂講話。總之，我很喜歡他。但事情總是這樣。有人說：『這是鼠疫，我們經歷了鼠疫。』他們差點就要人頒授動章給他們。但是鼠疫是怎麼回事呢？它不過就是人生的一部分。」

「您要按時做煙燻療法。」

「嗯，別擔心。我還要活很久呢，我會眼看著大家死去。我懂得怎麼活下去。」

遠處的歡呼聲似乎回應了他的話。醫生在房間中央停下腳步。

「我想到屋頂平台去，這不會打擾您吧？」

「一點也不打擾！您想從那上面看看他們？您請便。不過他們一直都是一樣的。」

里厄朝著樓梯走去。

「醫生，聽說他們要為死於鼠疫的人蓋一座紀念碑，這是真的嗎？」

「報紙上是這麼說。一座紀念碑或一塊紀念牌。」

「我就知道。到時候會有人來致詞。」

老頭笑得喘不過氣。

「我幾乎能聽見他們說：『我們已經亡故的……』，接著他們就會去吃喝一頓。」

里厄已經上了樓。屋頂上，閃著光芒的天空很是清冷。在靠近山丘的地方，星星像是燧石一樣堅硬。上一次他和塔魯登上這個平台以遺忘鼠疫的那一夜和這一夜並無不同。今天，在懸崖底下的大海比上次那個夜晚來得更喧囂。空氣輕盈、凝止，聞不到和暖的秋風帶來的海水鹹味。然而，城裡的歡慶聲卻像潮聲一樣擊打著平台的牆腳。但是這一夜是解脫的一夜，而不是反叛的一夜。遠處，可以見到暗紅色的燈光，那裡正是燈火燦爛的林蔭道和廣場。在這得到了解脫的夜晚，大家的欲望不再受到拘束，傳到里厄耳中的便是這欲望得以實現的吼聲。

從黝暗的港口那裡，政府發射了讓人歡欣鼓舞的煙火。全城的人久久發出低沉的歡呼聲。寇達爾、塔魯，或是里厄愛過的一些人、失去的一些人，所有這些人或是過世了，或是犯了罪，這時全都被遺忘了。那老頭說得對，人們一直都是一樣的。但這即是他們的力量、他們的天真單純。里厄也就是在這個平台上忘卻了痛苦，感覺到自己和大家一樣。城裡傳來的一陣陣越發持久、越發有力的歡呼聲，直傳到平台牆腳下，五光十色的煙火也燦爛爛地升向天空，里厄醫生在這時候決定撰寫這篇行將結束的報導，因為他不願在事實面前閉口不言，因為他要為患鼠疫的人作證言，至少讓大家記得他們是不公不義、是暴力的犧牲者，還有因為他要告訴大家他在這場災難中所學到的，並告訴大家，在人的身上，值得讚賞的總是多過應該輕蔑的。

但是他知道這篇報導不會是獲得最後勝利的記事。它只會是一篇證言，敘述當時大家不得不做的事，並且在今後，當恐怖之神帶著他無情的刀劍再度出現時，那些既當不了聖人，又不願懾服於災難，把個人痛苦拋諸腦後，一心只想當醫生的人，又一定會做些什麼。

事實上，里厄聽著城中升起的歡呼聲，心中想到的是威脅歡樂的事物總是存在。因為他很清楚這些興高采烈的人所忽視的事。他很清楚我們能在書中讀到鼠疫桿菌永遠不會絕滅，它可能幾十年沉睡在家具中、在衣物中，它可能耐心地潛伏在房裡、在地窖裡、在衣箱裡、在手絹裡、在紙堆中，也許有朝一日，厄運會再次襲擊，再一次教訓大家，瘟疫會再度驅使老鼠，使牠們在某個幸福的城市大量死去。

卡繆的《鼠疫》——一部存在主義小說的後現代閱讀

劉國英／香港中文大學哲學系

作者前言：

本文源自二〇〇三年六月香港遭第一次非典型肺炎重擊之後，筆者在香港中文大學通識教育部主辦的一次讀書會上的發言稿。想不到十七年後，另一次、另一種非典型肺炎在全球範圍爆發，歷十二個月未止。這似乎印證了卡繆四分三世紀前在《鼠疫》中寓言：「鼠疫桿菌永遠不會絕滅，它可能幾十年沉睡……也許有朝一日……瘟疫會再度驅使老鼠，使牠們在某個幸福的城市大量死去。」我們正在經歷人類另一段荒謬的歷史。（二〇二一年一月）

一、《鼠疫》背景與香港「非典型肺炎疫症」的驚人近似

眾所周知，法國一九五七年諾貝爾文學獎得獎者卡繆膾炙人口的小說《鼠疫》，是二次世界大戰後存在主義思潮中最賦有哲學意涵的文學作品之一。是書初版於一九四七年。若果作者不是一開始就說明，這場瘟疫發生在一九四〇年代地中海南岸當時法屬阿爾及利亞的沿海小城奧朗，你可能會以為他描述的是廿一世紀初的香港：

「在我們這個小城，也許是因為氣候的關係，這一切全都以一種激烈而又心不在焉的態度進行。……我們的市民工作勤奮，但目的向來是為了賺大錢。他們對經商特別感興趣，用他們自己的話來說就是『做買賣』才是最重要的。當然，他們也喜歡簡單的快樂，他們愛女人、愛看電影、愛海水浴。……欲望強烈而短促的年輕人會去找些刺激，那些年紀較大的人則只是到滾球協會、到可以玩牌賭錢的俱樂部，或是參加聯誼會舉辦的晚宴去找消遣。

奧朗顯然是個沒有這種想像的城市，也就是說它是一座非常現代化的城市。因此，沒有必要確切說明在我們這座城市是怎麼相愛的。男人和女人或者是迅即在尋歡作樂中彼此

耗盡，或者是長期投入兩人相處的習慣模式中。在這兩個極端之間，往往沒有中間地帶。這一點倒也沒什麼特別。在奧朗，就像在其他地方一樣，因為沒時間，也因為不加思考，人和人只能茫然不自覺地相愛。

要特別強調的是，這個城市和這裡的生活實在平凡無奇。……從這個角度來看，生活當然不會是饒富興味。但至少，我們這裡從沒發生混亂無章的事。而且外來遊客對這裡坦率、和善、勤懇的居民向來頗有好評。這座沒有景觀、沒有綠意、沒有靈魂的城市到最後卻能讓人放輕鬆，甚至恬睡其間。」

自從瘟疫在四月一個晴朗的日子出現了第一個死者之後，這個長久以來的福地上的居民，陷入了前所未見的驚惶失措之中；人們一起恐懼、一起哭泣和一起憤慨：

「我們這個城市的居民從來沒想過這個小城居然會成為在白日天光下有死老鼠、還有門房死於怪病的鬼地方……也就從這時候起，人人感到恐懼，並因恐懼而開始思考。……這時再也沒有單獨個人的命運，而是集體的命運，也就是鼠疫，以及眾人共有的情感。最強烈的情感是與親人分離之苦，和遭受放逐之感，還有隨之而來的恐懼與反抗。」

《鼠疫》一開始的描述，與二〇〇三年春夏之交在香港出現的非典型肺炎疫症，有很多近似之處。

1. 疫症爆發的時間：四月份。[1]
2. 疫症爆發的地點奧朗市是海港城市：這是處於地中海南岸當時法屬阿爾及利亞的重要商港。市面雖然繁華，但建築物欠缺品味。都市化過度發展的結果，是高樓大廈過於密集，以致城市雖然是沿海而建，但平常在市區內不容易看見海面，要一番努力跑到山上，又或者特地走到海濱，才能觀賞海景。總之，在一個沿海而築的城市裡，倘若我們不努力尋找，海早已在城市景觀中消失。
3. 對所在地的人之一般描述：
   - i. 當地人最重視的工作是商貿，最關心的課題是賺錢。
   - ii. 在工作、賺錢之餘的主要娛樂是看電影、飲宴和賭博。
   - iii. 在這樣一個賺錢至上的社會中，具體地體現人與人之間的關係的主要方式之一——愛——也只能以跡近兩極化的方式展開。在年青人之間，愛表現得熾熱、甚至有時有點粗暴。其餘的人，往往很快便把愛安頓於一種慣常的關係中，以便騰出時間、心思和精力投放在其他他們認為更重要的事情裡。人們沒有時間留給愛，讓她可以以慢火「炆」、「燉」等等多樣多變的方式來顯現。換句話說，我們除了以一、兩種刻板的、既定的（stereotype）方式去愛之外，似乎不懂得有其他去愛或表達愛的方式。

為甚麼一部寫於半個世紀以前，以另一種文化、另一個國度為背景的小說，對發生在歷史文化時空上截然不同的另一場瘟疫，有如斯巨大的說明作用？若果我們認為《鼠疫》僅僅是一部存在主義小說，而我們又視存在主義為一種已經過時的文藝及哲學思潮，則我們斷難理解為何《鼠疫》所描述的內容以及所探討的課題，與我們今天面對的處境如此相關。筆者在香港爆發非典型肺炎疫症之後重讀《鼠疫》一書，發覺是書包含了很多具體的

1 英國二十世紀現代主義大詩人艾略特（T. S. Eliot）在其名著詩篇《荒園》（*The Waste Land*）中劈頭便說：「四月是最殘忍的月份」（April is the cruellest month.）。

現象學式的描述。卡繆筆下的這些描述，部分課題就是往後現象學哲學探討的主要課題，而部分的描述更充滿後現代意涵的分析和批判。

二、面對疫症爆發的三種「理性」態度

在《鼠疫》第一章，當敘述者描述了城市老鼠大量離奇死亡，而越來越多人患上了各種與黑死病相似的病癥後，書中的主角之一里厄醫生與省政府首長及市政府衛生局的醫學專家進行三方會議，討論應否公開宣布城中已爆發鼠疫之時，三人的態度截然不同。衛生局的醫學專家堅持，到當時為止，並沒有足夠的科學證據可以很確定地說，鼠疫已在城中爆發。省政府首長則反複表示，一旦說出「鼠疫」一詞，將有極為嚴重的社會政治後果，因此必須請示上層，等待上級頒布命令，始能定奪。直接照顧病人及親眼看見病人死亡的里厄醫生，面對前二者推卸責任的態度時義憤填膺地說：「如果不制止它，根據疾病蔓延的速度，它有可能讓全城一半的人口在兩個月內喪命。所以，不管您叫它是鼠疫，或是生長熱都不重要。要緊的是要設法制止它讓一半的市民送了性命。……該趕快採取預防措施。」

上述三種態度中，第一種是科學家的客觀態度：衛生局的醫學專家嚴守科學研究工作中的學術嚴格性和懷疑精神，在沒有足夠的科學證據之前，不肯對已經蔓延的傳染病作肯定判斷。這是嚴守科學理性（scientific rationality）的態度。

第二種態度，即省政府首長的態度，是謹小慎微的行政決策者態度：沒有詳細估量決策的社會政治後果之前，以及沒有按部就班依從既定決策程序之前，那怕事情多麼緊急、危機怎樣嚴重，還是按兵不動，直至上級有絕對清楚的指令頒布下來，才會有所行動。這是行政理性（administrative rationality）的態度。

第三種態度是人道行動者（humanitarian）的介入或投身（engagé）的態度。這一態度視人命為至關緊要，一切其他考慮為次要。這種以挽救人的生命為首要目的之態度，是以人為目的理性（the human as the rationality of end），而非僅僅是一手段的態度。這一態度在歷史上可溯源至康德在《道德形上學之基礎》中提出的定言律令第二程式：「你的行事，要每每同時視人類——不論是於你自己的人格，還是於其他每個人的人格——為目的，而非僅僅是一手段。」[2]在同書中，康德更進一步認為，倘若人類自詡為理性存在，就要把這一理性存在的共同體推往實現每一個人自身都是目的之「目的王國」（Reich der Zwecke / kingdom of ends）這一理想方向發展。[3]

若果我們依於卡繆原書的描述而作出的分析無誤，則我們可以把上述三種態度和二〇〇三年香港出現非典型肺炎疫潮時期顯現的其中三種態度對號入座，作出天衣無縫的人物配對。在疫症爆發之初，有一些醫學專家以客觀、抽離、以至隔岸觀火的態度說出一些隔靴搔癢的「風涼話」。而當事態發展急轉直下之際，一些政府公共衛生部門的高層官員，仍然以「社會經濟後果嚴重」為理由，一直拒絕頒布防止疫症在社區大規模爆發的斷然措施。當然幸好還有奮不顧身、捨己救人的專業前線醫護人員，就是他們的大無畏和犧牲精神，令香港全體市民在驚惶失措之中，仍保持著「最終可以度過難關」的信念。

三、《鼠疫》中的後現代分析和批判

卡繆的小說能夠跨越時代、地理背景和文化空間的差異，其對「瘟疫」的種種現象作出的準確的描述和獨到的觀察，顯示了這部小說不單沒有過時，而且在當時說來她還具有前瞻性、甚至先知性（prophetic）意義。從這部小說的寫作年代來說，它可算是現代主義的頂峰或晚期作品；但從她的前瞻性意義來看，則一如我們在上文所指出，《鼠疫》已作出了一些具後現代意涵的分析和批判。這些後現代分析和批判起碼包括以下數點。

1. 對工具理性的批判

以後現代論說的語言來表達，在上文區分出來的三種理性態度中，科學理性和行政理性屬於工具理性（instrumental rationality）。這兩種形態的工具理性在現代世界的發展越來越精密，成凌駕一切之趨勢，卻忘記了它們本來只是用來服務人的手段，亦即它們忘記了自身不是目的理性，忘記了人才是目的理性所在。因此持這兩種形式的工具理性態度者，可以嚴守科學的客觀性和行政程序的合法性，卻把救死扶危的當務之急放在次要位置——即放棄以人為本這一最基本和首要目的。換句話說，卡繆在這部小說中透過文學語言所

2　Kant, *Grundlegung der Metaphysik der Sitten, Immanuel Kant's gesammelte Schriften*（Berlin: Königliche Preussische Akademie de Wissenschaften, 1902-1938）, Bd. IV（以下簡稱 AK IV）, p. 429；中譯本參：康德《道德形上學之基礎》，李明輝譯（台北：聯經，1990），頁 53。

3　Kant, *AK IV*, p. 433;《道德形上學之基礎》，頁 58。

做的三種態度的區分，實質上已做了德國法蘭克福學派學者在同一時期以理論語言所從事的「工具理性之批判」（critique of instrumental rationality）。時至今日，大部分論者都同意，法蘭克福學派提出的工具理性之批判是後現代論說的先驅理論之一。

2. 解除對科學理性及行政理性之迷思

把科學理性態度和行政理性態度及人道行動理性態度並置，兼且對前二種態度作出批判，意味著卡繆認為前二者並無至高無上的地位，它們只是我們日常生活中遇見的多種態度的其中一種。更重要的是，卡繆要帶出以下訊息：脫離社會脈絡、遠離人道關懷的科學理性和行政理性態度，並不足以面對人類社會陷入的種種集體危機。這種分析和理解基本上與後現代論者（如李歐塔〔Jean-François Lyotard, 1924-1998〕）對科學知識所做的去神話化或解除迷思（demystification）可說有異曲同工之妙。[4]也就是說，在卡繆筆下，文學作品能夠發揮去除現代世界中對科學知識神話化的迷思。

3. 「不可表象」之說明

卡繆在《鼠疫》中，以具體的文學敘事來表述了「不可表象」（the unrepresentable）

的概念，儘管卡繆並未使用「不可表象」一詞。

「表象」（representation）本是西方哲學中的重要概念。我們理解一件事物，比如看一本書，並非書本的物理性質本身進入我們腦海中，而是以一些圖像或觀念及它們之間構成的關係，代表著那本書所講述的人物、事件、情節，甚至是道理，在我們的思維中走動，向我們傳遞出一定的意義。這些圖像和觀念，就是用以表象（to represent）人物、事件、情節的手段，使該本書的寫作手法和內容能對我們產生意義，為我們所理解。

「不可表象」這一概念是後現代論說中的重要概念，李歐塔要在卡繆《鼠疫》一書發表三十多年之後始提出。[5]李歐塔認為在人類歷史中的苦難——尤其是集體罪行，是不能表象的。現代人的集體罪行之一，顯示於二次大戰期間納粹政權對當時在德國及歐洲的猶

4　參 J.-F. Lyotard, *La condition postmoderne. Rapport sur le savoir*（Paris: Les Editions de Minuit, 1979）, pp. 43-62，特別參 pp. 50-51。

5　參 J.-F. Lyotard, *Le différend*（Paris: Les Editions de Minuit, 1983）；"Judicieux dans le différend", in J. Derrida, V. Descombes, etc., *La faculté de juger*（Paris: Les Editions de Minuit, 1983）, pp. 195-236；"Représentation, présentation, imprésentable", in J.-F. Lyotard, *L'inhumain. Causeries sur le temps*（Paris : Editions Galilée, 1988）, pp. 131-140.

太人進行種族滅絕式集體屠殺（Holocaust）——包括將老弱婦孺集體送進集中營，然後把他們推進毒氣室進行屠殺。李歐塔認為這種罪行是不可表象的，因為所有親歷其境的人已被屠殺，我們找不到見證者。就算我們找到倖存的見證者，她／他亦將無法以客觀語言表述和傳達那種深入到骨髓的苦難感，讓我們明白發生了什麼事情，所以那種苦難根本是不可想像的，因而亦不可表象，因為它無法透過圖像和觀念來表述。

在《鼠疫》第一章中，卡繆回顧人類歷史上發生過並有紀錄的約三十次重大的鼠疫潮，估計總共約一億人死亡。卡繆問：何謂一億人死亡？亦即：我們如何具體地理解一億人的死亡？卡繆指出，在古羅馬時代的君士坦丁堡（Constantinople）發生的一次鼠疫，便曾出現單是一日之內便有一萬人死亡。但我們如何能表象——即以觀念或圖像構想（figurer, to figure out）——一萬個死者？卡繆說，一萬人相當於五間大電影院坐滿人時的總體人數。我們設想可以把填滿五間大電影院的人集合在一處公眾地方，然後想辦法把他們置死，我們不就可以較為清楚地看見一萬人死亡的情景是怎樣？卡繆當時說，這樣做是不可能的，我們不可能進行這種觀察集體死亡的實驗。但事實上，二次大戰期間，德國納粹政權就是這樣對待猶太人，而日本侵華士兵就曾這樣對待中國人。另一方面，我們向來對死亡的認識只是面對面看見死者才知道甚麼叫死亡，但我們根本無可能認識一萬個面孔，故即使真有一萬個死者堆在一起，我們也無法看見一萬個死亡的面孔。換句話說，我們只能在腦海中具體地表象有限數目的死者（往往不超出單位數字）；超過了這一有限數目，即當我們用巨大的數字來表達或述說死亡人數時，我們對死亡的表象完全是抽象的（abstract representation）。故此，對在戰場上打仗的士兵而言，死亡是有具體臉孔的同袍或敵軍的死亡，但對指揮總部裡的高級將令或統帥來說，死亡就顯現成抽象的數字。同樣，對在前線拚搏的醫護人員而言，死亡是有血有肉的病患者或同僚的死亡；但對醫療管理人員或行政高層人士來說，死亡首先就顯現為統計圖表上的曲線。

後現代論者如李歐塔就曾以二次大戰期間猶太人遭種族滅絕式集體屠殺為例，十分鄭重地指出，以奧斯威辛（Auschwitz）集中營為象徵的納粹大屠殺，根本是不能表象（imprésentable, unrepresentable）的恐怖行為（terror）；經歷奧斯威辛而倖存的人們都找不到語言去表述它。[6]推而論之，人類歷史上出現過的大災難和罪行，其恐怖情狀，也是無法被表象的。這正是李歐塔所強調的。這亦是後現代論者與理性主義者爭議的重要場域。究竟如何解釋人類歷史中這些不可表象的苦難？面對這各種不可表象的苦難，真有理

6 J.-F. Lyotard, *Le différend*, pp. 16-17.

性主前者所稱的「歷史中的理性」（Reason in History）這回事嗎？如何為所謂歷史的理性辯護？

卡繆動筆寫《鼠疫》之時，集體屠殺之慘劇可能仍未被世人清楚認識，但書中的敘事表明，卡繆已深諳人類災難中集體死亡是無法具體表象這一道理。

4. 對歷史進步論的質疑

自十八世紀歐洲啟蒙運動頂峰以還，亦即現代世界（modernity）步入成熟期以來，西方人曾長時期擁抱歷史進步論：他們對人類憑藉越來越先進的科學技術與設計良好的政治經濟制度，可以把人類社會整體推向不斷進步的憧憬，深信不疑。但後現代論者卻拒絕繼續相信歷史進步論。李歐塔從「進步」觀念的分析入手，認為「這一可能進步、甚至是必然進步的觀念，植根於人們確信藝術、科技、知識與自由的發展，將有利於人類整體。」[7]然而，經過兩個世紀的歷史演變之後，這樣理解下歷史進步論已經破產，因為我們不能再無視各種與「歷史必然進步」的觀念背道而馳的事實與徵象。經過對現代社會演變的廣泛歷史考察之後，李歐塔指出，「技術性科學的發展，已經成為一種加重而非減輕不安感的手段。我們不能再稱這種發展為進步。它好像在自身追逐，由一種自主的、獨立於我們的力量推動。它不是應人的需要而產生。反之，人——不論是作為個體還是作為社群——顯然時常都受到發展的產物及其後果困擾。我指的不僅是物質層面的產物，還有智性和心靈層面的產物。」[8]李歐塔以極為嚴肅的語調說：「緊隨亞登諾（Adorno）之後，我引用『奧斯威辛』[9]之名指出，近代西方歷史的實質，與人類解放的『現代』藍圖毫不對應。」[10]

早在李歐塔以哲學分析和歷史考察的方法批判歷史進步論之前四十年，卡繆已經以文學手段表達了他對歷史進步論的質疑。他在《鼠疫》全書最末一段文字裡清楚表達出這想法。當鼠疫在奧朗城退卻，倖存的人們歡天喜地重新走到街上，似乎忘記了這次苦難，重新出來消費，城市由蕭條變回熱鬧，人們期望再度過著幸福愉快生活之際，卡繆卻一反一般人的樂觀態度，指出鼠疫其實並沒有根治，它只是進入沉睡狀態，伺機再起。卡繆寫

---

7 J.-F. Lyotard, "Note sur le sens de 'post-'", *Le Postmoderne expliqué aux enfants*（Paris: Editions Galilée, 1988）, pp. 109-110.

8 J.-F. Lyotard, *Le Postmoderne expliqué aux enfants*, p. 111.

9 在二次大戰後，西方知識界以「奧斯威辛」一名，指稱二次大戰期間，德國納粹政權以先進科技和管理技術，有系統地對分布在全歐洲境內的猶太人，進行種族滅絕屠殺的罪行。

10 J.-F. Lyotard, *Le Postmoderne expliqué aux enfants*, p. 110.

道：

「事實上，里厄聽著城中升起的歡呼聲，心中想到的是威脅歡樂的事物總是存在。因為他很清楚這些興高采烈的人所忽視的事。他很清楚我們能在書中讀到鼠疫桿菌永遠不會絕滅，它可能幾十年沉睡在家具中、在衣物中，它可能耐心地潛伏在房裡、在地窖裡、在衣箱裡、在手絹裡、在紙堆中，也許有朝一日，厄運會再次襲擊，再一次教訓大家，瘟疫會再度驅使老鼠，使牠們在某個幸福的城市大量死去。」

可見，不論我們在知識上及技術上經過多少努力，達到多大的進步，或者得到仁慈造物主的關顧，因而戰勝了瘟疫，這個勝利還是短暫的。我們無法一了百了地戰勝人類文明中的惡（evil）。這具有什麼後現代意涵呢？現代世界中，人類相信時代不斷進步，這不是迷信，這是有理由的，至少知識技術不斷增進，經濟不斷發展，制度不斷完善。因此，到了啟蒙運動的頂峰，我們相信人類正步向美好世界。這不論是個人，還是人類整體，在物質上和精神上都走向更好的境地。用理論表述之，則是堅信「歷史進步論」。

但根據小說內容，可見卡繆並不相信「歷史進步論」，他不相信歷史具有理性。他認為很多事情的發生都是無法解釋的，例如，在瘟疫中，為何有些人死去，有些則倖存？三個月來不少前線醫護人員和清潔工人只靠簡單的口罩作保護而無染上疫症，反之，另一些市民和醫護人員卻染病身亡。究竟有何規則呢？我們無法以理由解釋。卡繆的小說要帶出的基本訊息是：如果我們正視人類的處境，就不能相信這些美麗的論說，盲目地樂觀相信人類整體必然邁向更好的境地。

四、《鼠疫》中的現象學成分

筆者認為，卡繆之能作出跨越時代地域背景與文化空間之差異的描述和考察，恰恰在於他運用了現象學之父胡塞爾（Edmund Husserl, 1859-1938）提出的現象學方法，即作出了現象學還原（phenomenological reduction），然後「回到事物本身去」（back to the things themselves）從事仔細的描述。然而，他的現象學方法——借用梅洛龐蒂（Maurice Merleau-Ponty, 1908-1961）的說法——不是顯的（explicit）、或在題旨層面（thematic level）施行的，而是隱的（implicit）、或在操作層面（operative level）運行的。[11]由於篇幅所限，以下僅及一些扼要說明。

1. 客觀敘事：描述

首先，與《異鄉人》（*L'Etranger*, 1942）中以故事主人公第一人稱的敘事手法不同，在《鼠疫》中，卡繆基本上採用第三人稱的客觀敘事和描述方法。書中很多精彩而準確的客觀描寫，例如疫症下市面極度蕭條、人們在街上走動時如何避免與他人接觸、人們求神救助時顯得半信半疑的身體語言、神父講道時由極度權威的語調到自身也陷入懷疑的神情、被隔離者的孤獨與絕望的心理狀態，以至疫症期間殯葬儀式的草率從事等等，都極為深刻和有說服力。筆者認為，這都是卡繆在操作層面遵守了現象學格言「回到實事本身去」而進行描述所得的成果。

2. 邊沿處境：還原

《鼠疫》故事的布局——一個本來繁盛熱鬧的城市因鼠疫突起而與世隔絕——已經是一種現象學還原的手法：把我們熟悉的繁華城市生活面貌擱置。這一突如其來的隔絕，一方面使人們不能再像往常般視一切都理所當然，不能再因循故習、不需思考就可以解決一切問題。另一方面，鼠疫把每一個人都推到死亡的邊沿，迫使每一個人都要撇開日常生活中一切無關緊要的事情，直面這一生死攸關的處境。以瘟疫作為還原的手法，是把人放在邊沿處境（limiting situation）中考察，去蕪存菁地理解人的具體存在狀態——人在面對死亡時所顯現出的基本或本質性格為何。

3. 荒謬處境：實況性

不論是《異鄉人》抑或是《鼠疫》，卡繆要探討的都是人之存在中的荒謬處境（absurdité），即那些我們不能說明來歷、沒有動機，但不是必然發生，卻同時是我們不能阻止、但也不能避免和除意改變的境況。以海德格（Martin Heidegger, 1889-1976）、沙特（Jean-Paul Sartre, 1905-1980）和梅洛龐蒂的現象學語言來說，荒謬處境所顯現的，就是

11 梅洛龐蒂在《知覺現象學》指出，胡塞爾的意向性概念分為「行為的意向性」（intentionnalité d'acte），這是一種已完成狀態下的意向性，以及「操作中的意向性」（intentionnalité opérante）。M. Merleau-Ponty, *Phénoménologie de la perception*（Paris: Gallimard, 1945），p. xiii。

人之存在中的實況性（facticity）。

4. 人作為有限性存在

當卡繆指出人所處之荒謬境況，是人們既無法遇見、但也無法阻止和避免的，已承認了人是有限性存在（being of finitude）。但與此同時，其描述方法也突顯了人作為觀察主體也是有限性主體。上述《鼠疫》中眾多精彩而準確的客觀描述，是藉書中不同角色從不同具體處境做不同側面觀察的綜合成果，這是一個眾多主體並立的交互主體社群（intersubjective community），其中並無任何一個至高無上的單一主體：面對這場席捲全城的瘟疫，里厄醫生和神父最終也難逃厄運。

5. 在荒謬中賦予生命的意義：自由的體現

稍有涉獵卡繆存在主義著作的讀者，都知道他認為這個世界是「荒謬」的。世界上有些事件，我們並不知道它們發生的因由，也不能為它們提供解釋；它們既非必然的——我們不能以科學方法清楚地為它們找到一個根源，卻也是不能避免的。在這情況之下，我們如何自處呢？即使有一個全能的造物主，也不能解釋這種荒謬。在《鼠疫》中，里厄醫生的一位老醫生朋友對鼠疫有認識，並研製了抵抗鼠疫的血清，而第一個接受試驗的就是大法官的兒子。他染上了鼠疫，幾經掙扎，雖然試用血清抗疫，但最終還是回天乏術。溫文儒雅、說話從不過火的里厄醫生，粗暴地對神父說，難以接受這種痛苦，尤其是目睹一個無辜小孩（指大法官的兒子）的死亡。面對這些遍布的惡，我們極度痛苦。我們問：為何全能的主賜予無辜者這樣的命運？

如果我們將《鼠疫》歸類為存在主義的作品，它就是要正視這些事實，很多具體情境之表現，是不能以理性解釋的。面對無辜者的死亡、集體的痛苦，我們怎可以安然呢？我們在荒謬中如何自處呢？

《鼠疫》一開始便談死亡，這是所有人一同面對的集體死亡。不過面對這種集體的、無法掌握的命運，我們看到不同人有不同的反應：有些人不明白，有些人想逃走……而其中一個角色竟然藉著這次災難發財！還有另一批人，比如說里厄醫生，他清楚知道自己的職責是救傷扶危。還有一個十分普通的市政府職員以及一個不知道什麼來頭的人，作者不知道他為何來到這個地方。他問：我們在這裡究竟可以做什麼，我們的作為有什麼意義？於是他們組織義務醫療工作隊，幫助他人，例如注射防疫針、送病人到醫院或回家等。雖然他們知道患上鼠疫者，只會九死一生，能否逃離死神魔掌，當中全憑運氣。但這個來歷不明的人說：既然我們在這無路可走的處境，面對如此集體命運，與其坐以待斃，我們不如抗爭。如果我們還想有改變命運的機會，我們唯有如此。最後那些組織醫療工作隊的人卻死去。臨終前其中一人叮囑里厄醫生：如果你要在死神面前，體現你此生可自我掌握，那麼你即使明知最後會失敗，但你要繼續抗爭。因為唯有如此，你才可以顯示你的一生有意義；而且，若你能為你的一生賦予意義的話，你就能顯現你的自由。這段說話概括了卡繆對生命的意義與人之自由和尊嚴的看法。

我們如何安頓現世，顯現生命的意義？唯有靠我們自己的參與，靠行動創造意義，這不是上帝那種由無到有的創造，而是在偶然、荒謬及眾多不可解釋的事物中，透過行動來體現價值。這是人的價值，是「愛」！在小說中「愛」（amour 或 aimer）這字經常出現。面對他人的痛苦，我們伸出援手，縱使我們失敗，或是成功的機會微少而短暫，我們都不會放棄任何可能的機會，試圖改變這共同的厄運（fatality）。

卡繆又說，如果從整場瘟疫的高度看，死亡沒有偏袒任何人，它是公平的，因為在死神面前，眾人平等。而我們能顯現價值的地方，就是平凡的愛。這不只是對摯親的愛，還有對本來不認識的人的愛。這就是說，如果落在這集體命運中，因為我們不忍看到他人受苦，我們會伸出援手，盡一分力去減輕他人的痛苦。

在充滿荒謬處境的人生中，並且在一個解昧的世界（disenchanted world）中，即我們不再確信有死後世界或天堂的時代裡，在非我們所能全然主宰的偶然事件和建制之下，人生如何可顯出正面意義？與《異鄉人》不同，《鼠疫》認為我們要對荒謬處境反抗（resist），不反抗人生便無意義。一己反抗、並且幫助他人反抗，是人生意義的來源，而這同時顯現了人的自由——在處境下的自由（freedom in situation），而非上帝純然超越式的自由（freedom of pure transcendence）。

從這角度看，我們亦明白為何卡繆反對大敘事（grand narrative）——他不相信大寫的歷史理性和任何其他宗教式或非宗教式形上學理性，包括從不相信馬克思主義——這是他與另一位法國存在主義大師沙特的最大分別。

總結：《鼠疫》的倫理意涵

《鼠疫》這本書探討人性、人類集體面對困厄時的處境。這與卡繆的經歷有關，在二次大戰期間，他曾參加地下的抵抗納粹德國運動，以文學手段表達抵抗壓迫、爭取自由的親身經歷。除小說外，卡繆發表了不少論說性著作，如《薛西弗斯的神話》（*Le mythe de Sisyphe*, 1942）、《反抗者》（*L'Homme révolté*, 1951）等。卡繆那一代人清楚了解他們的民族已陷入一場前所未有的集體苦難中。套用勞思光先生的話，他們有巨大的承當精神，並透過寫作及社會運動的參與，實踐出這一承當精神。

以今日的語言來說，卡繆在《鼠疫》中體現的是一套人道介入的倫理（ethics of humanitarian engagement）。他借里厄醫生的口表達這種人道介入的倫理的信念：「我覺得自己是和輸家站在一起，而不是和聖人同一邊。我想我一點也不喜歡英雄主義和聖人之道。我感興趣的是當一個人。」面對荒謬的處境，不相信有救世主，不相信歷史理性，也不以任何大寫的道德理性的名義行事，只透過抗爭和救死扶危的行動——對認識者或不認識者同樣適用——來落實人的自由，從而在荒謬的存在中注入意義，以超越荒謬，這就是卡繆在《鼠疫》中傳遞出的倫理意涵。

鼠疫

特別收錄哲學解析〈一部存在主義小說的後現代閱讀〉

La Peste

作者 卡繆（Albert Camus）
翻譯 邱瑞鑾
封面設計 莊謹銘
內頁排版 高巧怡
行銷企劃 蕭浩仰、江紫涓
行銷統籌 駱漢琦
業務發行 邱紹溢
營運顧問 郭其彬
責任編輯 劉文琪
總編輯 李亞南
出版 漫遊者文化事業股份有限公司
地址 台北市103大同區重慶北路二段88號2樓之6
電話 (02) 2715-2022
傳真 (02) 2715-2021
服務信箱 service@azothbooks.com
網路書店 www.azothbooks.com
臉書 www.facebook.com/azothbooks.read
發行 大雁出版基地
地址 新北市231新店區北新路三段207-3號5樓
電話 (02) 8913-1005
訂單傳真 (02) 8913-1096
初版一刷 2021年11月
初版四刷 (2) 2024年7月
定價 台幣380元

國家圖書館出版品預行編目（CIP）資料

鼠疫：特別收錄哲學解析< 一部存在主義小說的後現代閱讀>/ 卡繆（Albert Camus）著；邱瑞鑾譯. -- 初版. -- 臺北市：漫遊者文化事業股份有限公司出版：大雁文化事業股份有限公司發行, 2021.11
面； 公分
譯自：La peste
ISBN 978-986-489-541-0（平裝）
876.57 110017946

ISBN 978-986-489-541-0